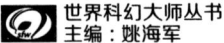

世界科幻大师丛书
主编：姚海军

"星辰舞"系列Ⅰ

星辰之舞

[加拿大] 斯派德·罗宾逊　珍妮·罗宾逊　著　　郝宇翔 译

四川科学技术出版社

The Stardance Trilogy By Spider and Jeanne Robinson
Copyright: © 1977,1978,1979 Stardance by Spider and Jeanne Robinson.
This edition arranged with The Spectrum Literary agency
Through BIG APPLE AGENCY, INC., LABUAN, MALAYSIA.
Simplified Chinese edition copyright:
2020 SCIENCE FICTION WORLD
All rights reserved.

图书在版编目（CIP）数据

　　星辰之舞："星辰舞"系列Ⅰ/[加拿大]斯派德·罗宾逊，
[加拿大]珍妮·罗宾逊　著；郝宇翔　译
　　--成都：四川科学技术出版社，2020.6
　　（世界科幻大师丛书/姚海军　主编）
　　书名原文：Stardance——The Stardance Trilogy
　　ISBN 978-7-5364-9832-7

　　Ⅰ.①星… Ⅱ.①斯… ②珍… ③郝… Ⅲ.①幻想小说－加拿大－现代
Ⅳ.①I711.45

　　中国版本图书馆CIP数据核字（2020）第092917号
　　图进字：21-2020-240

世界科幻大师丛书
星辰之舞
"星辰舞"系列Ⅰ

出 品 人　钱丹凝
丛书主编　姚海军
著　　者　[加拿大]斯派德·罗宾逊　珍妮·罗宾逊
译　　者　郝宇翔
责任编辑　宋　齐　姚海军
特邀编辑　吴玲玉
封面绘画　王云飞
封面设计　施　洋　姚　佳
版面设计　施　洋
责任出版　欧晓春
出　　版　四川科学技术出版社
　　　　　四川省成都市槐树街2号出版大厦　邮政编码:610031
开　　本　140mm×203mm
印　　张　10.5
字　　数　230千
插　　页　2
印　　刷　四川省南方印务有限公司
版　　次　2020年7月成都第一版
印　　次　2020年7月成都第一次印刷
定　　价　46.00元
ISBN 978-7-5364-9832-7

目　录

致卢安娜·摩恩特本，
她对未来的预言很可能在某天实现。

"象曰:云雷,屯。君子以经纶。"①

——《易 经》

致 谢

感谢所有参与创作这部作品的人,没有他们就没有它的诞生。相应地,我们也要感谢这些人的亲戚朋友,在这本书的创作过程中,是他们支持着我们的生活;虽然不管有没有这部作品他们都会这么做,只是那样的话我们的感谢方式会不同。

这些人有:本·波瓦、戈登·R.迪克森、我们的经纪人科比·麦考利、我们的编辑和朋友吉姆·弗兰克尔、乔·W.霍尔德曼、杰瑞·波奈尔博士,以及劳伦斯·珍妮弗。他们牺牲了自己的工作时间或私人时间(或二者兼有),为我们提供了大量的信息、建议和帮助,有些远远超过了作为朋友的分内事。我们必须声明,如果他们提供的信息和帮助有误,他们无须负责,所有的错误和责

① 此处英文直译为"为了在无限的宇宙中找准自己的定位,一个人必须能分别从整体和局部中认识事物",是由《易经·屯卦》的白话文的补充句翻译而来,文言文原句与此意关联不大(原句的意思更多地被理解为万事开头难,君子要努力克服它),故此注释。

1

任由我们二人承担。

　　接下来的感谢不如前面那么私人，但是同样有必要。如果没有以下这些前作，这部作品不可能是如今的样子。这些需要感谢的人或作品包括：亨利·库珀在《空间里的房子》一书中极具吸引力地描绘了太空实验室里的零重力生活；G.斯泰恩的《第三次工业革命》给了我们创造"空之扉"的灵感；约翰·瓦利和弗兰克·赫伯特在他们的近作中不约而同地率先提出了（至少我们了解的是这样）对本书结尾至关重要的概念；穆雷·路易斯在《舞》杂志里优美动人的专栏；斯蒂芬·加斯金的著作，还有他在过去给我们提出的建议以及如今给予的关爱；多伦多舞蹈剧院、穆雷·路易斯、皮洛伯勒斯、"接触即兴创作运动"团队，以及所有在新斯科舍的舞者朋友们激动人心的舞蹈创作和表演；罗伯特·海因莱因、西奥多·斯特金、埃德加·潘伯以及约翰·麦克唐纳的毕生创作；詹姆森先生的威士忌、牙买加产的咖啡，以及弗兰克·扎帕、保罗·西蒙和Yes乐团的音乐作品。

第一部分　星辰舞

第一章

　　我不能说自己真的了解莎拉，至少不像塞洛夫了解伊莎多拉[1]那么深入。关于她的童年和青春期，我只是在无意之中听她讲过三两往事——虽然少，但足以让我确信那三本关于她的、彼此矛盾的畅销传记都是编出来的瞎话而已。至于她的成年生活，我所知的一切都来自她每天在我面前和我的摄像机屏幕中现身的几小时——多到足以让我确信每一家报纸关于她的报道统统都是扯淡。卡灵顿大概觉得自己比我更了解莎拉，从某种意义上说的确如此。不过，他无论如何也不会把她的故事写下来，更别提他现在已不在人世。

　　但我不同，从最开始手持摄像机为她拍摄舞蹈以来，我一直是她的摄像师，而且我了解在舞台背后的她。莎拉和我之间有一种地球上（或地球外）独一无二的关系，只是我无法向外行人

————————
　　① 伊莎多拉·邓肯（Isadora Duncan，1878－1927），美国舞蹈家，现代舞创始人，是世界上第一位披头赤脚在舞台上表演的艺术家。塞洛夫，指的是 Victor Ilyich Seroff，美国作家，著有传记《真实的伊莎多拉》。

描述——你可以把它想象成介于同事和战友之间的关系。从刚来到"空之扉"的那天起,我就一直陪伴在她身边,那时她惶恐不安,但却十分坚定,决心追逐自己的人生梦想。在接下来的几个月中,我有幸同她一道工作,目睹她一遍又一遍坚持不懈地排练。当时的每一份录影带都保存完好,我不会卖掉它们。

而且,当然了,我亲眼见过"星辰舞"。当时在那里将视频录下来的人就是我。

所以我想,我可以讲讲关于莎拉的故事。

首先,卡希尔在《莎拉》或冯·德斯基在《舞动无边:新现代主义之创立》中所说的并非事实,对太空和太空旅行的终生迷恋并不是她成为人类有史以来第一位零重力舞蹈家的原因。太空对于她来说是手段,而非目的。最开始的时候她倒是很惧怕浩渺空旷的太空带来的沉重之感。事实也绝非像梅尔伯格在那本精装破书《真实的莎拉·特拉蒙德》中声称的那样,说什么她成为太空舞者是因为她没有在地球舞蹈界混下去的天赋。如果他觉得在零重力环境中舞蹈比传统舞蹈更简单的话,他倒是去试试啊!可别忘了背上呕吐袋。

但是,就像所有最精心策划的诽谤一样,梅尔伯格的那个版本中的确有那么一点儿事实。如果她当初留在地球上,的确没法取得如今的成就,尽管原因绝不是她缺乏天赋。

我第一次见到她是在多伦多,时间是1989年7月的某一天。当时我是多伦多舞蹈剧院视频部门的头儿,但我憎恨在那里工作的每一分钟。好吧,那时我就没有不憎恨的东西。那天原本的日程是花一整个下午的时间拍学生们表演,基本上就是浪费时间和录影带,这是除了电话公司的不时骚扰外我最憎恨的事了。我还没见过那年新招来的舞蹈学生们，但我也并不想见。我喜欢看舞蹈被完美地表演出来，一群新人们在那里拼命瞎蹦跶有什么吸引力可言？你完全可以想象一下，那就像是你邻居家的孩子刚开始学小提琴一样。

那天我走进录影棚的时候，腿痛似乎比平时更严重。诺蕾留意到了我的脸色，撇下了那群年轻的"希望之星"，朝我走了过来。"查理？"

我撇了撇嘴。

"我懂，我懂，但是他们就像一群脆弱的小鸟，查理，他们的自尊心和放了七八个月的复活节彩蛋一样脆弱。你可千万别打击他们。如果你能控制住的话，也求你千万别朝他们大喊大叫。"她笑了一下，"总之，就是别伤害他们。腿疼？"

"对，腿疼。"

诺蕾·特拉蒙德是一位身材娇小的女舞者，看起来像一个小姑娘。她的体重只有大概五十二公斤，我敢说心脏的重量就占据了很高的比例——因为它提供给了她巨大的能量。尽管她的身高只有一百六十七厘米，强大的气场让她看起来比她最高的学生还要高大。她拥有堪比北美电网的能量，并总能像叶片泵一样高效运转（你知道标准单活塞泵的工作原理吗？去查查叶片泵的工作原理就知道了）。她的舞蹈表演有标志性的个人特色，大概就是由于这个原因，在新现代主义终于取代现代主义以前，诺蕾很少得到商业表演里比较重要的角色。我喜欢她是因为她并不可怜我。我们曾试着同居过，但是没能持续多久。

"其实不只是腿疼，"我承认道，"我实在是讨厌看到这些羽翼未满的小屁孩儿毁掉你精心编排的作品。"

"那你犯不着担心了。今天要录制的只是……其中一个学生的表演。"

"好吧,早知道我今天就该装病请假的。"我叹道。她做了个鬼脸。我赶紧问:"你在卖什么关子?"

"嗯?"

"你提到'其中一个学生'的时候语气似乎不太正常。"

她红着脸回道:"见鬼,被你发现了。那个学生是我妹妹。"

我俩好过一段时间,但我从未见过这位妹妹——不过这也没什么好奇怪的,毕竟我们的亲密关系都已经是好久之前的事儿了。我扬扬眉毛,说道:"她肯定跳得不错咯?"

"为什么这么说,查理?不过谢谢你的夸奖。"

"废话。我从不乱夸人。并不是因为你跳得好,我才猜她也跳得好。我的意思是,你一向公正,对假公济私这种事儿从来都避之不及。你会给你妹妹机会上镜,那她的舞技得极为出众才行。"

"她的确跳得不错,查理。"诺蕾的回答倒是很简单。

"看看就知道了。她叫什么名字?"

"莎拉。"诺蕾朝她指了指,我一下子就明白了她之前种种表现的含义。莎拉·特拉蒙德比她姐姐年轻十岁,而且整整高出十八厘米,体重多出十五到十八公斤。我并不怎么关注她惊人的美貌,美貌并不能减少我的失望——要是她生对时代,索菲亚·罗兰[①]可能在现代舞这个行业永远也出不了头。诺蕾身上的干瘦之处,莎拉却很是丰满;而诺蕾身上的丰满之处,莎拉则更甚。如果我在街上碰见莎拉,我完全有可能吹个口哨表示赞美——但在录影棚,我皱了皱眉。

---

① 索菲亚·罗兰(Sophia Loren,1934-至今),意大利女演员,曾多次获得奥斯卡及国际影展影后桂冠。

"我的天哪,诺蕾。她体型真大。"

"我妈妈的第二任丈夫是个橄榄球运动员。"她语带感伤,"不过莎拉的舞跳得真是好到没天理。"

"如果她真的能跳好的话,那才是没天理。可怜的姑娘。好吧,你想让我做什么?"

"你怎么会觉得我有求于你?"

"因为你还站在这儿没走。"

"好吧。我想我确实有求于你。嗯……和我们俩共进午餐怎么样,查理?"

"为什么?"我其实清楚得很,不过我选择了善意地装傻。

不过诺蕾·特拉蒙德却不这么想,"因为我猜你们俩有共同语言。"

我佩服她的诚实无畏,"我觉得也是。"

"你会来咯?"

"我们录完就可以。"

她眨眨眼,走开了。在极短的时间内,她就组织好了那帮到处乱逛、喧哗不止的年轻人,将他们变成了一个类似舞蹈团的群体——如果你睁一只眼闭一只眼的话。这群人在我架设和调试设备的二十分钟里热了身。我在他们前后各摆了一台摄像机,还拿了个手持的摄像机来拍近景特写。不过这一台我从没开机过。

据说有这么一种常见的心理游戏。每当有人吸引你的注意力或者走入你的视线的时候,你就会开始猜测那人是个什么样的人。你会试着根据他或者她的外表来推测这人的性格和习惯。这个男的? 看起来就是坏脾气,而且邋里邋遢,是那种刷完牙不盖牙膏盖、只喝锅炉工鸡尾酒①的人。那个女的？看起来像个艺术生，或许会自行改装相机，给人写信估计也使用自己发明的时髦字体。那一群人？他们看起来像是从迈阿密②来的小学老师，特意来多伦多看雪，顺便参加个展会什么的。有时候我还猜得挺准。我已经忘了前二十分钟里我给莎拉贴上了怎样的标签，但当她跳起舞来的时候，那些标签就都消失了。此刻的莎拉·特拉蒙德化身成了一种真实存在却又神秘未知的物种，就像是一座有生命的桥梁，将人间和神界连接起来。

仅仅就理论知识而言，我敢说自己基本上了解关于舞蹈的一切，但是我却说不出莎拉在那个下午的表演属于哪个舞种。我甚至无法完全理解那段舞蹈的奥义。我全程观看了她的舞蹈，对它也甚为欣赏，但是我却没有与之相配的理解力。我的摄像机就那么悬在我的臂端，和它一个高度的是我惊掉的下巴。舞者常常提到"中心"的概念，大概就在我们身体的重心附近。所有的舞姿都要围绕着这个中心展开。一个舞蹈演员会尽全力"从中心起舞"，而现代舞中最为基本的"收—放"也有赖于"中心"来集中舞者的全部能量。莎拉的中心似乎可以在整个房间里任意移动，驱使她的四肢自由地挥舞，而非强扭出各种动作。太阳最外面的那层物质叫什么来着？是日冕，对吗？用它来形容莎拉的四肢再贴切不过。它们就像是日冕上的四条火舌，沿着诡谲而曲折的轨迹围绕"日心"运动，收放自如。她的双腿看似随机地频繁接触地面，而双臂触及地面时相对来说更规律一些。

---

① 锅炉工鸡尾酒是由啤酒和威士忌混合调制成的，调法简单直接，曾是工人阶层的常饮鸡尾酒。

② 迈阿密位于美国最南端，属于热带气候。

当然，此刻还有其他学生给莎拉伴舞。我知道他们的存在是因为那两架自动摄像机并没有像我一样出神，而是尽职地录下了整支舞蹈。那支舞叫"诞生"，描述了一个形似仙女座的星系是如何形成的。当然，这场表演并没有真的再现那个星系诞生的过程，模仿也不是这支舞的最终目的，只是从某种象征意义上，它感觉像是星系的诞生。

现在回想起来，当时我所有的注意力都倾注在了一个人身上：莎拉·特拉蒙德，那座星系的中心。那群笨拙的学生们不时挡住她的身姿，但是我视若无睹。目睹她的舞姿让我感到可惜。

如果你对舞蹈有几分了解的话，这一切听起来一定荒诞极了。一支关于星云的舞？我懂，我懂，这听起来是很滑稽。但的确如此。这支舞达到了一种动人心魄、深入骨髓的程度——除了莎拉实在是太鹤立鸡群了这一点。你绝对无法把她和那一群急功近利、舞姿扭捏的三脚猫混为一谈。就像随便从蒙特利尔的一家酒吧里拉来一支临时乐队，让他们跟史蒂夫·汪达①合唱一样。

但是这并不是让我感到可惜的原因。

"此时此刻"是一家破旧的餐馆，不过这里的食物非常美味，店中自制的烟草更是上乘货色。只要你出示餐厅俱乐部的会员卡，亨胖子就会送来一道道美食，尽管盘子总是脏兮兮的。可惜的是，在我写这个故事的时候它已经不再营业了。诺蕾和莎拉婉拒了吸烟的邀请，不过干我这行的总离不开烟草，更别提我此时正急需提振精神。到底该怎么开口，为这个可爱姑娘的舞蹈梦想宣判死刑呢？

---

① 史蒂夫·汪达（Stevie Wonder，1950-　　　），美国著名歌手和作曲家。

　　我甚至无须开口问莎拉，就知道她最大的梦想是继续跳舞。或者更长远地说，成为职业舞者。我常常揣测职业艺术家们的真正动机。有些人一想到有人为了听到或看到自己的作品而主动递上钞票就能满足他们的自恋心理；还有些人是因为自己实在是过于无能或者毫无自控力而别无选择；还有些人则是因为他们迫切地需要表达自己的情感或者信念。我想大部分艺术家其实是三者均沾。我这么说并不是在抱怨——他们的创作对这个世界来说是必不可少的。而我们呢，则应该感谢这世上还存在着让他们进行创作的动机。

　　但是莎拉并不属于"大部分艺术家"。她跳舞单纯是因为她需要跳舞——她要表达的东西没法用别的方式传递，而对她来说，生活乃至存在的意义都根植于表达的过程。任何其他的职业或者艺术形式都只会贬低甚至玷污她的舞蹈所传达的精神内核。而让我笃信这一点，仅仅需要那一支舞的时间。

　　于是我让抽烟和咀嚼交替占据我的嘴巴，让它没空说话（其实享受一大口美食之后呷一小口烟还有助于缓解咀嚼食物所带来的淡淡不适）。在那半个多小时中，我只是在两位聊个不停的女士问及我的时候，才含糊地回上一言两语。直到侍者端来咖啡，莎拉突然直视着我的眼睛问道："你不想说两句么，查理？"

　　她是诺蕾的妹妹，好吧。

　　"我只会讲些空洞的废话罢了。"

　　"根本没有这种东西，只可能有空洞的人。"

　　"你享受跳舞吗，特拉蒙德女士？"

　　她严肃了起来，"请你定义什么是'享受'。"

　　我开口想要回答她的问题，但很快又不得不闭上嘴巴。如此张张合合反复了三回。谁要是敢说这个问题很简单，欢迎您

10

来一试。

"看在老天的份儿上,麻烦告诉我,你为什么这么不想和我说话。这让我很是担心呀!"

"莎拉!"诺蕾看起来有些惊慌。

"别插嘴,我好奇得很。"

我只好试着给出一个答案,"莎拉,我有幸在伯特伦·罗斯①去世前见了他一面。我本来只是在台下看他表演,不过这场表演的制作人与我相识,也挺喜欢我,就把我带到了后台,就像一个小孩儿被带去见圣诞老人一样。我本来以为他在后台会更老成一些。结果,他看起来比台上还年轻,特别活跃,就好像控制不住他那非凡的肢体一样。然后,他对我讲起话来。我保持着张嘴的姿势好一会儿才闭上,因为我激动得一句话都说不出来。"

她耐心地听着,期待我讲更多的故事。慢慢地她才意识到那是我用来赞美她的潜台词,以及我对她的赞美之情有多深。我本以为我的意思已经很明显了,因为大部分艺术家时刻都在期待着别人说点儿好话。当她终于意识到这一点的时候,并没有羞得脸红或者洋洋得意。她没有把脑袋一歪,来上一句"得了吧,哪里哪里",也没有说"您太抬举我了"。她仍然注视着我的双眼。

她只是慢慢地点了点头,说道:"谢谢你,查理。这番话比闲聊更有价值。"她的微笑里似乎藏了那么一点儿悲伤,好像谁讲了一个心酸的笑话一样。

"不用谢。"

"看在老天的份儿上,诺蕾,你在为什么事儿发愁呀?"

---

① 伯特伦·罗斯(Bertram Ross,1920-2003),美国著名芭蕾舞蹈家。

这回轮到诺蕾说不出话了。

"她是对我失望而已，"我回答道，"我其实传达了错误的信息。"

"你刚才的褒扬都不是真的？"

"我本应该说，'特拉蒙德女士，我认为你应该退出舞蹈这个行当'。"

"直接叫我莎拉就好了。等等，**你说什么？**"

"查理——"诺蕾终于开了口。

"我本该告诉你的是，并非所有人都能如愿成为职业舞者——你知道，要培养冲浪运动员，人们也只会选择那些能在冲浪板上站稳的人。莎拉，我建议你放弃舞蹈，赶在这一行把你淘汰之前。"

我想，虽然我的确需要以最真诚的态度来面对她，但这句话也太过残忍了。不过这也让我知道，莎拉·特拉蒙德从来不会因为遭受挫折而颓丧。她只会积极应对。

她只是简单地说道："为什么是你对我说这些话？"

"因为你和我是一路人。我们都怀着同一种渴望，但身体条件不允许。"

她的眼神突然柔和了下来，"你的渴望是什么？"

"和你的一样。"

"哦？"

"有这么个人，他本来应该在周四来我家修电话。我的室友凯伦和我那天有彩排，所以我们留了张条子：'亲爱的电话修理工先生，我们有事不在家，而且也没法打电话通知您。请您直接从管理员那里取钥匙来开门。电话在卧室里。'可是那个修理工没来。一直没。"我的手有些发抖，"我们那晚是从公寓楼后面的楼梯上的楼。①电话仍然是坏的,不过我一直都没想起来要把前门上的那张条子取下来。第二天早上我生病了,浑身都在抽搐,呕吐不止。凯伦和我仅仅是普通朋友,但是她决定留下来照顾我。我猜那张条子在周五晚上格外具有吸引力。一个小偷用塑料条撬开了锁。在他拔掉音响电源的时候,凯伦恰好从厨房出来。小偷气急败坏,拔出枪来打了她。两枪。巨大的枪响倒是把那个小偷吓坏了,等我赶到客厅的时候,他已经半只脚踏出门了。但他还是在逃走前匆忙打了我一枪,子弹正好从髋关节穿过。直到现在警察也没抓到这个犯人。修理公司也从来没派人来修电话。"我总算控制住了发抖的手,"凯伦是一个特别优秀的舞蹈演员,但是那时候我还要更出色些。直到现在,我依然觉得我还是原来那个出众的舞者。"

莎拉的眼睛睁得浑圆,"你该不会是查理……查理·**阿姆斯泰德**吧?"

我点了点头。

"我的天啊。那才是你退出舞坛的原因。"

她诧异的样子也让我甚为震惊。这震惊把我从阴冷的自我怜悯的边缘扯了回来。我又开始怜悯起她。我本应该猜到她对我的同情有多深。而且,在真正重要的事情上,我们实在太像了——我们的确同病相怜。连我自己都不知道,为什么当时要告诉她这些陈年旧事。

"他们没能修复你的髋关节吗?"她伤感地问道。

"如果忽略对称性的话,我完全可以行走如风。如果有很强烈的动机的话,我甚至还可以跑上一小段距离。但是我没法跳

---

① 很多北美地区的老式公寓楼都在背面设有室外的楼梯,在楼梯转弯处可以翻窗户进屋。

出哪怕一节值得一看的舞。"

"所以你成了一名摄像师。"

"那是三年前了。那时候舞蹈公司想找到一个既懂得摄影又熟悉舞蹈的人，就和扒开一只母鸡的嘴在里面寻找牙齿一样难。哦，其实他们从七十年代起就在录制舞蹈节目了——通常请来的都是些新闻台的摄像师，只能靠想象力来揣测正确的拍摄方式。敢情他们以为把两台摄像机往指挥台那里一放，就能把舞台剧拍成电影了？"

"也就是说，你在尝试着以合适的方式来录制舞蹈，就像他们用摄像机来拍摄影视剧一样？"

"这个比方算是很准确了。唯一的不同是，相对于影视剧，在拍摄舞蹈和音乐时你无法轻易拍拍停停，或者往回倒一点儿，重新拍一次感觉不太对的那段，再或者打乱时间线好让拍摄日程更方便一些。节目进行着，你就得拍下去。这年头整个摄影行业都不惜花费重金来寻求我这样的人——拥有跨行业的深厚知识和经验，既知道着重拍摄一场表演在某个特定时刻最具感染力的那部分，又能意识到要给最重量级的表演者安排最好的镜头。和我一样出色的摄影师极少，我是最棒的那个。"

她完全相信了我的一顿自夸，就像之前自然而然地接受了我对她的赞美一样——从表面上看是这样。通常来说，当开始自吹自擂的时候，我一点儿也不会在乎别人的反应，或者我根本就是故意想让自己看起来很难搞，来逼别人气得跳脚。但是我却对她的肯定如此欣慰，甚至连我自己都感到有些不安。这一点点的不适感让我想再次装得咄咄逼人一些，虽然我也明白这对她不起作用。"所以，事情的缘由就是诺蕾想让我劝你换个更适合你的行当，因为就连我复出舞坛的希望都比你成为职业舞者的希望大。"

她固执了起来，"我不信那一套，查理。我知道你的意思，我也不傻，但是我觉得我可以突破这些限制。"

"快醒醒吧，姑娘。**你的体型太大了**。你的巨乳像两半能得金质奖章的大个儿蜜瓜，还有你那屁股，大到任何一个好莱坞女演员都能舍得卖了她爸妈来换。但是我们说的是现代舞，你这丰乳肥臀足够压垮你了。你没有一丝机会。突破限制？你只会先撞破自己的脑袋。我说够直白了吧，诺蕾？"

"我的天啊，查理！"

我语气温和了些。我不想把诺蕾惹生气——我实在是太喜欢她了。这情愫在当年几乎让我们凑合着过了下去。"对不起，亲爱的。我的腿疼得要命，而且我还气得发疯。莎拉**本应该**在舞坛有一席之地——但她不会。她是你的妹妹，所以你感到悲哀。而我是个彻头彻尾的陌生人，我只能怒火中烧。"

"那你觉得我是什么感受呢？"莎拉突然火冒三丈，吓了我俩一跳。我不知道她还能发出这样的声音。"所以你觉得我就应该接受现实，然后从你那里租个摄像机，跟着你干，是吗，查理？或者我应该在工作室外面摆个摊卖苹果？"她的下巴在颤抖，"这么说吧，如果我就这样接受现实的话，南加州所有的那些神明都不会饶了我①。神给了我这样大的身材，但是我身上没有一磅多余的赘肉，这体型对我来说恰好合适。所以，我这大号身材跳起舞来毫无问题，而且我还会继续跳下去。也许你没说错——我可能会先撞得头破血流，但是总有一天我会实现我的目标。"她深吸了一口气，"所以，谢谢你的好意，查……阿姆斯泰德先……噢，该死。"话没说完，她的眼泪就夺眶而出。莎拉匆忙离席，起

① 南加州来自世界各地的移民群体众多，因此宗教信仰也极为多元化。

身时不慎把一杯没喝完的冷咖啡碰倒,洒了诺蕾一腿。

"查理,"诺蕾咬着牙说,"我怎么会这么喜欢你呢?"

"跳舞的都傻。"我赶紧把手帕递给她。

"哦?"她一边擦裤子上的咖啡,一边问我,"那你怎么会喜欢我?"

"摄影师都很聪明。"

"好吧。"

那天下午,我把自己关在公寓里,不断地回放早上录制的视频,越看越气。

跳舞这行当要求舞者在年纪很小的时候就有强烈的意愿去近乎盲目地投入,这根本就是在赌舞蹈基因和后天培养能让小孩子那不知有无的潜力有朝一日迸发。以前,练芭蕾的风险更高一些,而到了八十年代后期,练现代舞也一样艰难了。比如说,你可以在六岁开始学跳芭蕾舞,到十四岁的时候却发现你的肩膀发育得太宽,整整八年的苦功夫就全都白费了。莎拉也是从孩提时代起学舞,等她发现上天赋予了她一副太有女性魅力的身材时已经太晚了。

她不是胖,你也不是没见过。她高,一副大骨架被一具成熟丰满的女性躯体包裹着。在我一遍又一遍地观摩《诞生》的录像带时,我越看越伤心,甚至忽略了自己腿上那从未离开过的疼痛。看那支舞就像看到一个极具天赋的篮球运动员,定睛一看,却发现他的身高只有一米二一样。

一个舞蹈演员想要打进职业现代舞坛,进入大型制作公司是极为必要的。你必须在那里把自己的才华展示出来,否则没人会发现你。(政府补贴的原则是公司越大,拿到的补贴越多,尽管这个规矩基本上就是一个自我应验式的预言①。小型公司和未签约的舞蹈演员们为了生计经常不得不自相残杀,而悲哀的是,进入八十年代以来,他们连存活下去的机会都没有了。)

"默斯·康宁汉看过她的舞,查理。玛莎·葛兰姆也在去世前看过她跳。②两人都对她的编舞和舞技赞不绝口,却从未抛给她橄榄枝。我甚至不能责怪他们——因为我能理解他们,该死的,非常理解。"

诺蕾当然能理解。莎拉的问题几乎就是她姐姐的问题放大了一百倍:她的舞太独特了。在大型公司跳舞的演员必须能跳出众的单人舞,但也必须能在群舞中掩盖锋芒。莎拉的独一无二意味着她对于那些公司基本上毫无用处——她总是能从群舞中脱颖而出。她的光芒想遮也遮不住。

而且一旦莎拉的光芒吸引了人们的注意力,至少对男性观众而言,是不会再移睛他处了。如今,现代舞者有时候必须裸舞,这个时候,她们有如十四岁男孩儿的平坦身材就暴露无遗。也许有时候我们得让姑娘们衣着暴露或者全裸着跳舞,但是看在老天的份上,这可是为艺术献身。如果一个姑娘身材丰腴而性感,她可以成为一位女演员,可以去演奏音乐,也可以成为一名画家。可是如果她要成为一位舞者,就必须像高级时尚模特一样,在性符号上做减法。也许只有老天知道这是为什么。就算莎拉有心想抹杀她的舞蹈中的性感一面,她也根本做不到。而且就凭我眼前的录像,还有我对她短暂的了解,我也清楚她根

---

① 自我应验预言,又称自证预言,是指人们先入为主的判断使得人们未经客观思考或调查就得出自己想要的结论。

② 默斯·康宁汉(Merce Cunningham, 1919-2009)和玛莎·葛兰姆(Martha Graham, 1894-1991)都是美国著名的舞蹈家和编舞家。

本没兴趣这么做。

为什么她的才华偏偏在这个领域呢？整个宇宙里也就只有三种视性感为原罪的行业：模特、尼姑、舞者。对于这一点，我感同身受，也就愈发伤心。

"糟糕极了，是吧？"

我急忙转身，叫了出来："该死，我被你吓得咬到了舌头。"

"抱歉，"她从门廊走进我家客厅，"诺蕾跟我讲了怎么找到你的住处。门虚掩着。"

"我回家的时候忘了关门。"

"你就让门那么敞着？"

"我已经吸取教训了。瘾君子们不管嗨成什么样，都不可能擅自走进一间敞着门、还从里面传来收音机声音的屋子。这显然说明有人在家。而且你说得很正确，我感觉简直糟糕极了。请坐。"

她坐在沙发上。现在她的头发是披着的，我更喜欢她这样。我关掉屏幕，把录影带取了出来，随便丢到书架上。

"我是来道歉的。我不应该在午饭的时候对你发火。你只是在试图帮我的忙而已。"

"你迟早会把怒气发泄出来的。我想象得到你心中的怨气积得有多深。"

"这口怨气积了五年。我以为比起在加拿大，我的事业在美国可以更容易起步，满心想着走得越远越好，越快越好。结果现在我绕了一圈又回到多伦多，这儿也没有我的机会。你说得没错，阿姆斯泰德先生，我的体型太大了。谁想看亚马孙丛林里的原始人跳舞啊。"

"请还是叫我查理。听着，有个问题我想问你。在《诞生》的结尾,你做了个动作。那代表什么?我之前以为那是个召唤的动作,但是诺蕾觉得那代表告别。现在我又看了好多遍录像带,越来越觉得那其实是一种拓展自身的渴望。"

"那说明这个动作很成功。"

"抱歉,你是说?"

"对我而言,这三种情感在一座星系的诞生里都会有。它们之间的精神联系太紧密了,因此我觉得给每一种情感专门设计一个动作就太傻了。"

"嗯。"我感觉越来越糟,就像爱因斯坦得了失语症,无从表达他的伟大智慧一样。"你怎么就没把舞跳砸的本事呢?那样的话就讽刺极了。这个——"我指了指那盘录像带,"就是个大悲剧。"

"你难道不准备安慰我说'你还可以为自己而跳'吗?"

"不。对你来说,那会比不跳舞还痛苦。"

"我的天啊,你太有洞察力了。或者是我太容易被看透了吗?"

我耸了耸肩。

"唉,查理,"她脱口而出,"我到底该怎么办呢?"

"你最好别问我这个。"我的回答里多少有些戏谑。

"为什么不呢?"

"因为我已经有七分爱上你了。也因为你并不爱我,也永远不会爱上我。所以你根本不应该问我这个问题。"

我的答复让她有些不安,但她很快平复了下来。她慢慢地摇着头,目光变得柔和,"你甚至知道我为什么不爱你,对吗?"

"以及为什么将来你也不会爱上我。"

我万分惧怕她对我说抱歉,但她的回答再次震惊了我。她是这么说的:"我见过的真正成熟的男人屈指可数。我对你充满感激。也许充满讽刺的悲剧向来是成对发生的?"

"有时候吧。"

"好了,现在我需要做的事情就只是想清楚该干点儿什么别的行当了。这个周末有事儿可干了。"

"你还会继续去上舞蹈课吗?"

"我不妨还是去吧。花时间学习永远说不上是浪费。诺蕾实打实地教给了我东西。"

不知怎么,我的脑筋突然转了起来。人毕竟是理性动物,对吧?"如果我有个更好的主意呢?"

"如果你有其他想法的话,当然更好。告诉我吧。"

"你跳舞一定要有观众在吗? 我是说,他们一定要在演出现场吗?"

"你这是什么意思?"

"也许还有其他出路。听着,所有的电视台都在建立录影棚,对吧? 而且现在人人家里都收藏了老电影、厄尼·柯瓦克斯①的喜剧节目,或者其他他们喜欢看的东西,所以急需新鲜的内容。我是说那种新奇的、对公共台或本地台来说太冷门的、针对专业人士那种—"

"你是在说独立的视频制作公司?"

"对。多伦多舞蹈剧院在考虑进军这个市场,而葛兰姆公司②已经开始行动了。"

"所以呢?"

---

① 厄尼·柯瓦克斯(Ernie Kovacs,1919~1962),美国著名喜剧演员,他的节目的实验性和即兴特色尤为突出。

② 葛兰姆公司是由前文中提到的玛莎·葛兰姆创立的舞蹈公司。

"所以，我想我们可以制作一个独立的节目，就你和我两个人。你跳舞，我录像，再简单不过的商业模式了。我有几个老熟人，也可以继续扩展更多门路。在音乐界，我可以毫不费力地列举十个从没进行过巡演、只是制作了录像带的节目。你不也可以试着越过舞蹈制作公司那座大山，直接面对大众吗？也许我们可以先建立口碑——"

她突然容光焕发起来，像一盏万圣节南瓜灯一样。"查理，你觉得这么干真的能行吗？你真的这么想？"

"我以前也从没想过七月里会出现雪球。"我穿过客厅，打开我装啤酒用的小冰箱，取出了我特意在炎夏时节冻在里面的雪球，然后朝她扔了过去。她勉强接住雪球，差点儿把它掉到地上，但是当她意识到手中是什么东西的时候，哈哈大笑了起来。"我对这个主意的信心刚好足够让我辞掉多伦多舞蹈剧院的工作，转而把时间花在你身上。我赌上我的时间、录影带、摄像器材，还有我的积蓄。"

她试图冷静一下，不过那雪球冻着了她的手指，于是她又大笑起来。"七月里出现了雪球。你真是狂人一个。我肯定入伙。我有一点儿存款，而且……我没什么别的选择，不是吗？"

"我猜的确是这样。"

第二章

　　接下来的三年是我人生中最激动人心的一段时光,对她也一样。我目睹了、也录下了莎拉把自己从一只潜力股迅速提升为一名真正出色的舞者的全过程。我甚至不确定我能否讲清楚这一过程。

　　她成了舞坛中的爵士乐手。

　　对于莎拉来说,舞蹈是一种自我表达,纯粹而简单。从最初到最后,一直如此。自从她放弃挤进大公司的徒劳尝试以后,她开始视有意识的舞蹈编排为自我表达的屏障——编舞就像事先计划好的表演轨迹,或者没法脱离的剧本,会局限她的发挥。于是,她不再像以前一样重视编排了。

　　一个爵士乐手可以连续十几晚吹奏《突尼斯之夜》,而每晚的表演听起来都是不同的,因为他能根据某时某刻的情绪来修改自己对曲子的演绎。这是艺术家与作品的终极融合——即兴创作。而曲子原有的优美旋律则保证了作品不会被改得一团糟。

　　莎拉以同样的方式把事先的编排降格为舞蹈表演的出发点。它成了基石与框架,而莎拉则会根据具体情况,在此基础上即兴演绎，进而赋予整个舞蹈灵与肉。在这繁忙的三年里，她学会了如何越过重重障碍练成属于自己的舞蹈。舞者们通常对即兴舞蹈嗤之以鼻，即使他们都在练功房里做过，并且以此作为放松的方式。他们没能意识到的是，**有计划的**即兴表演——围绕着事先拟好的主题临场发挥——是舞坛无可争议的未来趋势。莎拉率先迈出了这一步。一个舞蹈演员必须得功力过硬，才能够妥善利用如此巨大的自由创作空间而不搞砸。她的实力，足矣。

　　我就不必在这里陈述特拉蒙斯泰德公司①在那三年多的"光辉"业绩了。我们自然是拼命工作，也制作了一些伟大的作品，但是甚至没法把录像带当成镇纸卖出去。的确，家庭娱乐影音在那时已经开始兴起，但是发行商对现代舞的了解基本上就和当年录音工业刚刚起步时对蓝调音乐的了解一样少。大的发行商总是在追逐大明星，而小一些的则想要有潜力的新秀。我们几乎走投无路的时候甚至不得不尝试联系 B 级发行公司，虽然我们早就知道结果会如何。他们的发行渠道太少，品牌不响，技术规格也不够高，评论界对他们根本就不屑一顾。口碑这东西就像是基因池——如果被激活的基因达不到一定的规模，那什么也不会发生。"蜘蛛"约翰·科尔纳是一个天赋超常的音乐人，从 1972 年就开始制作和销售自己的专辑了，但是你们有谁听说过他呢？

　　1992 年 5 月的一天，我去大堂的信箱取信的时候，发现了视觉娱乐公司的来信。他们决定终止与我们的合作，嘴上说着深表遗憾，却没有给我们任何补偿。我直接跑去莎拉的公寓。走

---

　　① 查理和莎拉合作的独立制作公司的名字取二人的姓各一半，即特拉蒙(德)和(阿姆)斯泰德。

在路上的时候,我的腿痛得好像那里的骨髓通通变成了激烈燃烧的火药粉末。那段路,我走了好久好久。

当我到她家的时候,她正在练习《重力是一个动词》。当初把客厅改造成练功房花了我们好多时间、精力和汗水。我们甚至还花了一大笔钱打点房东,不过考虑到我们想要的效果,这跟在外面租练功房比起来还是便宜很多。那一天,练功房被装饰成高山野林,我随手把帽子挂在了一颗假柏树上。

她朝我投来一个微笑,便继续练舞,跟斗翻得一个比一个高。她看起来就像是我见过的最美的山羊。我的情绪坏透了,直想冲上去把音乐关掉(放的是麦克劳林和迈尔斯的音乐①,此时的旋律和莎拉的舞姿一样回环往复,抑扬婉转),但是我从来都不忍心打断莎拉的舞蹈。她的表演一步步深入,巧妙地与伴奏配合着,直到舞蹈进入高潮。莎拉腾空跃起,姿态舒展而优雅,她在空中从容地蓄力,然后再将自己掷回地面。落地的那一刻,她有时会翻滚几周,有时双手着地,但是下落过程中重力所赋予的能量并没有被吸收,总是被传递到接下来的动作中。整支舞就像是她能量的爆发。待她舞毕,我已经多少冷静下来,可以辩证地思考我们这项共同事业的惨败了。

舞的完成动作是她团身、静止。莎拉极为优雅而谦逊地低头,这是她挑战重力的宣言。我禁不住鼓起掌来。我知道这俗透了,不过我根本没法控制我的双手。

"谢谢你,查理。"

"我的天哪!'重力'的确可以是一个动词。你当时告诉我这

---

① 约翰·麦克劳林(John McLaughlin,1942-)和迈尔斯·戴维斯(Miles Davis,1926-1991)都是著名的爵士音乐演奏家,对混合爵士乐作出了很大的贡献,二人在七十年代合作了多张电子爵士乐专辑。

支舞叫这个名字的时候,我还以为你疯了。"

"‘重力’算是舞蹈世界里最有分量的动词之一了。我觉得甚至没有之一。重量是万能的。"

"几乎是万能的。"

"啊?"

"视觉娱乐毁约了。"

"**哦,**是这样。"她的眼神里看不出情绪,但是我知道那眼神背后的真实想法。"好吧,下一个备选的合作伙伴是哪家?"

"我们没有其他选项了。"

"哦。"这回她的眼神暴露了一切,"唉。"

"我们原本就知道的。伟大的艺术家还在世时都默默无闻。这会儿我们就该赶紧死掉——然后一切就都好了。"

我试图用我的方式做她的后盾,为她而坚强,但是她看穿了我的小心思,反而安慰起我来。

"也许我们应该改行做死亡保险,为艺术家量身定制那种。"她说,"他用全部作品作为保险费,换取我们预支给他的款项,而我们只需要赌他死后成名就可以了。"

"我们指定稳赚不赔。万一他出名的时候还活着,他尽可以花钱把作品赎回去。"

"这主意好极了。不过咱们还是消停一会儿吧,再说下去我就要笑死了。"

"好的。"

她沉默不语良久。我想让大脑像引擎一样高效地运转起来,但要命的是变速箱坏掉了,这台靠思考驱动的车一动也不动——我**根本**想不出一个好主意来。后来,莎拉起身去关掉在音乐带播完后已经沙哑地空转了一会儿的唱片机。按钮声格外清脆响亮。

"诺蕾在爱德华王子岛上有块地，"她说，避开了我的视线，"那有座房子。"

我想打断她，然后接上那个老生常谈的笑话：爸爸提出把在马戏团打扫象笼的落魄儿子接回家，给他找个体面的工作。"然后呢？离开舞坛？"

"去他妈的舞坛。"她轻声说，"如果我现在去爱德华王子岛的话，也许还来得及把那块地收拾一下、翻一翻，鼓捣出来一个院子什么的。"她收拾了一下情绪，问我："那你怎么打算呢？"

"我？应该没有问题。多伦多舞蹈剧院想让我回去。"

"但是那是六个月以前的事了。"

"他们又联系了我一次，就在上个星期。"

"然后你直接回绝了，傻瓜。"

"也许吧，也许我真是傻。"

"这天杀的独立制作完全就是在浪费时间。所有的时间、精力都白费，活儿也是白干。我还不如当初直接就在爱德华王子岛上干农活，估计这会儿地里面已经结了不少果子了。真是浪费啊，查理。真他妈浪费。"

"不，莎拉，我不这么想。我知道说什么'任何努力都不会白费'都只是托词，但是……这么说吧，这事儿就像是你刚刚跳的那支舞。即使你没法抗拒重力，敢去**尝试**也终究是一件美妙的事。"

"没错，我知道。想想轻骑兵的冲锋一役吧。[①]还有，'勿忘

---

① 轻骑兵的冲锋发生于1854年克里米亚战争中。因为指挥失误，英军轻骑旅向装备完善的俄国炮兵部队发起进攻，损失惨重，被迫后撤。讽刺的是，轻骑兵的英勇因为诗人阿尔弗雷德·丁尼生的诗作《轻骑兵的冲锋》而被后世铭记。

阿拉莫'①。至少他们试过了，这多美妙。"她苦笑起来。

"是的，还有耶稣基督。你做一件事，是为了物质上的回报？还是只因为你需要这么做呢？别的不提，至少我们现在有几十万米长的录影带，里面是有史以来最出色的舞蹈录像。也许它们的商业价值为零，但是艺术价值不可估量，对我来说，这绝不是浪费。是的，这段事业已经终结，我们都会各奔前程，但是我们所做的没有白费。"我猛地意识到自己在吼，赶紧闭上了嘴。

她缄口不语。过了一会儿，她试着挤出一个微笑，"你说得没错，查理。我们的合作没有白费。这段时间里，我是一个比以前任何时候的我都更优秀的舞者。"

"绝对没错！你突破了编排对舞蹈表演的局限。"

她的笑中带有遗憾。"是啊，但是就连诺蕾都觉得我们走到了死胡同。"

"这不是死胡同。这样的舞蹈形式比俳句或者十四行诗更有诗意。舞蹈演员们本不必做机器人，用身体死记硬背舞蹈的套路。"

"他们要生存的话，就必须这么做。"

"咱们几年后可以再试试。或许那时候人们会准备好接受我们的表演形式。"

"没问题。不过咱们先喝点什么吧。"

那晚我们上了床，是第一次，也是最后一次。第二天早晨，她就开始收拾行李，而我则到客厅拆设备。我承诺一定会写信给她，也承诺如果可以的话，一定会去探望她。我把她的行李搬

①阿拉莫之战发生于1836年的得克萨斯独立战争中。独立军宁死不降，固守阿拉莫整整十三天，但最终还是负于墨西哥政府军。"勿忘阿拉莫"在战败后成为鼓舞独立军的口号。

到楼下，塞进车里。接下来亲吻，挥别。之后我决定去买醉，在第二天凌晨四点的时候，一个劫匪以为我醉到可以轻易下手，转眼就被我打碎了下巴、鼻梁以及两根肋骨，之后我就坐在他倒下的躯体上失声痛哭起来。第二天是周一，一大早，我跌跌撞撞地回到剧院的录音室，因为脑袋上受了伤，帽子只能拎在手里，嘴又肿又青，像公交车站的烟灰缸。诺蕾没问我回来的原因。那时候食品价格飞涨，我放弃了买粮食，只靠波本酒度日。只用了六个月的时间我就被解雇了，而借酒浇愁的日子，我又接着过了好久。

我根本没有写信给她，因为我总是在写下"亲爱的莎拉……"之后就不知如何下笔。

当我终于沦落到不得不卖掉我的摄像设备换酒喝时，脑子里不知哪根弦终于接通了，让我得以审视那些颓废的时光。摄像可是我此前人生的全部啊！于是，我并没有去当铺，而是选择去了当地的一家戒酒互助小组，以求戒掉酒瘾。过了一段时间，我的灵魂已然麻木，我也不再在早上起床时畏惧新的一天。千百次我都想把我所保存的莎拉的舞蹈录像洗掉——当然，她自己有备份——但是都不忍下手。我经常想她，很想知道她过得怎么样，但却不忍心去了解真相。就算诺蕾知道什么，她也一直瞒着我。她甚至试着为我求情，让剧院给我第三次机会，但这本就毫无希望。一旦你毁了自己的名声，之后可就再也无法挽回了。我最后幸运地得到了在一家位于新布伦斯维克的教育电视台工作的机会。

那几年可真是难熬啊！

1995年视频电话问世，我在没有知会电话公司也没有得到他们同意的情况下，自己动手改装电路板制作了一台。电话公司仍然是我最讨厌的东西。我把那该死的电铃声替换成了花生米大小的灯泡。六月的一个晚上，那灯突然柔和地闪烁起来。我先接通了语音通话，然后接通显示管，这样如果电话那头也用着新鲜玩意儿，我们就可以进行视频通话了。"你好？"

视频接通了。当莎拉的脸庞出现在屏幕上的时候，我倒吸了一口凉气。我戒掉酒瘾后，也因此戒掉了喝醉时老是出现她回来找我的幻想，而我最近又想喝酒了。我眨了眨眼，确定屏幕上出现的并不是自己的幻觉之后，才终于感觉好了一些。我试着开口，但什么也说不出来。

"你好，查理。好久不见。"

我再试了一次，这次终于说出话来，"不像好久，就像还是昨天。只不过是别人的昨天。"

"是的，是这样。我花了好几天时间才找到你。诺蕾现在在巴黎，除她之外没别人知道你去哪儿了。"

"嗯。你的农活干得如何？"

"我……暂时收手了，查理。农艺其实比跳舞还有创造性，但它们毕竟不同。"

"那么你都在做些什么呢？"

"工作。"

"跳舞？"

"对。查理，我需要你的帮助。我是说，我这儿有个活儿给你干。我需要你的摄像机和你的专业眼光。"

"就别提我的资质了。只要你需要，我肯定会来。你在哪里？下一班去你那里的飞机什么时候起飞？我应该带哪些摄像机？"

"纽约,一个小时后,以及什么都别带。我说'你的摄像机'的时候并不是真的说你的**摄像机**,除非你最近都在用GLX-5000摄像机和汉密尔顿控制板。"

我吹了个口哨,却弄痛了我的嘴,"我可买不起那些高档货。况且,我是个老古董——我还是更喜欢手持拍摄。"

"你干这活儿就用得上汉密尔顿啦。铬师傅[1]产的全新器材,最多能有20个输入端。"

"敢情你是在那农场上种罂粟做起鸦片买卖了? 还是你开挖掘机松土的时候挖到钻石了?"

"付你工资的人是布莱斯·卡灵顿。"

我的眼皮突然跳了一下。

"你能不能现在就去赶那趟飞机,我好当面跟你讲具体情况? 我住在新时代酒店,你在前台询问总统套房就行。"

"去他的飞机。我现在兴奋得脚下生风,可比飞机还快。"说完我就挂了电话。

根据我在牙科诊所候诊室里看到的《时代》杂志来看,布莱斯·卡灵顿是一个天才亿万富翁。他成功说服了诸多行业巨头给"空之扉"注资。"空之扉"是一个巨大的绕地运行的太空中心,建造它曾让包括水晶市场在内的许多市场彻底断货。如果我没记错的话,一种类似于脊髓灰质炎的罕见疾病废掉了他的双腿,使他不得不在轮椅中度日。他的腿毫无力量,失去了正常功能,但是在重力弱的地方却能正常使用。于是他打造了"空之扉",派了一支采矿队到蟾宫矿[2],利用那里价格低廉的原材料来维持

---

[1] 铬师傅(Masterchrome Co. Ltd)是真实存在的一家位于加拿大安大略省康考德的铬加工公司。

[2] 蟾宫矿,作者虚构的地名,位于月球上。

"空之扉"的运转。他绝大部分时间都待在太空失重的环境里。他的照片看起来像是个相当成功的作家(绝非是个随便找来的写手)。除此之外,我对他一无所知。我很少留意新闻,至于太空新闻,更是毫不关心。

新时代酒店是那时纽约最火的一家酒店,就建在原来喜来登酒店的废墟上。这酒店有着极高的安全等级,全副武装的防弹玻璃,比外面空气还厚重的地毯①,以及完全贯彻了被约翰·D.麦克唐纳②戏称为"原始版假牙"建筑理念的大堂。铜臭味真是扑面而来。我很庆幸出门前翻出了一个领结,但很后悔没给皮鞋擦油。当我从空气隔离门走进大堂的时候,一个彪形大汉挡住了我的去路。我趁他从我面前移开的时候打量了他一下,他的身材和我见过的最魁梧矫健的酒吧保安别无二致,他的穿着豪华得堪比上帝的管家。他做了自我介绍,名字好像是佩里,但他看起来根本不相信我能入住这么奢华的酒店。接着他问能否为我效劳,虽然语气听起来好像是在说"别做梦了"。

"当然,佩里。你介意抬起一只脚吗?"

"为什么?"

"我赌二十美金你肯定连鞋底都熠熠生辉。"

他含蓄地笑了笑,但是没动半分,"您想见谁?"

"莎拉·特拉蒙德。"

"这个名字并没有登记。"

"在总统套房。"

---

① 此处暗指在作者设定的这个年代,地球污染严重。后文出现的"空气隔离门"也是这个意思。

② 约翰·D.麦克唐纳(John D. MacDonald,1916-1986),美国著名作家,擅长写惊悚小说,代表作有"麦基"系列。

"哦。"他顿时就明白了,"卡灵顿先生带过来的女士。您最开始就应该这么告诉我的。请稍等。"他照我预想地打电话过去求证时,完全不忘牢牢盯着我,一只手还一直放在他的口袋旁。我趁机把快跳出来的心脏放回肚子里,顺便调整了一下我的表情。

所以,事情原来是这样。好吧,原来是这样。

佩里回到了我面前,递给我一个纽扣大小的信号发射器,有了它我才可以在新时代的走廊里畅通无阻,而不会被自动激光枪射倒在地。他还详细地解释了如果我敢在把它交还之前就擅自离开酒店,这个发射器会在我身上炸出来一个"也不至于**那么**大"的洞。从他的举止变化来看,那个确认电话让我的社会阶层在他眼里直升了四级。我向他致了谢,心里暗骂了一声。

走廊的天花板上一盏灯都没有,但是我跟随着上面不知怎么显示出来的绿色荧光箭头,走过了一段装饰华美的过道,总算到了总统套房。莎拉在门口等着我。她穿着一身好似只有天使才穿得起的睡衣,让她原本丰满的身体显得相当精致。"你好,查理。"她招呼道。

我最开始表现得友好而诚恳,"嗨,亲爱的。你可真性感。你把自己照顾得还好吗?"

"哪里谈得上照顾我自己。"

"好吧,我该这么问,卡灵顿把你照顾得还好吗?"我暗中告诉自己要稳住。

"查理,快进来吧。"

我进了门。房间看起来好像是伊丽莎白女王访问纽约下榻的那一间,而且我敢肯定莎拉很享受这一切。客厅大得可以停飞机,起降时还不会把在卧室酣睡的人吵醒。房间里有两架钢琴,壁炉倒是只有一个,我猜应该只够用来烤一整头水牛——这样可能更节省空间吧。有成像功能的四维音箱正在播放罗杰·凯拉维①的音乐，有那么一瞬间，我还以为他本人就在这间套房里弹着不知藏在哪里的第三架钢琴。

所以，事情原来是这样。

"你想来点什么吗，查理？"

"当然。大麻油，塞特罗利高级水烟，还要配上唐培里侬香槟王。"

她没笑，径直往外形如同一座微缩教堂的酒柜走去，准备好了我点的每一样东西。我也面无表情地点着了烟。香槟的气泡挑逗着我的喉咙，口感甚是别致。我慢慢放松下来，在我们交替吸了几口水烟之后，我察觉到她也放松了下来。我们目光交错，仔细地端详对方，然后环顾四周，最后视线又回到对方身上，最后同时放声大笑。这笑声顿时驱散了房间中的铜臭，取而代之的是浓厚的情谊。她的笑依然是气自丹田般浑厚，和我记忆中的一模一样。那笑声是如此直白自然，又如此精力充沛，极大地安抚了我。我太过于放松，以至于笑得停不下来，而我的笑声又驱使她笑得更久。就在我们几乎要停下来的时候，她又嘟起嘴唇吹起口哨，是一串不太连贯的明快小曲。有个老录音集叫《斯派克·琼斯捧腹演奏集》，里面有个大号手试图吹《野蜂飞舞》却笑得倒在了地上，搞得整个乐队都停下来狂笑了整整两分钟。每当他们吹到肺活量快用尽的时候，大号手都会试着吹一段快速变奏曲，然而他的大号却老是失控跑调，所有人都不得不停下来哈哈大笑。以前只要莎拉一情绪低落，我就会搭上十美金赌她只要听一会儿这段演奏集就一定会笑逐颜开——每次都是我赢。当我意识到她刚刚的口哨声其实是在模仿那个大号手时，

①罗杰·凯拉维（Roger Kellaway，1939-　），美国作曲家及钢琴家。

我猛地颤抖了一下，又发出一阵新的狂笑声。一分钟之后，我们已经笑得失控，四仰八叉地躺到地上，在这无限欢乐带来的肉体折磨之中虚弱地拍打着地面，不时地嚎上两嗓子。我现在还偶尔回味起记忆中那阵大笑，在脑海中重现当时的场景。但是我并不经常这么做，因为每一次重现当日情景都会给这样美好的记忆添上一大片锈斑。

我们的笑声最后减弱到喘着气的微笑时，我起身扶她站起来。

"这地方真是完美得可怕。"我还在笑着。

她扫视四周，身子抖了一下，"天啊，还真的是这样。需要这样的客厅的人一定是个糟糕透顶的人。"

"有那么一会儿我以为你就是那样的人。"

她冷静下来，迎上我的视线："查理，我倒是希望我讨厌那样。某种意义上来说，我的确需要它。"

我眯起了眼睛，"你这是什么意思？"

"我需要布莱斯·卡灵顿。"

"傍上他你都可以拿出去炫耀了。你需要他什么？"

"我需要他的钱。"她喊出口。

你有过松一口气的同时又猛然紧张起来的体验吗？我现在就是这样的感觉。

"哦，该死，莎拉！那就是你想要开启职业舞蹈生涯的方式？砸钱开路？你知道这年头的人最喜欢批评别人什么吗？"

"查理，你先听我说。我需要卡灵顿帮助我进入公众的视线。他会出钱给我租一个演出厅，仅此而已。"

"如果仅此而已，那咱们就赶紧离开这鬼地方。我可以借——弄到足够的钱来给你租世界上任何一间演出大厅，而且我同样心甘情愿用我自己的钱来冒险。"

"你能给我租到'空之扉'吗?"

"啊?"

我这辈子也无法想象她为什么会想到"空之扉"去跳舞。她怎么不去南极洲呢?

"莎拉,你对太空的了解比我还少,而且你肯定知道卫星直播并不是指在卫星上录节目吧?"

"笨蛋,我想要的是那里的环境。"

我思考了一下,"月球更好一些啊,从视觉效果上来说。上面有山,有光,还有亮暗对比。"

"视效只是次要的。我不想要六分之一的重力,查理。我想要零重力。"

我惊讶得合不拢嘴。

"而且我想要你来做我的摄像师。"

我的天,她真是个奇人。我需要好好消化几分钟,当然还是在目瞪口呆的状态下。她没有打扰我,只在一旁耐心地等我理出头绪。

"重力再也不是一个动词了,查理。"她终于开了口,"那支舞终结于'你无法抗拒重力'这一断言之中,当时你自己也是这么说的。不过,那个说法并不正确,它已经过时了。二十一世纪的舞坛必须承认这一点。"

"而要让他们认识到这一点,这恰恰是你需要做的。一种由一位另类的舞者演绎的、独一无二的新型舞蹈形式。它一定会吸引公众的眼球,你也会在很多年内无人能比,独占舞台。我喜欢这个想法,莎拉。但是你能做到吗?"

"我仔细地想了你所说的话:你无法抵抗重力,但是尝试总归是美好的。这句话在我脑海中盘旋了几个月之久，然后有一天我在邻居家看电视时，看到了新闻里正在播放'空之扉'二号环的施工情况。我整夜都没睡觉，脑子里一直在思考。第二天早晨我就出发来了美国，接着飞到了'空之扉'一号环上。我在上边待了将近一年的时间，以接近卡灵顿。我能做到，查理，我能让这舞蹈成功。"她的下巴颤了起来，让我回想起在"此时此刻"吃午饭时她发火的样子。那震颤是决心的标志。

不过我还是皱起了眉头，"你需要卡灵顿的支持。"

她不再注视我的双眼，"天下没有免费的午餐。"

"他要你怎样回报他？"

她没能回答我的问题，但这漫长的沉默让答案显而易见。在那一瞬间，我在时隔多年之后重新相信了上帝的存在，只为了憎恶他对命运的安排。

但是我只能闭口不言。莎拉的心智足够成熟，她自然可以全权处理自己的财务问题。毕竟实现梦想的价码连年上涨。该死的，我倒是希望她早在那个时候就给我打了电话。

但也不是那么希望。

"查理，别愁眉苦脸地干坐在那里。说点什么吧。骂我，骂我是婊子，求求你说句话吧。"

"胡说。你对得起自己的良心。而对我来说，要做到对得起自己的良心还差得远呢。你做梦都想跳舞，有个赞助人当然是好事，而且你现在连摄像师的问题也解决了。"

我完全没想到会把最后一句话说出口。

奇怪的是，最开始她似乎有些失望。但是听完最后一句，她就放松下来，微笑重新挂到了嘴角，"谢谢你，查理。我也不知道你现在在做什么工作，但是你能马上就辞职脱身吗？"

"我在舍迪亚克的一家教育电视台工作。他们甚至有些舞蹈视频给我拍,是伦敦动物园的一只会跳舞的熊。它的舞跳得惊人的好。"我的话逗乐了莎拉,"我可以立刻脱身。"

"我太开心了。没有你的帮忙,我肯定没法完成这件事。"

"我是为你工作,而不是卡灵顿。"

"没有问题。"

"不过,这位伟大的先生现在在哪里呢?在浴缸里潜泳吗?"

"并非如此,"门廊里传来了一个低沉的声音,"我在大堂里蹦极来着。"

他的轮椅堪比移动的王座。卡灵顿身着一套价格在五百美金上下、草莓冰激凌颜色的西装,里面是粉蓝色的高领衬衣,还戴着一枚金色耳钉。鞋自然是真皮的。他的手表是相当新奇的无带款式,真的能用语音报告时间。他矮小的身材与莎拉并不般配,而且尽管西装在剪裁上极尽掩盖之能事,他的肩膀依然宽得可笑。他的双眼看起来像并蒂的两粒蓝莓,笑起来则神似一条鲨鱼在思考猎物哪部分吃起来最美味。我真想狠狠地把他的脑袋按到那双肩膀里面去。

莎拉站了起来,"布莱斯,这就是查尔斯·阿姆斯泰德。我跟你讲过……"

"哦,是的。那个搞摄像的家伙。"他把轮椅往前转了转,伸出手来,指甲显然精心修剪过,达到了无可挑剔的程度。"你好,阿姆斯泰德,我是布莱斯·卡灵顿。"

我待在椅子上,并没有起身,手也还放在腿上。"啊,是的,这就是那个有钱的家伙。"

他扬起一边的眉毛,高度是标准的四分之一英寸,显然训练有素,"我的天,又一个粗鲁的家伙。好吧,如果你真的和莎拉口中讲的一样能干，倒是能理解你为什么恃才傲物。"

"我不能干，我的手艺都烂了。"

他脸上的笑容慢慢褪去，"咱们就别来回贫嘴了，阿姆斯泰德。我从不指望搞创意工作的人懂什么礼貌，但是说到耍脾气，我只会比你更愤世嫉俗。就现在来说，我受够了这该死的重力，而且我刚刚度过了糟糕的一天，在法庭上给一个朋友当证人，而且看起来他们明天还需要我出庭。你到底想不想要这个工作？"

他将了我一军。我的确想要那个工作，"当然。"

"很好。你的房间号是2772。我们两天后启程去'空之扉'，早上八点在这里与我们会合。"

"查理，我想跟你讲一下需要准备些什么。"莎拉说，"明天给我打个电话。"

我转过身面对她，但她迅速躲开了我的眼神。

卡灵顿没注意到这个小细节，"没错，在今晚以前列一个你的必需品清单，这样我们好带着它们上路。可别图省事儿，如果不带着那些东西的话，你在太空里可没法做事儿了。晚安，阿姆斯泰德。"

我回过身来，说道："晚安，卡灵顿先生。"去你的。

他转身朝水烟壶挪过去，莎拉赶紧换了新烟草和水，我也匆忙转身往门的方向走去。我的腿痛得要命，害我差点儿摔倒，但是我咬紧牙关忍了过去。当我终于走到门那里的时候，我对自己说，你现在必须开门走出去，可接着我却转过了身，"卡灵顿！"

他眨了下眼睛，惊讶于我还在那里，"什么事？"

"你有没有意识到她一点也不爱你？对你来说无关痛痒是吧？"我的音量很高，拳头也紧握着。

"哦，"他说道，紧接着又是一个"哦"。

"所以是这么回事。我就知道你在我面前要脾气不可能仅仅是因为恃才傲物。"他放下了烟壶嘴，十指交叉，"我这么跟你说吧，阿姆斯泰德。据我所知，从来就没有人爱过我。比如，这间套房就不爱我。"他的语气里第一次有了人类情感，"但是它是**我的**。现在请你滚出去。"

我开口告诉他，这份工作谁要干谁干去，接着就瞄到了莎拉的脸色，她脸上的痛苦让我一瞬间深感歉疚。然后我马上离开了。门一关上我就开始呕吐，直接吐到了地毯上面。这地毯不比一部铬师傅产的汉密尔顿控制板便宜多少。真不该戴这根勒得这么紧的领结。

至少在飞往派克峰太空港的飞机上，看到的风景还算不错。我向来享受乘飞机旅行，享受穿越云端的感觉，也喜欢俯视地面上绵延不断的高山、平原，以及七巧板似的宽广农田，还有拼色板一般错综复杂的田园风光。

但是乘坐卡灵顿的私人航天飞机，迈出第一步，前往"空之扉"的感受，大概和看老电影《太空突击队》的重播没什么区别。我知道他们没法在航天飞机上安装一些舷窗，但是真该死，这飞船上不停播放的视频无论从分辨率、色值还是整体效果上来说，都还没有自己家客厅里的电视好。和电影不同，视频里的星星不会移动，你根本察觉不到自己正在进行星际旅行。还有，这些视频也没有导演来编排，一点戏剧性的有趣画面都没有。

以上是从美学角度来说的。而这两者在体验上的区别是，当你观看电影里的太空突击队在卖痔疮特效药时，不会有人把你困在沙发上，还不时用雷声震你，让你在漫长时间里感觉自己有半吨多重，然后再瞬间把你丢到失重的世界里去。我浑身的血液都开始涌入上半身:耳鸣,流鼻血,脸涨得通红。我本来做好了晕机的准备,但真正的体验更让我震惊:腿部的疼痛突然跟不存在一样,完全消失了。莎拉则一人包揽了我们两人份的晕机反应,差点儿就没来得及把呕吐袋送到嘴边。卡灵顿解开了安全带,熟练地给她打了晕机针。过了好久药效才显现,之后莎拉就明显好转,脸色和体力都迅速恢复了。当飞行员通知"我们即将停靠泊位,请大家系好安全带,然后闭嘴坐好"时,她已经完全恢复了。我有点儿希望卡灵顿能对吼回去,教那个飞行员点儿规矩,不过显然我们的行业巨头不是会做那种事儿的傻瓜。他不仅闭紧了嘴巴,还系好了安全带。

我的腿一点儿都不疼了。一点儿也不。

"空之扉"太空中心看起来就像是一堆由不同尺寸的自行车轮胎和沙滩排球胡乱码到一起的模块混合体。我们的飞行员要将飞船停靠在一个像是个拖拉机轮胎的模块上。飞船与模块处于同一水平线上,就像它的一条轮轴。在同步了转速之后,那该死的模块伸出了一条连接杆,直接固定到了飞船的舱门上。此时的舱门其实是在我们"头顶",但是我们每次进出都是"脚先进,脚先出"。顺着连接杆往里走了几码,我们来时的方向成了"下方",扶手也变成了梯子。每迈一步,重力就回复一些,不过即使我们进入了一个相当大的立方体房间后,这儿的重力也远小于地球。当然,我的腿又重新痛了起来。

这个房间似乎是个典型的接待室,规格很高("请入座,国王陛下很快就会召见您"),但是低重力和靠墙堆着的太空压力服完全扼杀了预想的效果。与太空突击队穿戴的盔甲不同,一件真正的压力服完全就是一个人形袋,在角落里摆着的时候看起来蠢极了。一个穿着斜纹软呢西服的黑发年轻男人从一台精致豪华的桌子后面起身,微笑着说道:"很高兴见到您,卡灵顿先生。希望您的旅途还算愉快。"

"谢谢,汤姆,你还好吧?你当然还记得莎拉吧?这位是查尔斯·阿姆斯泰德。查尔斯,这位是汤姆·麦克吉利库迪。"我们俩都露齿一笑,恭维道很高兴认识对方。我察觉得到,在愉悦的外表之下,麦克吉利库迪正因什么事情而不安。

"尼尔斯和朗麦尔先生正在您的办公室里等候,先生。又……又发生了一起目击事件。"

"天杀的。"卡灵顿开口打断了他的话。我一直盯着卡灵顿。之前哪怕是我的讽刺技能全开,也没能激怒他。"好吧。我去听听朗麦尔有什么好说的,你招待好我的客人们。"他开始往门口移动,虽然慢得像沙滩排球滚动的慢放镜头,但是他却不再需要轮椅的帮助。"哦,对了,汤姆,'步步'这回载满了大型器材。把它挪到卸货处,器材就存放在六号仓库吧。"他满面焦虑地离开了。麦克吉利库迪激活他的办公桌界面,下达了必要的指令。

"发生了什么,汤姆?"莎拉在他忙完了之后问道。

他在回答之前朝我望了过来,"请别介意我的直接,阿姆斯泰德先生,你是搞新闻报道的吗?"

"请叫我查理。我并不是搞新闻的。我是个摄像师,但是我现在为莎拉效力。"

"嗯……好吧,反正你早晚也会听说的。大约在两个星期以前,冥王星的轨道内出现了一个不明物体,不知道打哪儿来的。当然……之后还带来了一些异象。它再次出现的时候,有半天的时间都原地不动,然后就突然消失了。太空指挥中心隐瞒了这个消息,不过在'空之扉'里已经人尽皆知了。"

"然后呢?那东西又出现了吗?"莎拉追问道。

"就在离土星轨道不远处。"

我对这种事情没什么兴趣。毫无疑问这个现象会有一个科学的解释，而且艾萨克·阿西莫夫①又不在我身边，我肯定一句话都听不明白。在奥兹玛计划②落空之后，我们大部分人都放弃了搜寻地外智慧文明的希望。"我猜是小绿人③什么的吧。你能带我们看看会客厅吗？我没理解错的话它以后会是我们的工作室。"

他似乎很高兴这个话题的转换，"当然了。"

麦克吉利库迪领着我们穿过了一扇压力门，与卡灵顿刚出去的那一扇方向相反。我们穿过了很多宽敞的长厅，当你向前或向后看的时候，脚下的地板似乎都是向上倾斜的。每个长厅装潢各异，不过都挤满了繁忙的人们。它们让我想起了新时代酒店的大厅，又有些类似《2001 太空漫游》中的飞船内景。"奢华未来"风格的室内设计可真"低调"，几乎是视觉上的"尖叫派"。整条华尔街都被搬到了"空之扉"上，所有的钟表都是标准的华尔街时间。我试着让自己明白此刻正身处寒冷空旷的太空之中，但是却根本做不到。我想太空飞行器上不设舷窗是件好事，要知道一旦一个人适应了低重力，很有可能忘了自己身处太空这事儿，然后习惯性地开窗扔一支抽完的雪茄出去。

在我们行走的同时，我好好审视了麦克吉利库迪一番。从领带结到护甲油，任何一个角度看上去都毫无瑕疵，而且全身上下没有一件首饰。他的头发短而黑，胡须刮得干干净净，一副职

---

① 艾萨克·阿西莫夫(Isaac Asimov, 1920-1992)，苏联出生的美国科幻和科普作家，擅长将难以理解的科学问题解释给大众。

② 奥兹玛计划是康奈尔大学的天文学家弗兰克·德雷克领导的早期地外文明探测计划，但是最终并没有成果。

③ 小绿人，西方认为的典型外星人形象，绿色皮肤，头上长着触角的类人小生物。他们常用小绿人来指代外星人。

业扑克脸,眼神却意外地温暖。我很好奇他在这里出卖自己的灵魂是为了什么。我希望他得到了自己想要的东西。

我们得下两层楼才能到会客厅。上层的重力是地球上的六分之一,一部分原因是为了照顾在蟾宫矿上工作的开采队,他们是"空之扉"上唯一的定期通勤员工;更大的原因(当然)是为了方便卡灵顿。但是随着我们走下楼梯,身体则感觉重了些许,这里的重力大概是地球上的五分之一或者四分之一。我的腿痛得很,但是我意外地发现相对于失重时的无痛,我还是更喜欢这样。一个"老朋友"就那样凭空消失多少有些惊悚。

会客厅比我想象的要大一些,给我们跳舞绰绰有余。它有三层楼高,有一张巨大的屏幕占满了一整面墙,上面播放着星体旋转的画面,我们的母星地球也在这些星体之中,一直看着会眩晕。地面上分组摆放了桌椅,但是我能看出只要把它们移走,莎拉会有一个足够宽敞的舞蹈房。我的脚习惯性地试探了一下地面是否合适作为舞台,但我很快就意识到真正跳舞的时候地面基本派不上用场。

"好啦,"莎拉对我微笑着说道,"这就是我们未来六个月的家了。二号环厅和这间是一样的。"

"六个月?"麦克吉利库迪说道,"这不可能。"

"你这是什么意思?"莎拉和我异口同声地问。

我们响亮的声音让他眨了眨眼。"嗯,查理,六个月对你来说大概没问题。但是莎拉在这里做过秘书,就是说她在低重力环境里已经生活过一年了。"

"那又怎样呢?"

"听着,如果我的理解没有问题的话,你希望在失重环境下长时间工作,对吧?"

"每天十二个小时。"莎拉肯定地回答道。

他一脸为难。"莎拉,我不想扫你的兴,但是你要是能挺一个月的话,我都会很惊讶了。我们的身体是为了适应地球的重力进化而来的,它没法在零重力环境里正常运转。"

"但是它可以慢慢适应,不是吗?"

他苦笑了起来。"当然。但这正是我们每隔十四个月就要把工作人员运回地球一次的原因。你的身体会慢慢适应这里的环境,但是它是单向的,没法恢复。一旦你完全适应了这里的环境,你的心脏再回到地球的时候就会停止跳动,这还是得在没有发生其他严重的系统衰竭的前提下。想想看,你才回地球待了三个月,刚回去的时候你有没有胸闷、头晕、排便困难? 在你此次升空的时候有没有晕机反应?"

"都有。"她承认道。

"那就对了。你上次离开的时候,已经接近十四个月的极限了。现在你一回来,身体就会更快适应无重力环境。在'空之扉'上成功耐受失重环境的最长纪录是十八个月,是一群修筑'空之扉'的工人,因为工期延误了——而且他们之前并没有像你一样在六分之一重力环境下待一年,他们的工作也不像跳舞那样会给心脏施加强大的压力。另外,现在在蟾宫矿里工作的人,有四个人是最初采矿队伍的成员,他们再也回不到地球上去了。而那支队伍里曾有八个人试着回去,都死了……你们俩对太空真的**一无所知**吗? 卡灵顿没跟你们讲过?"

我的确好奇过为什么卡灵顿特意疏通关系好让我们俩免于太空飞行前的试飞体检。

"但是我至少也得要四个月的时间。这四个月里我会每天都扎实练舞。**我必须这么做。**"她很失望,但仍在努力争取。

麦克吉利库迪开始摇头，很快就意识到自己最好还是停下。他温暖的目光正在审视莎拉的脸。我完全了解他正在想什么，这让我对他多了些好感。

他想的是，**怎样才能告诉一位可爱的姑娘，她最珍贵的梦想毫无希望**。

他不知道怎么说出口。我知道莎拉已经为梦想投入了多少孤注一掷的努力，一想到这里，我的脑海里就有一个声音想要尖叫。

紧接着，我看到了她的颤动的下巴。我又燃起了希望。

潘泽拉医生是一位身材精瘦的老人，有毛毛虫一样的眉毛。他穿着贴身剪裁的连体衣，这样如果他急需穿上压力服的话，里层的衣服就不会妨碍后者的密封带。齐肩长发被老实地别在脑后以防这里突然失去重力，虽然它本应该潇洒地披在他那傲人地头颅上。这个男人的确处处谨慎小心。打个过时的比方，他是那种穿了背带裤还配皮带的绅士。他给莎拉检查了身体，当场做了些测试，然后得出她只能待一个半月的保守判断。莎拉、麦克吉利库迪还有我纷纷开口提出我们各自关心的问题。潘泽拉耸了耸肩，又更仔细地做了测试，然后很不情愿地松了口。两个月，多一天也不行。还可能更少，一切都要看她接下来在失重环境下身体指标的监测结果。之后她必须回地球待满一年才能再次冒险升空。莎拉看起来还算满意。

但是我却不知道我们怎么才能在这么短的时间内完成这样浩大的工程。

麦克吉利库迪已经向我们保证，光是要完全适应零重力环境就得花掉莎拉至少一个月的时间，更别提在这种环境中起舞了。他猜测，莎拉在六分之一重力环境中的经历并没有什么用，反而是一种负担。接下来编舞和排练要花掉三周的时间，摄制要一周，所以在莎拉必须回地球之前，我们大概只能直播一支舞，这显然不够。我和她合计过，我们至少需要三场连续不断的直播，还得是在每一场都获得好评的情况下，才能让莎拉掀起足够大的波澜，成功跻身职业舞坛。隔一年再去录制下一支舞是不可能有效果的，**而且谁知道卡灵顿在多久之后就会厌倦她呢？**我情绪失控地对潘泽拉吼了起来。

他也冲我吼回来："阿姆斯泰德先生，我的合同明确禁止我允许这位年轻的姑娘去自取灭亡！"他一脸激愤，"有人跟我说过，这种事件将会引发公关上的难题。"

"查理，没关系。"莎拉坚称道，"我能练满三支舞。我们也许得少睡点儿觉，但是我们能做到。"

"我曾经告诉过一个人万事皆有可能，他反问我能否踩着滑雪板穿过一扇旋转门。你没有……"

我的大脑飞速地转动着，想了无数种可能性，然后把它们一一推翻，最后才将思绪返回到现实中，配合着我的嘴补完了那句话："……太多选择。好吧，汤姆，请清理好那间该死的二号环厅，我需要它完全空旷、一尘不染，而且我需要你派人涂层油漆把那面屏幕墙遮盖掉，让它看起来和其他三面一样。必须一模一样。莎拉，脱掉你的衣服，换上舞蹈服。医生，我们会在十二小时后再来见你；汤姆，别张嘴发呆了，赶紧行动。我们现在就直接去那儿。还有，**我的摄像机他妈的在哪儿呢？**"

麦克吉利库迪看上去有些气急败坏。

"派给我一支施工队。我需要在墙上钻些孔，镶上单向玻璃，在后面放上摄像机，分别安装在六个不同的位置。我还需要隔壁的一间房来进行混音处理，飞机驾驶室大小即可，椅子旁还要固定住一台诺勒尔克咖啡机。我还需要另外一个房间进行剪辑，这个房间需要完全隐私并且保持绝对黑暗，厨房大小，里面也要放一台诺勒尔克。"

麦克吉利库迪终于向我开火了，"阿姆斯泰德先生，这里是位于'空之扉'中心的一号主环，是世上最富有的集团之一的行政办公室。如果你觉得你一声令下，整个主环就要为你倒立的话……"

最后我们找到卡灵顿来解决这个问题。他告诉麦克吉利库迪，二号环厅从此以后就归我们管，我们的任何需求都得满足。他看起来相当心烦意乱。麦克吉利库迪开始解释，按我们的要求改造之后，"空之扉"二号环的开业将会延迟好几周。卡灵顿平静地回答说，不用担心，他心中有数。麦克吉利库迪终于安静下来，脸色苍白。

这点上我必须感谢卡灵顿，他帮了我们的大忙。

潘泽拉、莎拉和我乘坐穿梭机来到"空之扉"二号环。司机是个尖下巴宇航员，穿梭机则完全就像一把底部巨大的扫帚。幸好医生与我们同行，因为莎拉在路上晕了过去。我也几乎晕厥，我敢肯定我流出来的汗已经在那"扫帚"上留下了我的大腿印。第一次体验太空中的完全零重力环境是一件很惊悚的事情，有些人永远都没办法适应。好吧，应该说绝大多数人都不行。然而当莎拉醒过来后，却一下子就自如了起来，而且幸运的是，她的晕机反应没有再次出现。在失重环境下，头晕是一件很恼人的事，如果还穿着压力服，则堪称灾难。在我的摄像机和混声器运抵之后，莎拉已经能够站立，虽然看上去还是有些虚弱。我们俩分头行动：我吓唬着一群借过来的技工，让他们浑身是汗地以人类的极限速度安装器材;莎拉则开始学习如何在零重力环境下移动。

仅仅三周之后,我们就准备好录制第一支舞。

第三章

　　我们的房间和最基本的生活物资都在二号环厅里，所以只要我们想，大可以全天候不间断地工作。不过，尽管空闲时间少得可怜，将近一半的休息时间我们还是会前往"空之扉"一号环。卡灵顿要求莎拉每周必须空出三个半天陪他。除此之外，在剩余的休息时间里，她还要花费相当多的时间穿上压力服走出飞船，在太空里度过。最开始，她是为了克服对空旷太空的恐惧感。很快这成了她的冥想时分，她的避世之地，她进行艺术创作的梦想天地，以及她的灵感来源——堕入如此冰冷黑暗之境，忖度关于在地外生存的意义，从中收获的智慧帮助她在舞蹈中更生动真实地表现"太空"这个主题。

　　我则把空闲时间花在和工程师、电工还有技工争吵上。还有一个蠢到家的工会代表，他坚称无论工程完成与否，二号环的使用权属于将来会来到这里工作的——仅仅是理论上——技术人员和行政人员。为了想办法让他点头允许我们使用那个地方，我可真是既吼破了喉咙，又伤透了脑筋。气得我好几天整晚睡不着觉，喝酒挨到天亮。举个小例子吧：在整个该死的二号环里，每一面内墙都是用相同色号的青绿色漆粉刷的，但是他们偏偏就没办法把那面天杀的屏幕漆成同样的颜色。还是麦克吉利库迪在我就要气得倒地抽搐、胡言乱语之时把我从绝望的边缘拉了回来。他建议我放弃给墙涂上乳胶漆的工作，只将屏幕对面的摄像机拆下来，转而安装到屏幕背后的小房间里去，让它拍摄屏幕对面的那面墙。这让我们重新成了朋友。

整个拍摄的准备过程就是这样：应急装备、临时改造、修整墙面再涂上漆。如果一台摄像机坏了，我就得牺牲一部分睡眠时间，和下班了的工程师研究如何改造库存中的部件来凑数。临时从遥远的地球运送过来实在是太昂贵了，而蟾宫矿上根本没法生产我所需要的东西。

即便如此，莎拉也比我辛苦得多。人体必须经过一个完全的再协调过程才能在失重环境里正常运转——也就是说，她得忘掉她所学到的关于舞蹈的一切，然后发展出一套新式舞技。事实证明这比我们预计的还要难。麦克吉利库迪说得对：在六分之一重力环境中生活的一年时间里，野心勃勃的莎拉所尝试的其实只是如何重获她在地球上所有的身体协调性。抛却这些身体协调性事实上对我来说反而更容易。

但是她的进度却比我的快。我不得不放弃任何有关手持摄影的想法，老老实实地围绕六部固定摄像机来展开拍摄计划。好在GLX-5000摄像机有可以灵活转动的云台，即使架设在那该死的单向玻璃之后，它们也有四十度的转动空间。学习如何在汉密尔顿控制板上同时控制六部摄像机使我受益匪浅：它帮助我迈出了和艺术合而为一的最后一步。我发现我可以留意到所有六部摄像机的画面，仿佛有了一双意念之眼，几乎可以环视周围的一切并感受它们。我的意识不会偏向某一部摄像机，而是同时照顾到所有六部，就像一只能同时从多个角度审视世界的六眼动物一样。我的意念之眼能捕捉全息影像,而我的意识则赋予其层次感。生平第一次,我开始真正理解"三维"这个概念。

然而,时间这个"第四维度"却令人扫兴。莎拉尝试了两天时间才终于做出了决断,她不可能在这么短的时间内,熟练地运用地球上的肢体经验,去完成一支半小时的舞蹈。所以她重新规划了练习计划,根据具体情况对舞蹈进行了改编。这让她在地球重力区域辛苦编排了六天。

对于她来说,这也是她成为舞蹈界神话的最后一步。

我们在第四周的周一开始了《解放》的录制。

我们是这么拍摄的:

视角设定在一个巨型青绿色立方体的内部。立方体的尺寸未知,但是内里颜色的明暗程度让我们隐约感到这个空间十分宏大,两端相距很远。在远端的那面墙上悬挂着正在摆动的钟摆,证明我们处在标准重力环境中。不过,那钟摆运动得极慢,外观也毫无特色,以至于我们无法估量它的尺寸,也无法以它作为参考估量房间的大小。

在这种视觉错觉效果之下,房间看起来比它的真实规模要小得多。当镜头拉回到莎拉身上时,我们才能正确判断这个空间的实际大小。她纹丝不动,面朝地面趴着,脑袋这一端朝着观众。

她身着粉色紧身舞蹈服,桃花心木色的头发则被松松挽成一条马尾,散在一侧的肩胛上。我们观察不到她胸口随呼吸的起伏。她看起来像没有生命一样。

音乐开始播放，是玛哈维施努乐团①晚期的作品，用已经过时的尼龙弦原声吉他演奏，不紧不慢地定下了 E 小调的调子。此时镜头中出现一对蜡烛，它们被立在设计简单的黄铜座上，房间的两侧各有一支。它们显得比真实生活中的大，但是在莎拉身旁又看起来十分小巧。两支蜡烛都没有被点燃。

至于她的身体……我找不到合适的词语来形容。就肢体运动而言，它一直处于静止状态。你大概可以说一波震颤穿过了她的身体，但是很显然这个动作自内而外，来自她身体的中心。突然，她的胸口隆起了一下，就像是吸入了生命中的第一口气一般。她有了生命。

哦，那对蜡烛也开始发出柔和的火光。伴奏音乐的音量依然较低，但是节奏已然紧凑起来。

莎拉面对着我们抬起头，目光越过镜头，仿佛在注视着无垠的远方。她的身体开始翻腾、波动，摇曳的烛光瞬时宛如红热的火炭（亮度是逐渐提升的，但并不明显）。

一阵剧烈的收缩之后，她起身到蹲伏状，马尾散了开来，头发披在肩部。玛哈维施努开始反复循环一段旋律，节奏逐渐加快。两支蜡烛的烛心以外，橙黄色火焰像是探寻着的火舌，而烛心本身的火焰则是蓝色的。

借着那阵收缩释放出来的剩余力量，她站了起来。烛心周围的外焰愤怒地翻卷，接着逐渐平静下来，只偶尔闪烁几下。手鼓、冬不拉以及低音提琴也加入了演奏，与吉他一起过渡到了一段活跃躁动的、以小七和弦为主的重奏。这段音乐似乎试图以一段小六和弦作为结尾，但最终无果。蜡烛仍然在镜头里，但是

---

① 玛哈维施努乐团是约翰·麦克劳林于1971年在纽约创建的爵士摇滚混合风格乐团，活跃于1971-1978年及1984-1987年间。

尺寸不断缩小,直到它们最终消失在视线中。

莎拉开始尝试各种肢体运动的可能性。最开始她只是沿着与镜头垂直的方向移动,探索这一维度。不论是胳膊、腿还是头部的每一个动作,都可以明确看出她对重力的反抗——重力无法阻挡,就像放射性物质的衰变,就像不可逆的熵增定律。她最强烈的能量迸发只持续了一段时间,紧接着在空中飞舞的那条腿收回,向上伸去的那只胳膊也落下。她面临着要么挣扎,要么倒下的抉择。舞动在她的沉思中暂停。

她向镜头的方向伸出了手臂。就在这个动作发生的一瞬间,我们把视角切到她左手侧的墙壁,从右侧观赏她的姿态。她开始摸索这个新维度,很快就在其中舞动起来。(当她在镜头视野中后退时,整个画面开始向右移动。这台摄像机淡出的同时,另一台摄像机的画面开始接入,这样的接续技巧保证了莎拉退出前一台的视野时,视频中没有明显的间隙。)

这个新维度依然没法满足莎拉突破重力束缚的渴望。然而,把这两个维度结合起来却让如此之多的动作组合成为可能,以至于在相当长的一段时间里,她醉心于在这个空间中翻转腾挪,不断试探。接下来的十五分钟几乎就是对莎拉此前所有舞蹈功底和技巧的回顾,这段令人目眩神迷的绝技表演包含了爵士舞和现代舞元素,还融合了奥运会水准的自由体操表演动作。与此同时,五台摄像机在同时录制她的舞蹈,一台单独工作,另外四台分两组进行分屏拍摄。她那训练有素且无所不能的身体重新发掘着她的毕生所学,舞动出她的"技巧宝库"与即兴创作的结晶。如果不是因为她一直面露近乎孤傲的高冷之色,这段如烟火绽放般酣畅淋漓的表演简直就是无尽喜悦之情的释放。这是我所奉上的献祭,她好像在说。但你并不接受,只有这些并不足够。

的确不够。即便她能掌控自己的身体，能够爆发愤怒一般的能量，也只能一次又一次地回到简单的站姿，这是她和重力达成最后的妥协，是对重力的最后一次回绝。

她咬紧牙关，开始了一连串跳跃动作，每一次都跃得都更高、更久。终于，她的滞空时间长达几秒钟，似乎在用尽全力想要飞起来。坠落自然不可避免，但她极不情愿，总在马上就要落地之时蜷缩身体，翻滚，然后重新站立起来。此刻音乐渐强，节奏也狂乱起来。我们现在只能在最初的那台摄像机的镜头里看到她的身影。那对蜡烛也回到那台摄像机的视野中，虽然现在看起来显得很小，但却在熊熊燃烧。

跳跃的强度和高度开始降低，莎拉也不得不开始用更长的时间来准备每一个跳跃。她已经货真价实地跳了将近二十分钟，没有间断。和逐渐减弱的烛焰一样，她的力气也开始衰减。最终她撤退到那座钟摆之下，在绝望中召唤出全身的力量，向着镜头冲刺而来。她只用很短的距离就达到了让人难以置信的速度，猛地把身体向前抛去，在两个前空翻之后单脚起跳，腾空而上。在足足一秒之后，她看起来似乎仍然在踢动空气，试图再升高几厘米。她的身体僵直起来，双眼和嘴巴都张到最大，烛焰在此时也达到最高的亮度，而音乐则在电吉他凄厉的怒号中进入高潮。紧接着，她从空中落下，刚好来得及折叠起身体翻滚一周，最终起身至蹲伏状。有那么一会儿，她就保持着这个姿态，然后渐渐地，她的头和臂膀朝地面坠去。烛焰胡乱摇曳，似乎即将熄灭。伴奏音乐里只有低音提琴还在演奏，旋律逐渐回落到D。

莎拉的身体逐渐放弃了挣扎，她的肌肉不再拼命抵抗重力。两支蜡烛周围的空气扭曲波动,现在那两簇火苗几乎伸长到和蹲伏着的莎拉一样高。

莎拉很明显地费了些力气才抬起头来面对镜头。她面露痛苦,双眼几乎紧闭。这个动作保持了一个漫长的拍子。

突然间她睁开了双眼,挺起肩膀,往后紧缩身体。你根本想象不到这个动作有多么优美,也想不到她将自己收紧到了什么样的程度。这的确是现场实录,但是看起来却像是慢镜头一般。她就这样把身体控制在缩紧的状态。玛哈维施努的音乐重新以吉他为主,演奏声在低音提琴奏出的减四 D 和弦之上逐渐加快节奏。莎拉仍然收紧着身体。

我们这时才开启俯视视角的摄像机,从相当高的地方向下拍摄。当玛哈维施努旋律节奏加快,刚才的和弦变为一个持续音时,莎拉在身体仍然保持着收紧的状态下,徐徐抬起头,直到她能够直视头顶的镜头为止。她从容地定在了这个姿势很久很久,就像一根被弯曲到极点的弹簧……

然后她朝我们爆发式地弹射过来。她的这次腾空——虽然看起来仍然像是在播放慢动作——比她之前用尽全力的跳跃更高、更快,她也离镜头越来越近,直到她的双手从视野中消失,整个画面成了她的面部特写。在镜头的边缘可以看见她脸庞两侧的两支蜡烛,此时刚变成了两团黄色的光芒。吉他和低音提琴的声音转低,被淹没在了管弦乐的合奏之中。

就在一瞬之间,莎拉旋转着离我们远去,我们也切回到最初的摄像机。镜头里的她降落了十米的高度后触及地面,期间她不断在空中扭转身体变换姿态。接着,她一个翻卷,在空中从房间一端足足翻滚到另一端,才完全舒展开团起的身体,划出一道与地面平行的笔直轨迹,最后撞上最远端的那面墙,发出盖过伴奏音乐的巨响。撞击产生的冲击力震动了墙面上原本静止的钟摆。她的双腿在吸收了巨大的能量之后反弹,又一次朝我们冲刺而来,长发在她脑后飘起,而她那带着胜利感的灿烂笑容在镜头中也越来越清晰。

接下来的五分钟内,所有六台摄像机都试图捕捉莎拉的身影,但都无能为力。就像一只蜂鸟竭尽全力想要逃出铜墙铁壁一样,莎拉在房间中飞速穿梭,撞击墙壁、反弹,然后又是一次撞击。她像一名回力球大师一样充分利用着四面墙壁、地面以及天花板,**整个人仿若悬空**。重力被打败了——这个所有现代舞蹈形式都要遵循的最基本的前提被她打破了。

而她自己,也完成了蜕变。

最后,莎拉来到绿松石色的立方体正前方,停在中央的位置上,四肢、手指、脚趾和脸都尽量拉伸,定在原地轻轻旋转了几圈。所有追拍她的四台摄像机分成四路在各个方向拍摄着她,而管弦乐则以E大调结束,逐渐淡出了耳畔。

我既没有足够的时间,也没有必需的器材来制造莎拉想要的特效。所以我只好歪曲现实、便宜行事。我从上方用极慢镜拍了蜡烛被吹灭的全过程,然后将其双倍叠加,再倒序播放,这样就有了前一半舞蹈里的蜡烛镜头。后一半中的蜡烛镜头是正常拍摄的。我首先点燃蜡烛,开始拍摄——同时关闭了环厅的自转以营造失重环境。蜡烛的燃烧在零重力中显得极为诡异。燃烧产生的低密度气体并不随火焰上升,这样就阻碍了空气流动到火焰下方给持续燃烧提供充足的氧气。烛焰并不会熄灭,它更像是处在静止状态。我在一分钟左右以后重启环厅的自转,重力随之恢复,蜡烛也就再次活跃起来。我只需要在速度的掌控上做些手脚,好让烛焰的变幻能与音乐的节拍以及莎拉的舞姿对应上。这个点子还是哈利·斯泰恩想出来的。他是"空之扉"建筑队的工头,一直在帮我设计莎拉跳舞时会用到的器材和道具。

我直接在"空之扉"一号环的休息室里播放了我们录制的舞蹈,当时所有能抽出时间的员工都挤了过去。他们比在地球上依靠卫星信号的观众们提前了足足半秒钟欣赏到莎拉的杰作(神通广大的卡灵顿安排了时长25分钟、没有广告插播的卫星转播)。

我则在通信室里守着转播的情况,紧张到不断地咬着指甲。不过转播过程中并没有出现问题,所以我果断关闭了控制板,前往休息室,刚好赶上全场长时间的起立鼓掌。莎拉就那么站在屏幕前,卡灵顿在她身旁坐着。我察觉到两人的表情有所不同。她的脸上没有流露出丝毫尴尬或者谦逊。同意转播这场录像,她从头到尾都有绝对的自信——她知道,只有那些疯狂的掌声才是她应得的。她完全可以带着难以置信的超然淡定接受大家的赞赏,而能做到这一点的艺术家可以说寥寥无几。但她的脸上还是出现了深深的惊讶——还有深深的感激——即使那是她应得的赞许。

卡灵顿则不同,他脸上的胜利感还奇异地夹杂着一丝终于松了一口气的解脱。他当然对莎拉同样有信心,为她投入了巨大的财力物力——但是他的信心来源于一个商人相信眼下这场豪赌能够带来丰厚回报的直觉。我注视着他的双眼和他额头闪着光的汗珠,突然意识到没有哪个商人在这样的豪赌之中还能泰然处之。要知道,一旦赌博落空,他就会丢掉做生意最重要的东西(没有之一)——面子。

看到他摆出胜利者的姿态多少抹杀了我在那一刻的快感。我本应该为莎拉感到兴奋,但是却几乎恨起她来。她看到我并朝我挥手,招呼我前来一道接受观众们的欢呼。但是我却转过身去,毫不留恋地离开了休息室。我从哈利·斯泰恩那里借了瓶酒,满身酒气地去见了周公。

第二天早上我的脑袋就好像一根荷载15伏却被安在了40伏电路里的保险丝,内里完全断了弦,只是靠着表面张力才没彻底毁掉。我是被一阵震动吓醒的。我从床上跌落下来,还好这里是六分之一重力环境,下坠过程较为缓慢。

视频电话铃响了——我一直没时间把铃声改装成闪光——一个我不认识的年轻人礼貌地通知我,卡灵顿先生希望在他的办公室与我会面,而且是马上。我忍不住飙了一句脏话,然后问他卡灵顿着急见我到底有何贵干。他面无表情,只是重复了他刚刚传达的消息就挂断了。

我只好艰难地穿上外套,决定连胡子都不刮就出了门。在路上的时候我不断思考我用自由身换了些什么,以及我为何要换。

卡灵顿的办公室的装饰极有品位,但压迫感也扑面而来,不过至少灯光被有意调暗了。最好的一点是,房间装有过滤系统,可以去除吸烟产生的烟雾,代之以甜腻的麝香味。我几乎是感恩地从卡灵顿手里接过了一只加粗型的"茂宜-佐伊"牌雪茄,宿醉终于开始缓解。

莎拉就坐在他的办公桌旁,身着舞蹈服,浑身是汗。很显然她整个早上都在排练下一支舞。我深感羞愧,接着又恼羞成怒,避开了她的视线和问好。潘泽拉和麦克吉利库迪紧接着我也进了屋,谈论着最近一次的深空不明物体目击事件。这一次它出现在了小行星带中。他们争论着不明物体是否有感知能力,但我只希望他们能赶紧闭嘴。

待我们都就座并且人手一只点燃的雪茄之后,卡灵顿这才坐在了办公桌前,朝我们微笑了一下。"汤姆,情况如何?"

麦克吉利库迪笑容灿烂。"比我们预期的还好,先生。收视率调查表明我们吸引了全世界74%的电视观众……"

"去他妈的尼尔森①,"我插嘴道,"**评论家们怎么说?**"

麦克吉利库迪俏皮地眨了下眼。"好吧,目前来说普遍的反响是莎拉大获成功。《泰晤士报》说……"

我又一次打断了他,"不那么普遍的反响呢?"

"嗯,对任何事物的意见都不可能是一致的。"

"那我问具体点儿吧。舞蹈界的媒体怎么说? 比如说丽兹·季默? 米格达尔斯基呢?"

"呃。那就没那么好了。当然,总体上是赞许的,只有瞎子才会说她的表演的坏话。但是这些赞许有所保留。呃,季默说这支舞极为优秀,但是花哨的结尾给它打了折扣。"

"米格达尔斯基呢?"

"他的舞评的题目是《但你还能再跳一支如此优秀的舞吗?》。"麦克吉利库迪坦承道,"他的基本论点是,这是一支富有魅力的舞蹈,但是它的成功只是昙花一现。不过,《泰晤士报》说……"

"谢谢你,汤姆。"卡灵顿静静地说道,"跟我们预想的差不多,不是吗,亲爱的? 我们砸出了一个大水花,但是还没人愿意说这引领了一个新潮流。"

---

① 尼尔森公司是世界知名的电视收视率调查公司。

她点了点头，"但是它们会的，布莱斯。下两支舞蹈保证完成任务。"

潘泽拉开口道："特拉蒙德女士，我能问一下你为什么这么做吗？在重力环境中跳着传统舞蹈，只在其中穿插着简短的零重力舞蹈作为辅助——当然你肯定希望评论家们称之为一种舞蹈技巧。"

莎拉笑了笑，回答道："说实话，医生，我别无选择。我还在学习如何在失重环境中掌控自己的身体，但动作仍然很刻意，看起来就像表演哑剧一样。我还需要几个星期的时间才能在失重环境中锻炼出身体的第二本能，我只能这样做才能跳完刚才那一整支舞。所以我选择了跳一支传统舞蹈，每隔五分钟拼接上一些我熟悉的零重力舞蹈动作，结果发现这样不仅能给我极大的放松感，还能更好地突出舞蹈主题。我把我的想法告诉了查理，是他成就了这支舞的视觉效果和戏剧效果。蜡烛的点子也是他提出来的，它比我们能搭建出的任何场景都更好地衬托我所要表达的情感。"

"所以你还没完成在这里的任务？"潘泽拉问道。

"哦，还没有。各种意义上来说都还没有。下一支舞会告诉全世界，舞蹈不只是控制坠落速度。还有第三支……第三支才会实现我来这里的全部意义。"她的眼睛闪闪发亮，整个人充满活力，"它将是我穷尽一生都想要跳的那支舞蹈。我还没有想好该怎么跳，但是我知道当我有能力表演它的时候，我就会将它创作出来，它将是我跳过的最伟大的舞蹈。"

潘泽拉清了清嗓子，"这要花多长时间呢？"

"不会很久，"她答道。"我会在两周内准备好录制下一支舞，录好之后我就立即开始第三支的创作。如果幸运的话，在你给我的一个月期限内就能完成。"

"特拉蒙德女士,"潘泽拉严肃地说道,"我恐怕你的时限并没有一个月那么久了。"

莎拉的脸色变得惨白,我也从座位上半立起身。卡灵顿看起来一脸好奇。

"那还有多久呢?"莎拉问道。

"你最近的一次身体检测结果并不乐观。我原本的假设是持续的彩排和练功能帮你的身体减缓对零重力环境的适应速度。但是你大部分时间都在完全失重环境中练舞。而且我完全忽略了你的身体已经相当习惯在地球环境中进行持续的高强度运动。你已经出现了一些戴维斯综合征的症状……"

"还有多久?"

"两周。如果你能每天三次在两倍重力环境中进行一个小时的高强度训练的话,也许可以挺到三周。我们可以做一些安排……"

"这太荒唐了。"我脱口而出,"你难道对舞者的脊柱一无所知吗?两倍重力会毁了她的。"

"我无论如何都需要四个星期。"莎拉说道。

"特拉蒙德女士,我很遗憾。"

"可是我一定得待满四个星期。"

潘泽拉脸上的表情和麦克吉利库迪还有我的一模一样,都是无助的悲哀。突然间,我对命运憎恶到了极点——它居然让她不得不面对这样的目光。"该死,"我咆哮道,"她需要四个星期时间!"

医生摇了摇他那头发凌乱的脑袋,"如果她在零重力环境中工作满四个星期,她可能会死。"

莎拉从她的椅子中弹了起来。"死就死,"她哭喊道,"我要冒这个险。我必须这么做。"

卡灵顿咳了一声,"恐怕我不能允许你这么干,亲爱的。"

她转头愤怒地望着他。

"你这支舞对'空之扉'来说是绝妙的公关,"他平静地说道,"但是如果它最终要了你的命,效果只会适得其反,不是吗?"

她的嘴微微动起来,在竭力控制自己的情绪。我的脑海里一片混乱。死?莎拉会死?

"而且,"他又添了一句,"我还挺喜欢你的。"

"那我就一直待在太空里。"她脱口而出。

"在哪里呢?唯一一处在持续的失重环境的区域是那些工厂,而你却没有资质在那儿工作。"

"那看在老天的份儿上,分给我一间新建的车间,随便哪个小一点的就行。布莱斯,我能给你带来比那些工厂更高的投资回报率,而且我会……"她的声音发生了变化,"我会永远都属于你。"

他露出慵懒的微笑,"很好,但是我对你的迷恋可能不会持续到永远,亲爱的。我妈妈曾经警告我,不要为了女人做些不可弥补的决定,尤其是那些和我没有正式确定关系的女人们。而且,我感觉零重力环境里的性生活太费力了,无福频繁享用。"

我几乎就开口说话了,但是这会儿我又不知如何启齿。我很高兴卡灵顿拒绝了她的请求,但是他拒绝她的方式简直让我想要喝光他的血。

莎拉也失语了好一阵子。当她再次开口时,声音低沉而又紧张,几乎是在恳求卡灵顿,"布莱斯,时间是个大问题。如果我在接下来的四周里能再播出两支舞,我才会回到地球去。如果我提前回到地球,然后等上一两年,第三支舞就会石沉大海——没有人会期待它的诞生,也没人记得前两支。这是我唯一的选择,布莱斯——求你让我抓住这次机会。潘泽拉并不能保证再待上四周一定会要我的命。"

"我不能保证的是你能幸存。"医生说道。

"你也不能保证我们之中任何一个人一定能活过今天。"她打断了他的话。她转回身面对卡灵顿,注视着他,"布莱斯,**就让我冒这个险吧**。"她用尽全力在脸上挤出一个微笑,让我心如刀绞,"我会确保你的投入是值得的。"

就像享受一杯高档波尔多红酒一样,卡灵顿享受着莎拉的微笑和她的话语中所透露的彻彻底底的屈服。我真想对他爪牙相向,取他性命,但是我还是祈祷他能够再多一分残忍,祈祷他能继续拒绝她的请求。然而,我还是低估了他的残忍程度。

"亲爱的,那就继续你的排练吧,"他最终说道,"到时候我们会做出决定的。我得好好想一想。"

我想大概我此生从来都没有这么无助过,也没有这么……无能过。我知道我说什么都没用,但是我还是说出了口:"莎拉,我不能让你拿生命来冒险——"

"查理,无论你入不入伙,"她打断我,"我都得这么做。没有别人像你一样深入地了解我的作品,也没法像你一样恰如其分地拍摄,但是如果你决定退出,我不会阻拦你。"卡灵顿注视着我,一副事不关己的样子。"那么你是想?"她问。

我骂了句脏话,"你知道我的答案是什么。"

"那么咱们就开始干活吧。"

只有初到"空之扉"的人才会乘坐"大肚子扫帚"往返各个区

域,老手们则自己动手。他们直接迈出封闭门,悬在不断旋转的环体外部的把手上(在不到二分之一重力环境下轻而易举)。他们会顺着旋转的方向,当目的地出现在视野中时就松开把手向其飘去。配给的手套和靴子里都安装了喷气装置,必要时可以用于调整行进的方向。其实往返各区域的距离并不远,但是,"空之扉"上的老手还是寥寥无几。

莎拉和我都是老手,在零重力环境中工作的时长甚至超过了一些已经在"空之扉"工作多年的技师。我们很少用到喷气装置,偶尔需要时也能保证高效地使用,主要是用来抵消脱离时环体旋转传递给我们的能量。我们身上也安装了喉部麦克风以及助听器大小的接收装置,但是在穿过真空时我们往往沉默不语。从没离开过地球的人无法想象,这里没有垂直坐标、没有明确的"上"和"下",是多么令人困惑和崩溃。只是因为这个原因,"空之扉"里所有的建筑体都同一个想象出来的"黄道"平齐,但是这并没起到多大作用。我总觉得我大概永远没法适应用黄道区分方向,就像我永远没法适应腿痛的消失。我的腿这段时间甚至在有旋转产生的重力场的区域里也不怎么痛了。

我们轻盈地落在新工作室的外表面,冲击力比在地球上使用降落伞落地还轻。这里是一个外部镶满了太阳能板和散热装置的庞大钢球,与其他三个完整度不一的球面连在一起。它们都尚未完工,哈利·斯泰恩手下的伙计们正在赶制。麦克吉利库迪告诉过我这个区块完工后会被用于"控制和处理密度"。就在我一时语塞,只能回一句"太棒了"之后,他又加了一句"也就是分散气孔和改变铸件密度",好像这就能把之前的术语解释清楚一样。好吧,也许的确可以。反正,眼下这里是莎拉的工作室。

走过封闭门,我们发现这个球形建筑体是比之前更小一些的工作室,球体里面还套着一个直径五十多米的内球。内球上设有加压装置,能让这里保持真空状态,不过现在还没有启动。我们脱掉压力服之后,莎拉用脚踝勾住一根支柱以保持平衡,从上面解下一条喷气手链戴上。接着又戴上了同样内置喷气装置的脚链。它们作为首饰肯定较为笨重,但是每一个都能连续工作二十分钟。而且,在一般气压和照明下它们的使用是无法被观察到的。有了它们的帮助,在零重力环境下跳舞的难度就会大大减少。

在她绑紧最后一条脚链时,我漂移到她面前,抓住了那根支柱。"莎拉……"

"查理,我能做到的。我会在三倍重力里训练,在两倍重力里睡觉,我的身体能撑得住。我知道我能做到的。"

"你可以跳过《质量①是一个动词》,直接跳《星辰舞》。"

她摇着头说道:"我还没准备好,观众们也是。我必须让自己和他们经历一个过程,首先是在一个球体中的舞蹈——也就是现在这个封闭的空间里——然后我才能准备好在空旷的太空中舞蹈,不然他们没法理解和欣赏。我得把自己的头脑和他们的头脑从对舞蹈的固定概念中解放出来,打破舞蹈上所有的既定条件。即使这两种舞台做铺垫都还不够——但这是最低限度了。"她的目光柔和下来,"查理,我必须这么做。"

"我明白。"我没好气地回答道,背过身去。眼泪在失重环境下里是个麻烦事儿,它们哪也不去,就汇聚在眼眶里,像极了不断膨胀的、好笑的隐形眼镜片。隔着它们看过去,眼前的整个世界都跟进了水一样。我赶紧沿着内球的外壁移到了一处固定

---

① 此处的"质量"是物理学术语Mass,而前文中莎拉跳的那支名字差不多的舞用的是weight,为作区别翻译为"重量"。

点，我工作用的摄像机将会安装在这个位置。莎拉则走进内球准备开始排练。

我在调试设备的过程中一直在祈祷。我一边在支柱之间牵绳引线，使其连接上飘浮在空中的终端，一边祈祷莎拉能扛得住，祈祷我们都能圆满达成目标。

接下来的十二天占据了我此生最艰难时光中的一半。莎拉和我一样用功：她每天都有半天时间泡在工作室里。剩下的时间，有一半是在2.5倍重力下（这是潘泽拉医生所能允许的极限）进行身体训练，还有一小部分则在卡灵顿的床上。她得让卡灵顿满意，这样他才能批准她延长在"空之扉"逗留的时限。也许她会利用仅剩的那几个小时睡觉。我只知道她看上去永不疲倦，从未丢掉她的从容姿态，也从未失去坚定不移的决心。倔强而又执拗地练习之下，她的身体不再僵硬别扭。就算是在这样一个连优雅行走都需要绝对全神贯注的地方，她竟然能优雅地起舞了。如孩童学步一般，莎拉终于学会了飞翔。

我甚至也开始习惯腿部疼痛的时常缺席。

如果你没亲眼看过《质量是一个动词》的话，我又该怎么跟你形容呢？它没法被描述出来，即便是用最机械式的术语都做不到，就像你无法用语言来描述一支交响乐一样。而且传统舞蹈的术语是建立在既定条件之上的，根本没屁用。如果你熟悉这一套新的术语的话，就一定熟悉《质量是一个动词》，因为这支舞奠定了新术语的基础。

关于《质量是一个动词》在技术上的细节，我也没什么可多说的。舞蹈全程没有特效，甚至没有音乐伴奏。劳尔·布林德尔那首绝佳的配乐其实是**根据这支舞创作的**，两年之后才得到我的授权被添加到录影带中。但是,为我赢得艾美奖①却是最初那个无声的版本。我的全部贡献,除了剪辑视频和在现场了安装了两张蹦床之外,就是把电池从摄像机的镜头中隐藏起来。散布在场内的每一个聚光灯周围都有电池,只有在其中哪个摄像机开始运作时,没被照进镜头里的聚光灯才会被供电——这样就能确保莎拉总是对着光,身后投下两道(角度不断变化的)影子。我甚至没用什么高端的摄像技巧:只是录下莎拉的表演,在她移动方位的时候随之转换摄像机的视角。

好吧,《质量是一个动词》如果仅用一些符号性的辞藻还是可以蹩脚地描述一番。我能说的是,莎拉宣示了质量和惯性能像重力一样,提供对舞蹈来说最为基本的、必不可少的动态冲突。这么说吧,她从这两个概念中提炼出的舞蹈形式,得把一个杂技演员、一个替身赛车手、一个花样飞行员和一个水下芭蕾舞演员的动作聚到一起才可能想象出来。我也可以告诉你她冲破了通往完全自由运动的最后一层阻碍,随心所欲地掌控身体、利用空间。

即使我讲了这些,还是跟什么都没说一样。因为莎拉追寻的不仅是自由——还有更深远的意义。首先,质量也是弥撒②,是一场精神仪式——在名字上使用双关反映出这支舞的主题介于科学和神学之间的模糊性。莎拉以人类的身躯对抗着一种看不见的力量,在半空中舞蹈如有神助。我并不是说她在跳那支舞的每时每刻都在与神——那种存在于外界、超然独立的个体,可能还留着白胡子什么的——建立联系。和她的舞蹈建立联系

---

① 艾美奖(Emmy Award)是美国电视艺术与科学学院每年度颁发的奖项,表彰在电视界取得杰出成就的节目和个人。

② 质量和弥撒在英文中的拼写都是Mass。

的其实是我们的现实世界,整支舞完美地表达了生而为人都想知道的"永恒的三大问题"。

她在舞蹈中观察着**自我**,然后发问:"**我是怎么来到这里的?**"

她在舞蹈观察着**自我**所存在的茫茫宇宙,然后再问:"**这一切是怎么与我同在的?**"

她的舞观察着**自我**和宇宙的关系,最后问道:"**为什么我如此孤独?**"

她调动身上每一块肌肉和每一根筋腱,使自己短暂地停留在整个空间的中心位置,将身体和灵魂都面向宇宙,询问这些问题。等不到任何回答,她又收紧自己的身体。和《解放》那支舞不同,此时的收紧并没有给人戏剧性的感觉,也没有准备跳上天花板的那股冲劲,只是在保持体力、收缩张力。虽然二者看起来十分形似,但却完全不同。现在的收紧专注于内,是一次内省,是用意念之眼(抑或是用灵魂之眼?)审视自身,以寻求在他处无法觅得的答案。因此,尽管她的身体看起来也处在收缩状态,将全身的重量挤成了一团,但却一点都没有扰动周围的空气。

在审视自己的过程中,她几乎将自己也变成了虚无的空气。

镜头画面开始淡出,独留莎拉一人,她的内心严丝合缝地同外界隔绝,只剩下那股想要追根究底的渴望之情。舞蹈结束了,她的三个问题仍然没有得到答案,但是她苦苦求索的余韵却仍未平息。观众们会为结束时仍未求得答案而感到震惊,不过在看到莎拉脸上耐心等待的表情之后,这个结局似乎也能接受了。如同耳语一般,她轻声地指明了现实:"未完待续。"

整整排练了十八天后,我们大概完成了这支舞的编排和录制。莎拉立刻把它丢到一边,开始创作《星辰舞》。而我花了两天时间没日没夜地剪辑,这才准备好播映下一支舞。距离卡灵顿买到的处于黄金时段的半小时公映还有四天时间——其实这个截止日期还不至于让我感觉像被掐住脖子扼住呼吸一般,我不是因为它才这么努力工作的。

当我还在剪辑的时候,麦克吉利库迪曾来过我的工作间。尽管被他看到了从我脸上滚下的热泪,但他啥也没说。他沉默地看着我面前正在播放的录像,很快也和我一样热泪盈眶。录像已经放完许久,他才开了口,语调非常轻柔:"总有一天我会辞掉这份操蛋的工作。"

我一言未发。

"我以前当过空手道教练,工作非常出色。我要么重操旧业,要么在展览业里找些活干,虽然只能挣现在的十分之一。"

我仍然一言未发。

"这一整个环形玩意儿里都装了窃听器,查理。我办公室的桌子上能够监听'空之扉'上的所有视频电话。实际上,'空之扉'的一到四号环都能看到。"

"你俩上次回到这儿来的时候,我看到你们在封闭门那里发生的事情了。莎拉晕倒了,你将她唤醒,还听到了她让你保证不会告诉潘泽拉医生。"

我稍等了片刻,仿佛看到了一丝希望之光。

他擦干了脸上的泪珠,"我来这儿本是想告诉你,我准备告诉潘泽拉莎拉晕倒这件事的。他肯定会逼卡灵顿马上送她回地球。"

"现在呢?"我说道。

"我刚刚看了录像。"

"你知道《星辰舞》可能会夺走她的性命?"

"是的。"

"你也知道我们必须得让她完成这个夙愿?"

"是的。"

希望之光泯灭了。我点了点头。"那就赶快离开吧,我需要安心工作。"

他转身离去。

按"空之扉"上的标准华尔街时间来说,下午晚些时候,我终于把录像剪成了满意的样子。我给卡灵顿去了电话,和他预约好在一个半小时以后见面。之后,我沐浴、剃须、更衣,走出了工作室。

当我走进卡灵顿办公室时,他正在和太空指挥中心的一位少校交谈。但是他并没有向我介绍,所以我直接无视了后者。莎拉也在那里,身穿一件烟雾一般的橙色纱衣,双乳若隐若现。很显然是卡灵顿逼她穿上的,这混球简直像个在圣坛上乱写脏字儿的顽童。但是莎拉穿上之后,自有一股少见的高贵和倔强,反而让他不太高兴。我直视着她的双眼,微笑着说道:"嗨,亲爱的。录像的效果不错。"

"那咱们就来瞧一瞧吧。"卡灵顿说道。他和那位少校坐在办公桌后的椅子里,莎拉则坐在办公桌一侧。

我把录影带塞进了嵌入墙壁的播放机里,调暗了灯光,坐在了办公桌的另一侧。视频不间断地播放了二十分钟,没有背景音乐,只有画面。

但是它棒极了。

"惊骇"是一个值得玩味的词。要让你"惊骇",那就必须触及你内心深处还未因愤世嫉俗而感到麻木的地方。我一向以为自己生来就是一个愤世嫉俗的人;我这辈子只记得被"惊骇"过三次。第一次是在三岁的时候，知道了竟然会有人故意虐待猫咪。第二次是在我十七岁那年，得知居然有人会以嗑药后伤害别人为乐。第三次则是在我四十五岁那年，当《质量是一个动词》播放完毕后，卡灵顿用不能再随意的语调说了句"非常好，非常优雅，我喜欢"时。我终于知道了世界上有这样一个人，既不是傻子也不是智障，而是一个非常聪明的人，在看完莎拉·特拉蒙德的舞蹈后，居然什么都没看进去。我们所有人，哪怕是最愤世嫉俗的人，内心深处也会有那么一点珍而重之的念想。

莎拉没理会卡灵顿。不过那位少校和我一样惊骇，可以很明显地看出他在努力控制自己的情绪。

这让我突然从恐惧和失望中回过神来，开始仔细地打量起他，好奇他来这有何贵干。他和我年龄相仿，身材精干，看起来比我更坚毅，头上留着极短的银发，胡须则修剪得相当整齐。我本以为他是卡灵顿的密友，但是有三个地方让我改变了主意：他的眼神告诉我，他应该是一位有着丰富战斗经验的老兵；他的举止表明他此刻有公务在身，而非拜访密友；最后，他抿得紧紧的嘴唇表明他对这件公事厌恶透顶。

当卡灵顿彬彬有礼地再次开口问他如何评价那支舞时，少校沉默了一会儿，似乎在整理思绪并组织语言。他开口说话时，对象却并不是卡灵顿。

"特拉蒙德女士，"他沉稳地说道，"我是威廉·考克斯少校，'冠军号'太空特遣队的指挥官，很荣幸与您会面。这是我有生以来见过的最深刻的动态艺术创作。"

莎拉颇为庄重地感谢了他，"考克斯少校，这位是查尔斯·阿姆斯泰德。他是这部录影带的制作人。"

考克斯对我肃然起敬，"这真是一部伟大的作品，阿姆斯泰德先生。"他伸出手来,我也伸出手,握了上去。

卡灵顿终于意识到自己被排除在了我们三个人之外。"我很高兴您喜欢这支舞蹈,少校。"他没什么诚意地说道,"如果您在明天晚上碰巧不上班的话,您可以在电视机上再次欣赏到这支舞蹈。而且当然,我们将来也会发行磁带的。至于现在,我们大概最好还是处理正事吧。"

就好像有人给他的脸拉上了拉链一样,考克斯立刻换上了一副死板正式的表情。"如你所愿,卡灵顿先生。"

困惑的我开始讲起我以为的正事:"我需要你的通讯主管来负责这次的转播,卡灵顿先生。莎拉和我到时候会很忙,所以我没法……"

"我的通讯主管会负责的,阿姆斯泰德。"卡灵顿打断了我,"但是我想你不会特别忙。"

缺乏睡眠让我昏昏沉沉的,理解力下降得有些厉害。

他轻触办公桌上的通话键,说道:"麦克吉利库迪,马上来我这报到。"松开手之后,他继续对我说:"阿姆斯泰德,听好,你和莎拉都得回到地球上去。马上就走。"

"**什么?**"

"布莱斯,你不能这么做,"莎拉喊道,"你**保证**过的。"

"是吗? 亲爱的,昨天晚上可没有第三个人在场可以给你作证。总体上看来,这是最好的办法了。你难道不同意吗?"

我愤怒得说不出话来。

麦克吉利库迪走进了办公室。"汤姆,你好,"卡灵顿愉悦地说道,"你被炒鱿鱼了。你即刻就和特拉蒙德女士以及阿姆斯泰德先生一道乘考克斯少校的飞船回地球。飞船一个小时以后起飞,千万别留下任何你会留恋的东西。"他把目光从麦克吉利库迪转移到我身上,"汤姆的办公桌上可以监视'空之扉'上的任何视频电话,而我的办公桌上则可以监视汤姆。"

莎拉的声音甚是低沉:"布莱斯,再给我两天时间。你这个天杀的,亮出你的价码吧。"

他微微地一笑,"我很抱歉,亲爱的。潘泽拉医生在得知你晕倒的消息之后,给出了相当明确的日期。多一天也不行。你活着,对'空之扉'的形象来说就是一项独特的财富,就是我送给全世界的礼物。但如果你死了,你就会成为我沉重的负担。我说什么也不能让你死在我的地盘上。我预料到了你大概会反抗我的决定,所以我跟太空指挥中心高层的一个朋友谈了谈,"他瞄了一眼考克斯,"他可是个大好人,派了这位少校来陪你回家。虽然你不是法律意义上那种被逮捕的囚犯——但我保证你别无选择。这种情况就类似于一种保护性拘禁吧。就此告别了,莎拉。"他说完就伸手去取桌上的一摞报告,而我接下来的举动则把自己都吓得不轻。

我先是把他桌上的物件全都扫到了地上,再朝他一股脑地冲了过去,一头撞在他的胸骨上。他的椅子是固定在地板上的,所以直接从中间折断了。我很快就重新站定,还有时间用右手挥出一记漂亮的直拳。你见过篮球被人直直砸在地上又弹起来的样子吧,他的脑袋就和那篮球一样,只不过因为低重力的原因,反弹的过程好像被慢放了一样。

接着考克斯把我放倒在地,把我拖到了房间里最远的那个角落。"别这么干。"他对我说。他说话的方式一定就是人们所说的"习惯性发号施令",因为话一说完我就彻底消停了下来。在他返回办公桌背后扶卡灵顿起来的时候,我也起身,不停地大口喘着粗气。

我们的亿万富翁先是摸了摸他被打断的鼻梁,接着看到了手指上的血迹,最后直直地怒视着我。"你再也不会在电视界干下去了,阿姆斯泰德。你完蛋了。职业生涯到此结束!你下岗了,听清楚了吗?"

考克斯拍了拍他的肩膀,卡灵顿转过头面向他。"你他妈的想干什么?"他朝少校怒道。

考克斯微笑着说:"卡灵顿,我过世的父亲曾经说过,'比尔,你要有选择性地树敌,而不是偶然性地。'这么多年来,我发现这句话很有道理,也送给你。你烂透了。"

"口活①确实不怎么行。"莎拉同意道。

卡灵顿眨了下眼睛。然后他暴怒地咆哮道:"你们所有人都滚出去!马上滚出我的地盘!"那本来就宽得可笑的肩膀,一激动起来就更夸张了。

我们很有默契地等着汤姆,他知道该怎么接上话茬。"卡灵顿先生,能被你炒鱿鱼是少有人有的特权,这真是我极大的荣幸。我会一直把它当作'皮洛士的战败'②的。"他半鞠了个躬之后,和我们一起离开了房间,每个人都跟个毛头小伙子一样,叛逆的胜利感持续了至少十秒钟。

---

① "烂透了"和"口活"在英文中同为 Suck。

② 皮洛士指的是古希腊伊庇鲁斯国的皮洛士王(King Pyrrhus)。公元前279年伊庇鲁斯国和罗马爆发战争,虽然战胜了罗马,但是代价甚高,精锐几乎全灭。皮洛士只得无奈地说:"再这样胜一次,咱们可能就没有军队了。"后人就把这种得不偿失的胜利称之为"皮洛士的胜利"。此处为反讽,化用为"皮洛士的战败"。

第四章

当你第一次进入零重力空间时，坠落的感觉是如此的真实。但是只要你的身体学会了把它当作幻觉，坠落感很快就会烟消云散了。而现在，还有半个小时我就要返回到地球的重力场，当我最后一次待在零重力空间时，又体会到了坠落的感觉。我的心沉重得像一块骤然跌进无底洞的铁砧，而本应支撑我飞翔的梦想之翼早就破碎不堪，只在头顶无力地震颤。

"冠军号"飞船比卡灵顿的私人"游艇"大了三倍。这一度让我像孩子一样开心，直到我意识到卡灵顿燃料费、人工费什么也没付就把它招呼了过来。在封闭门处站岗的守卫在我们进舱时敬了个礼。考克斯直接把我们领到船尾处的载人舱，让我们系好安全带。他注意到了一路上我都只能用左手拉着扶手前进。我们停下之后，他说道："阿姆斯泰德先生，我父亲也说过这样一句话，'打柔软的东西靠双手，打坚硬的东西靠工具'。除了你没能用工具打他之外，我觉得您的拳击技术无可指摘。我真希望能和你握握手。"

我试图回他一个微笑，但是实在挤不出来，"我很欣赏您选择敌人时的品位，少校。"

"我可是选了个不得了的敌人。恐怕在我们着陆之前是没有时间找人瞧您手上的伤了。我们即刻就启程回地球。"

"没关系。只要能把莎拉快速舒适地送回去就行。"

他转身对着莎拉鞠了个躬,并没有跟她说他深感遗憾什么的,只是祝我们旅途顺利,然后就离开了。我们在加速椅上坐好,系紧安全带,等着飞船点火。接下来很长一段时间,我们三个人都没有说话,气氛凝重。如果故作振奋地喋喋不休,反而只会让悲伤情绪更加凸显。我们连目光交汇都不敢,仿佛一旦这么做了,各自沉重的心情就会被累加起来,直到情绪爆炸的临界点。悲伤使我们变成了哑巴,我感觉大家多少都在为自己感到遗憾。

但是,这段时间看起来也太长了。隔壁舱隐隐传来对讲机的大段通话,但是这间客舱并没有接入内部通信系统。不过至少我们也开始漫无边际地聊起话来,讨论影评人会怎么评价《质量是一个动词》,他们对于这支舞的分析有没有采用的价值,或者舞蹈出来后会不会让地球上的剧院倒闭等等,唯独对于自身的前途问题闭口不谈。最后我们已经没有话题可聊,只好又闭上了嘴。我猜大家还没从震惊中缓过神来。

最后是我先打破了沉默。"他妈的,他们怎么耽搁了这么久?"我急躁地喝道。

汤姆说了些缓和气氛的话,但是说完后他看了下时间,也叫了起来。"你说得没错。已经一个多小时了。"

我看了一眼墙上的挂钟,绝望的情绪让我脑子有点儿不清楚,过了一阵子才意识到那是格林尼治时间,而非"空之扉"上的华尔街时间,而且麦克吉利库迪是对的,确实一个多小时了。"天哪!"我吼起来,"我们来这个天杀的飞船,全都是为了保护她,不让她继续待在失重环境中。我这就去前舱催他们。"

"查理,等等。"汤姆伸出双手,在我之前解开了安全带,"该死的,你就在那儿老实待着,冷静一下。我去问问。"

几分钟之后他就回来了,一脸的挫败,"我们目前哪也去不了。考克斯接到了原地待命的指示。"

"什么? 汤姆,这**他妈的**是什么意思?"

他的嗓音听起来有点不对劲,"红色萤火虫。事实上,更像是蜜蜂。在一个气球里。"

他肯定不会在这种时候开玩笑,这意味着他所有的情绪已经累积到了让他发疯的程度了,也就是说,我经常做的那个噩梦似乎莫名其妙地成了现实:除了我之外的所有人都发了疯,开始对着我胡言乱语。为了摆脱梦境,我像一头愤怒的公牛一样,低头冲出了房间。我的行动相当迅速,以至于差点在自动门打开之前就撞了上去。

现实比噩梦还糟糕。当我飞速冲到通往舰桥的那扇门时,要不是前面有一堵人墙,我差点儿都刹不住脚了,是那些机组人员,所有人都一副惊慌失措的样子。门口的人群发出一阵短暂的骚动,而当我来到了舰桥,我觉得我也和他们一样都疯了,不然根本没法解释这一切。

舰桥前面的那堵墙上有一块巨大的显示屏——没站在正对着画面的位置,让我有些难受。但我还是清楚地看到了在黑色的深空中,像暗处明灭的烟头一样,真的有一群红色的萤火虫在飞舞。

因为坚信这一切都是疯了后出现的幻觉,我当时还没觉得怎样。但是考克斯的一句"先生,请你离开舰桥"把我扯回了现实。如果我那时头脑运转正常的话,我会听从他的命令,飞也似的穿过门去,跑到飞船上最远的角落躲起来。不过以我当时的状态,我只是腿软了一下子,就接受了这不可思议的情况。我像一只落水狗一样打着战,转身面向他。

"少校,"我绝望地问道,"这是怎么回事?"

就像国王被一个张狂的刁民拒绝行下跪礼一样,对于居然有人违抗他的命令,考克斯感到既困惑又好笑。不过这抗命之举反而让我知道了答案。"在我们面前的是地外智慧生命,"他简洁地说道,"我相信它们是一群有感知能力的等离子体。"

自从我来到"空之扉"时起,我就连一分钟都没想过那个绕着太阳系跳跃移动的神秘物体会是活物。我不是没试过接受这种可能性,但是很快就放弃这个想法,重新专注于我的主业了。"哪怕它们是八只小驯鹿我也不管;你**现在**就得把这个铁皮罐子开回地球去。"

"先生,这艘飞船正处在红色紧急警报状态中,需要随时待命参与战斗。这会儿'北美洲号'上的所有人都已将他们的晚餐弃置一旁,任由它们变凉。如果我还能再见到地球,就算是走运了。现在,滚出我的舰桥。"

"可是你不明白。莎拉现在很危险,再继续待在失重的环境里她会死的。你来这儿的目的就是为了防止这种事情的发生,该死的——"

"阿姆斯泰德先生!这是一艘军舰。我们正在面对的是五十多个能在二十分钟内穿越多层空间到达我们附近的智慧生命体,也就是说,它们可能使用了一种不可思议的透明交通工具。要是我说我知道乘客之中有一位对人类来说比这艘飞船以及船上所有其他人都更具价值的舞者,这能让你好受点吗?要是我说这种念头已经让我像长了第二个肛门一样让我分心了,这能让你好受点吗?但是,我没法让飞船离开现在的轨道,就像我没法长出犄角来一样。好了,你是想自己离开舰桥呢,还是想让我找人来把你拖出去?"

我还没来得及作出决定,他就替我选择了后者。

不过,当我回到我们的客舱时,考克斯已经把舰桥显示屏接入了我们的视频电话屏幕上。莎拉和汤姆正在全神贯注地研究屏幕上显示的内容。我反正也没什么别的事情好做,也跟着看了起来。

汤姆之前的说法没错。不明生物的行动兼具快速性和群体性,的确更像是蜜蜂。我也数不出具体有多少只,不过大概有五十只。它们乘坐的似乎是一个气球——有一道要透明不透明的轮廓在它们周围,几乎看不出来。尽管它们像一群被激怒了的红色蚊蚋一样横冲直撞的,但是活动范围也仅限于"气球"内。那群生物从未离开过它,也从未撞到内壁上过。

看着看着,我体中最后一点肾上腺素也逐渐褪去,只留下一丝失落感和紧迫感。我并不想接受这样一个事实:虽然眼前这个场景看起来像《太空突击队》里加入的特效,但它所代表的东西确实要比莎拉重要。意识到这点让我非常恼火,却不得不认清现实。

我的脑海中有两种声音,每一个都以最大的音量吼出自己的问题,同时试图盖过另一个。一个声音喊道:"那些东西是友善的?还是来者不善的?或者它们有善恶的概念吗?它们的体积有多大?它们离这里有多远?来自哪里?"另一个的声音没那么狂热,但是同样聒噪,它只是一遍又一遍地重复同一个问题:"莎拉在失重环境下还能挺多久,才不会被毁掉?"

莎拉的话语中则充满了惊讶："它们在……它们在跳舞。"

我凑近了些仔细看。如果苍蝇在垃圾堆上的移动轨迹也能算一种舞蹈的话，恕我欣赏不来。"不就是在随机运动嘛。"

"查理，你看，它们虽然运动得激烈，但是从来没有撞到过同伴或者那层外壳。它们的运动轨迹肯定就像原子外层的电子一样精准复杂。"

"原子会跳舞吗？"

她奇怪地看我一眼，"难道不是吗，查理？"

"激光发射器。"汤姆说道。

我们朝他看过去。

"那些东西肯定是等离子体——刚刚跟我说过话的那个人说，深空雷达上是这么显示的。这意味着它们是某种离子化的气体，就跟引发以前那些 UFO 目击事件的东西一样。"他咯咯地笑了起来，然后控制住自己，"如果你用激光割开那个透明外壳，我敢打赌你可以让它们去离子化。另外，不管它们新陈代谢的是什么东西，肯定就是那个壳子在维持它们的生命。"

我有些晕头转向，"所以说，我们并不是毫无还手之力？"

"你们俩说起话来怎么跟当兵的似的，"莎拉大声说道，"我跟你们说了，它们在跳舞。舞者不会是士兵的。"

"别开玩笑了，莎拉！"我喊回去，"即使这些东西的运动轨迹与人类的舞蹈有那么一点点相像，你说的也不会是真的。太极、空手道、功夫——它们还能算是舞蹈。"我朝着屏幕点点头，"我们唯一知道的是，这群会动的红点能快速地穿越多层宇宙空间。光这一点就够吓人的了。"

"查理，你给我好好看看它们。"她命令道。

我照做了。

　　我的天，它们看起来真的不具威胁性。而且我越看越觉得它们在以一种类似舞蹈的方式运动，像是在柔板音乐中疯狂地旋转跳跃，肉眼难以跟上它们的速度。并不是传统舞，倒是更类似莎拉以《质量是一个动词》开创的那种形式。我突然意识到自己想要开启两台摄像机，好对比两个不同的视角，而这个想法终于让我的头脑开始正常运转。我有了两个点子，想要让考克斯接受第二个的话，必须得先让他认可第一个。

　　"你认为我们现在离'空之扉'有多远？"我问汤姆。

　　他撅起嘴唇。"不远。这艘飞船除了起始加速以外并没有什么别的操作。那群该死的生物很有可能就是被'空之扉'吸引过来的——它一定是太阳系中最容易被观察到的智慧生命的标志。"他挤了个鬼脸，"也许它们根本不在意行星。"

　　我走上前去，接通了内部通信线路。"考克斯少校。"

　　"滚出这条通信线路。"

　　"我们去近距离地观察那些东西怎么样？"

　　"我们原地不动。现在请你停止干扰我，滚出这条线路，否则我就——"

　　"你就不能听我说吗？我在太空中有四台可移动的摄像机，可以遥控，自带电源和照明，比你所有的摄像机的分辨率都高。我架设它们原本是想录莎拉的下一支舞。"

　　他立马换了个语气，"你能把它们接到我的飞船上吗？"

　　"我想没问题。但是我得回到一号环的控制室去。"

　　"那就不行了。我不能把这艘飞船停在一个点——万一它得加入战斗或者撤退怎么办？"

　　"少校，如果用太空行走的话，从这儿走过去有多远？"

　　我的问题让他有些惊讶，"几公里吧，乌鸦肯定飞得到，但是你不会飞。"

"过去两个月,大部分时间里我都待在失重环境里。给我一个便携式雷达,我连火卫一都能去。"

"唔……你只是个平民,但是去他的,我需要更高质量的视频。我同意你的请求。"

现在该提出我的第二个点子了,"等等,还有件事情。莎拉和汤姆必须和我一同前往。"

"胡说。你不是在户外旅行。"

"考克斯少校,莎拉**必须**尽快返回重力场中。一号环能提供这样的环境——事实上,最理想的情况是我们能从环中心的轮辐进入,这样她就可以非常缓慢地进入并且逐渐适应重力场,就好像潜水员分阶段解压一样,只不过顺序是反过来的。汤姆需要陪着她一道过去,因为如果她晕倒在轮辐内部的话,哪怕在六分之一重力环境下她都可能会摔断腿。另外,他比我俩任何一个都更擅长空间活动。"

他详尽地考虑了我的请求,然后回复道:"好吧。"

于是,我们上路了。

回一号环的路程比我和莎拉之前的任何一次太空行走都要长,不过在汤姆的指导下我们没怎么费力就完成了旅途。一号环、"冠军号"以及不明生物的位置连成了一个边长五六公里的等边三角形。仔细看来,那群生物所处的环境大概是一号环体积的两倍——那气球可真他妈大。它们并没有暂停或者减慢它们的快速螺旋运动,但是不知怎的,它们感觉像是在观望着我们从飞船走向"空之扉"的全程。这给我的感觉就像是一个生物学家在研究一个新物种在进行某种古怪滑稽的运动。为了防止被干扰,我们关闭了压力服上的无线通信,不过这反倒让我对那群生物的移动更加敏感。

我甚至都没注意到自己已经到达了。我一直忙于想东想西。

我撇下莎拉和汤姆，一步六级地爬下了扶梯。卡灵顿在接待室里等着我，身边是两个走狗。他显然已经被吓傻了，并试图用怒火掩盖恐惧。"天杀的，阿姆斯泰德，那些可是我的摄像机。"

"闭嘴吧，卡灵顿。如果你把那些摄像机交到你能找到的最好的摄像师——也就是我——的手里，然后我把它们获取到的数据信息交给太空里最有战略头脑的人——也就是考克斯——的手里，我们还可能帮你保住你这间该死的工厂，以及整个人类种族。"我向前走去，他没有阻拦我。这很容易理解：将整个人类置于险境同样是糟糕的公关事件。

因为有之前那些练习，用肉眼同时操控四台处于太空中的可移动摄像机，对我来说并不是什么难事。外星生物无视了这些靠近的摄像机。"空之扉"上的通信人员把我这边得到的信号转给了"冠军号"，并建立了我和考克斯之间直接的语音通信。在他的指挥之下，我让四台摄像机包围着那个大气球，根据他的指令改变视角。太空指挥中心的总部肯定在录那段视频，但是我听不到他们和考克斯的通话——这点我真是谢谢他们了。我给了他慢镜头回放、特写、分屏画面以及所有我会的操作。单个"萤火虫"的运动看起来并不特别对称，但是逐渐能看出路线的确是在周期性地重复。一旦放慢镜头，它们就更像是在跳舞了，而且虽然我并不能肯定，但是在我看来它们运动的节奏正在逐渐地紧凑起来。它们的舞蹈里莫名其妙地开始有了戏剧性的张力。

接下来我将视角切换到另一台摄像机，此时能看到"空之扉"就在背景里。突然，我的心就像被丢进了真空一样，整个人被吓得惊叫出声——在一号环和外星生物群之间,有一个穿着压力服的身影正缓慢而又执着地朝外星人走去。那个人只可能是莎拉。

我和汤姆像戏剧里一样,巧合地同时出现在了门廊处。他全身都倚靠在哈利·斯泰恩身上,脸部肌肉因为疼痛而抽搐着。他只用一只脚站立,很明显,另外一只脚断掉了。

"我猜我到头来……还是没法……在展览界重操旧业了。"他喘着粗气说,"她只说了句……'汤姆,对不起'……我就知道她会袭击我……无论如何也得把我甩开。该死,查理,我真抱歉。"他沉沉地倒坐在一把空椅子上。

考克斯急切的发了话,"他妈的发生了什么? 那是谁?"

她的压力服肯定能连接到我们的通信系统。"莎拉!"我喊道,"你快他妈的回来!"

"我做不到,查理。"她的声音非常大,而且非常冷静,"我沿着轮辐往下爬到一半,我的胸就开始疼得要命。"

"特拉蒙德女士,"考克斯急急地说道,"如果你再朝外星生物靠近一步,你就会被一起消灭。"

她大笑起来,虽然声音里带着愉悦,却让我的血液瞬间冻住,"屁话,少校。你是不会毫无顾忌地对它们使用激光发射器的。何况,你需要我,就像你需要查理一样。"

"你这话是什么意思?"

"这些生物用舞蹈来沟通。这是它们讲话的方式,是一种高级的符号语言,就像呼啦舞①一样。"

"你知道个屁。"

———————

① 呼啦舞是一种传统的夏威夷舞蹈,它的六种基本步法、扭动臀部的动作以及各种手势象征或模仿各种自然现象、历史事件或者神话中的事物。

"我感觉得到。我知道。该死,在太空的真空环境里你还能怎么沟通?考克斯少校,我是此时此刻人类中唯一有资格的翻译。所以,您现在能否善解人意地闭上你的嘴,让我好好地研究它们的语言?"

"我没有得到任何授权……"

我一反常态地开了口。我本应该结结巴巴地祈求莎拉回来,甚至应该抓起一身压力服就冲出去把她拽回来。但是,我说的是:"她说得没错。考克斯,你闭嘴。"

"但是——"

"你个挨千刀的,别浪费她的**最后一搏**。"

他闭上了嘴。

潘泽拉进了屋,给汤姆注射了整整一针管的止痛药,然后直接在房间里将他的脚弄回了原位,但是我一点儿也没注意到他们。在一个多小时的时间里,我都在遥望正在研究着外星生物的莎拉。所有人都深陷绝望之中,沉默席卷了整个房间,只有我独自一人在观察着。然而即便给我一辈子的时间,我也没办法看出它们在跳什么舞。我绞尽脑汁,想要弄明白它们疯狂的运动到底是什么意思,却一无所获。我能帮莎拉做的只有为后人录下所发生的一切,如果还有后人的话。有好几次她轻声呢喃,小声地发出惊叹,我多想回应她啊,但是终究没有这么做。最后她惊叹一声,利用喷气装置把自己朝那群生物推得更近,在那里待了很久。

终于,听筒里传来她的声音,一开始低沉而含糊,就好像在梦呓一样,"天啊,查理。真奇怪。太奇怪了。我开始读懂它们了。"

"啊?"

"每当我读懂它们正在进行的舞蹈的一小部分……我们就会更相互理解一些。准确地说,这不是什么心灵感应。我只是……能稍微理解它们了。也许算是心灵感应吧。它们跳出的是自己的感受,将其转换成相应的节奏让我理解。我大概能弄懂三分之一。近距离时感受更强烈。"

考克斯的声音温和而坚定,"你都看懂了些什么,莎拉?"

"汤姆和查理说得没错,它们是好战的。至少,它们有那么点儿傲慢,坚信自己更为优越。现在它们正在跳的舞蹈就是一种挑衅。请告诉汤姆,我想它们的确需要定居在行星。"

"什么?"

"我想在某个发展阶段,它们的确是血肉之躯,必须得在行星上才能存活。之后,当它们成长得足够成熟时,它们……变成了这些萤火虫,飞向了太空之中。"

"为什么?"考克斯问道。

"为了寻找繁衍后代的地方。它们想要的是地球。"

接下来是大概十秒钟的沉默。然后,考克斯静静地说道:"莎拉,请后退。我要看看激光对它们有什么影响。"

"不要!"莎拉大喊道,声音洪亮到足够让最高级的音响发出杂音。

"莎拉,就像查理刚刚所说的那样,你这已经是最后一搏了。从任何一个角度来说,你都没有利用价值了。"

"不要!"这回大喊的人是我。

"少校,"莎拉急迫地说,"激光不会有用的。相信我,它们能躲避或者承受来自地球的任何形式的攻击。**我知道的。**"

"天杀的,你这个该死的女人,"考克斯说道,"你想让我怎么办?让它们先发制人?有四个国家的战舰正在前往这里,但是它们不会——"

"等一下,少校。请给我点时间。"

他开始爆粗口,但是很快停了下来,"多长时间?"

她没有正面回答,"要是这种心灵感应能够反向发生就好了……肯定可以。我们理解它们很难,但也许它们要理解我们没有那么困难,甚至可能非常容易。我想到了一个主意,就在它们身边动手。查理?"

"我在。"

"就是现在。"

我懂她的意思。当我第一次在监控器中看到她去太空行走时,我就知道了。而且,从她微微颤抖的声音判断,我也懂她现在需要什么。我准备将我所有的一切都献给她,并为能献上它们而感到了荣幸。怀着极大的勇气,我说:"祝你成功,姑娘。"然后赶紧关掉麦克风,以免她听到紧随其后的抽泣。

她开始翩翩起舞。

开始时相当缓慢,就像是单指练习①一般,她开始建立能让那群生物理解的"动作词汇"体系。你们能看出来吗?她好像在说,这个动作表示的是一种憧憬,一种渴望。这些动作分别表示一种轻蔑,一种演变,一种简化后的能量。当我用以这种扭曲的方式跳出阿拉贝斯克②时,表示的是两种意思,一种是犹豫不决,

————————

① 指在弦乐器的新手阶段经常进行的单指练习,初学者用每次仅用一根手指熟悉并弹奏乐器。

② 据中国中央芭蕾舞团的芭蕾术语词典,阿拉贝斯克是芭蕾舞的基本舞姿之一,名字源自摩尔人的一种叶片状连续花纹图案。舞姿为单腿半蹲或直立,另外一腿往后伸直,与支撑腿形成直角,双臂与此相应、和谐一致的姿势,从而构成从指尖到足尖尽可能长的直线。

一种是缓解紧张的气氛。你们能感觉得到吗？

看起来莎拉是对的。我们在和外星文化的交流方面还是生手，而它们似乎已经经历过无数次了，因为它们看起来就像是高超的运动语言学家。这时我才后知后觉，它们选择以动作作为交流的方式，是因为它在全宇宙中的普适性。人类在学会说话之前就能做出各种动作了。不管怎样，随着莎拉继续舞蹈，它们的舞蹈的速度和强度显然开始降低，直到最后完全停下来，全神贯注地望着她。

很快，莎拉一定是确信自己已经给出了足够的"动作词汇"，至少能蹩脚地交流了，于是开始全情投入到热切的舞动之中。之前她只是在用自己的躯体摆出动作或者变换四肢的位置，现在她启动了喷气装置，或是单独使用其中一个，或是将几个一同开启，让它们随着她的身体在太空中舞动。这才是真正的舞蹈：不光是一系列动作的集合，更是一种有着实在内涵和意义的艺术创作。毫无疑问，这就是那支她排练了很久、一直想要跳出来的《星辰舞》。这支舞蹈能向完全陌生的外星生物讲述人类和人性的故事并不完全是一个巧合：毕竟，它是这个时代中最伟大的艺术家所发出的最极致的宣言，是与神明的对话。

她的压力服在摄像机的照明下显出银色，而她肩上的那对氧气罐则是金色的。太空变成她身后的一面黑色幕布，而她在其中来回穿梭，跳出纷乱而精致的《星辰舞》。那看似随意的动作，不知怎的韵味无穷。随着她那些美妙的循环和绕转所表达的意思逐渐明朗，我喉咙发干、牙关紧锁。

生而为人，人生在世，本是悲剧。她的舞蹈恰如其分地表达出了这个意思。这支富于表现力的舞蹈，讲述了最深沉的绝望，讲述了人类的命运就是一场残酷的黑色幽默：无限的雄心被束缚在有限的能力中，永恒的渴望被寄托在短暂的寿命里，即便努力开拓进取，创造出的也只是一个早就被设定好了的、无法逆转的未来。它讲述的是人类作为动物的恐惧、饥饿，还有最为基本的孤独感和异类感。这支舞从人类的视角描述宇宙：这个充满敌意的环境是熵的具象化，身处其中的人类因为天性，陷入了孤独、封闭的情绪之中，与别人的思想隔绝开来，只通过各种媒介获取第二手信息了解他人。这支舞还讲述了人们会在一种盲目信仰的驱动之下，不惜巨大的代价去追求和平，但却会在和平之后感到无聊至极。它还讲述了一些荒唐事，一些可怕的悖论：由于一个人可以同时拥有理性和非理性的一面，他或她甚至都没有办法协调好自身。

它讲述的，还有莎拉自己的一生。

一次又一次，她的舞步都以代表着希望的绕圈开始，最终只是摔倒在困惑和幻灭之中。一次又一次，她迸发出能量的瀑布，尽全力争取一条出路，但得到的却只有沮丧。突然间她开始了一种看起来很熟悉的舞姿，我很快就认出来，是莎拉对《质量是一个动词》结尾片段的概括——不像是照搬，更像是化用或者回顾。在这个新语境之中，对于三大问题的追寻变得更加深刻和急切。就像之前一样，舞蹈终于过渡到了那个标志性的动作，她的身体猛烈地蜷缩起来，将所有的能量向内聚集起来。这时，她的身体仿佛被遗弃了一般，孤零零地在茫茫宇宙中飘浮着。她的精神内核缩回身体中心，无处可觅。

那些安静的外星生物第一次骚动起来。

突然间，被压缩的力量爆发开来，她的身体从蜷缩状态猛然展开，不再像是弹起的弹簧，而是像一颗种子迅速钻出土壤，然后盛开出花朵。瞬间释放出的力量使得她掷身而起，划破虚空，仿佛一只身处星际龙卷风之中的海鸥。她的精神内核仿佛从遥远的时空中被投掷出来，引导她的身体开始新的舞蹈。

那支新舞讲述的是生而为人的本质：明知道在短暂的人生中，所有的行动和努力都是徒劳，却仍然选择去行动、去努力，这便是生而为人的本质；永不停息地追求着遥不可及的目标，这便是生而为人的本质；要么苟活一生，要么在拼搏中死去，这便是生而为人的本质；心怀希望地对着未解之谜刨根问底，妄求早日得到答案，这便是生而为人的本质；明知道会面对失败，还是要尽力追寻，坚持到底。这便是生而为人的本质。

所有这些话都通过一系列腾空而起的旋转来表达，仿佛是伴着一首宏大而又威严的交响乐，不断地回环往复。就像你无法找到两片相同的雪花一样，每一个旋转都是独一无二的，但却又有相似之处。这支舞仿佛是在笑着，笑对明天，笑对昨天，更多的是笑对今天。

因为这便是生而为人的本质：即便面对的是别人口中的悲剧，也要笑着活下去。

看上去那群外星人在她那汹涌的能量前退缩了。莎拉不屈不挠的精神让它们感到震惊和敬畏，或许还有些许恐惧。它们似乎在等待舞蹈停息，等待莎拉耗尽体力。但听筒里传来她的笑声，她竟然投入双倍的精力，像是燃放中的凯瑟琳轮烟花①一般旋转起舞。她变换了位置，开始绕着它们舞动，就像喷溅的烟火一样逼近那个装着外星生物的透明球体。它们匆忙往球体中心躲避，杂乱地聚在一起，却并非是因为生命受到了威胁，而是因为畏惧。

---

① 凯瑟琳轮烟花是一种在点燃后能旋转升空，发出火花或者各色火焰的烟花。

莎拉用身体表达出，这便是生而为人的本质：如有必要，人类也可以视死如归。

在莎拉强大的自信面前，外星生物崩溃了。没有一丝前兆地，萤火虫和"气球"都消失了，去了他处。

我意识到考克斯和汤姆就在不远处，是因为他们出现在了我的视野里。这也意味着当时他们很可能对我说了或者做了什么，但是我既没有听到也没有注意到。除了莎拉以外，所有的一切对我来说都不存在。我呼唤着她的名字，她则接近了那台自带照明装置的摄像机。我终于可以通过压力服的塑料面罩看清她的脸了。

"我们也许是弱小的一方，查理。"她喘着粗气说道，"但是看在老天的份上，我们足够顽强。"

"莎拉——马上回'空之扉'来。"

"你知道我回不去的。"

"卡灵顿一定能给你建造一个失重的环境，你可以住在里面。"

"度过在太空中流离失所、永远无法回到地球的一生？为了什么？舞蹈吗？查理，**我没什么好多说的了。**"

"那我就出去找你。"

"别傻了。为了什么？隔着压力服拥抱吗？还是隔着头盔最后一次相互碰碰脑袋？没屁用。目前为止，我的谢幕方式进行得还不错，咱们别把它毁了。"

"莎拉！"我彻底崩溃了，双腿一软蹲下身去，头埋在双臂间，痛哭起来。

"查理，听我说，"她的语调很温柔，但哪怕在这最绝望的时刻我也能分辨出其中的紧迫感,"好好听我说,我的时间不多了。我有样东西想给你。我本希望你能自己发现它,但是……你会照我说的做吗?"

"好——好的。"

"查理,零重力舞蹈瞬间就会风靡全球。我已经敲开了那扇门。但是你也知道潮流的变化,如果你不抓紧时间趁热打铁,人们很快就会忘记它。我要把这门艺术的传承托付给你。"

"你……你这是什么意思?"

"我的意思是,你,查理,要重启你的舞蹈生涯了。"

缺氧给她造成了精神损伤吗,我想。但她随身携带的氧气不可能这么快就耗尽了吧。"好的,没问题。"

"看在老天的份上,别跟我打马虎眼。你听好了,我是认真的。如果你不是真傻的话,你自己一定也注意到了。还不明白吗?在失重环境下你的腿没有任何毛病!"

我惊讶得下巴都掉了。

"你听到没,查理?你可以回到舞台了!"

"不,"我说道,然后开始使劲找借口,"我……你不能这样……这……该死,我的那条伤腿没法承受室内舞的强度。"

"你忘了吗,室内舞连一半的表演时间都占不到。别去想这个,你只要想想自己是怎么一拳打歪卡灵顿的鼻子的就行。查理,当你跳起来越过他的办公桌的时候,**你用了右腿来助推。**"

我支吾了一会儿,然后闭上了嘴。

"这就对了,查理。这就是我的告别礼物。你知道我从没爱过你……但是你也一定得知道,我一直都爱着你。现在也一样。"

"我爱你,莎拉。"

"别了,查理。好好干。"

接下来她身上的所有四个喷气装置一齐启动了。我就那么望着她向下越飘越远,直到她淡出我的视线。片刻之后,地球的方向出现了一串金色的弧形火焰。火光先是渐弱,然后在氧气罐爆炸的瞬间,猛烈燃烧起来。

第二部分　星辰舞者

第一章

　　从华盛顿飞回多伦多的旅程别提多痛苦了。一个在失重环境中工作过的人居然还晕机了？更糟糕的是,我刚回到地球就得了重感冒,直到那天早晨都没好,因此整个飞行过程中我都一直祈祷着早点落地,早点让耳膜感受到落地时陡增的像尖刀一样的气压。不过不管再难受,我还是拒绝了空乘殷勤送上的饮品和餐食。

　　我甚至都没有感到沮丧。在过去的短短几周里发生了太多事情。我已经精疲力竭,整个人疲惫不堪,就像……一具行尸走肉,被某个自动驾驶员操控着,百无聊赖地四处游荡。回到一个熟悉的地方让我感觉好了一些——不过话说回来,在地球上的日子对我来说就跟一千年以前一样了,为什么我之前从来没有过这种回"家"的归属感呢?

　　在我通过海关时出现了一群记者,不过当然没有最开始的时候多。在我还是个孩子的时候,我曾在精神病院当了一个暑假的义工,认识到了一条非比寻常的真理:只要你完全无视一个人,他总会停止骚扰你并走开,不论他有多大的决心——对任何人都是如此。消息传出去后的三周里,我坚持不懈地实践这种技巧,现在只有最厚脸皮的那些报纸才会派人来把麦克风往我脸上戳。终于,一辆出租车出现在我身前,我赶紧钻了进去。谢天谢地你完全可以相信多伦多的出租车司机,他们谁的脸都认不出来。

现在我终于"自由"了。

重新进入多伦多舞蹈剧院的工作室,这种故地重游的感觉差点刺穿了我心中的铠甲。我曾经在这里工作了三年,离职之后又短暂返回的经历似乎已经是亿万年以前的事情了。就是在这幢大楼里,我第一次看到莎拉·特拉蒙德跳舞。兜兜转转一大圈之后,我又回来了。

但我心里什么感觉都没有了。

当然,那条该死的腿总是除外。在失重环境中待久了之后,它痛得比记忆中受伤的那一天——同样是陈芝麻烂谷子的事了——之后的任何一次疼痛都强烈。爬楼梯的时候,我不得不停下来两次;爬到顶楼的时候,我已经浑身湿透了。(好奇过为什么舞蹈工作室总是得爬至少一层楼梯才到吗?那我就得问你了,你在一楼租一套同样面积的房间试试看?)我在楼梯间歇了一会儿稳住呼吸。在确定我的面色恢复正常之后,我又等了几秒钟才动弹。我知道此时我本该感慨万千,但是我依然像行尸走肉一样无动于衷。

我打开门,那种似曾相识感再次袭来。诺蕾穿行在这间熟悉的屋子里,和以前一样,她正带领着一群学生练习他们的舞步。他们甚至可能就是我见过的那批学生。只有莎拉消失了,永远地消失了。她现在是空气污染的一部分,而且位于大气层上层,污染面积比绝大多数尸体更广。

她在大气层之上被火葬,再也无迹可寻。

不过,她的姐姐还是活蹦乱跳的。在我进屋的时候,她正在演示一系列的半掌站立动作[1]。在她抬起头注意到我之前,我刚好有足够的时间打量她:她的皮肤富有光泽,汗滴散发着健康的气息,肌肉线条极佳。一看到我,她的身体先是像有人按了暂停键一样定格了一会儿,然后直接从一个伸展动作摔倒。她习惯性地蜷起身体,落地后翻滚了几周,然后起身全速朝我冲过来。诺蕾伸出双臂,一边跑,一边朝我又喊又骂。她的行动快得简直就像一枚导弹,我的那条好腿都差点儿站不稳了,接着我们就如微醺的人一样摇晃着对方紧紧相拥。她激动得像水手一样,一边骂着脏话,一边哭喊我的名字。我们拥抱了很久,直到我感到双肩和伤腿一样痛——原来我早就把她从地上抱了起来。我隐约感觉到,**我又重新找回了六个月以前的生活了。**

"好啦,你还好吗? 一切都顺利吗?"她在我耳边说。

我后退了一小步,试着挤出一个笑容,"腿痛得要命。而且我还得了流感。"

"去你的,查理。你知道我不是问这个。**你还好吗**?"她的手指紧抓着我的脖子,一副准备做引体向上的样子。

我的手滑到了她的腰际,直视着她的双眼,收起了笑容。就在那一瞬间,我意识到一直如行尸走肉般的我总算活了过来。我仿佛破茧重生,耳畔听到了血液奔流的欢畅歌声,皮肤也感受到了周围空气的每一丝流动。我第一次开始思考我到这里来的目的是什么,而且我心中隐约有了答案。"诺蕾,"我简单地回应

---

[1] 即脚跟抬离地面,用双脚或单脚脚掌支撑身体的动作。

道，"我很好。从某种意义上来说，我的状态比过去的二十年间的任何时候都要好。"

第二句话脱口而出，不过我知道这是实话。诺蕾看出了我眼中的真挚，试图平静下来，但双手还是挽着我的脖子。"哦，感谢上帝。"她抽泣起来，又把我搂紧了一些。过了一会儿，她的哽咽声渐止，诺蕾近乎孩子气地低声说道："感觉你的脖子都被快被我搂断了。"我俩像傻子似的咧嘴笑起来，然后放声大笑。笑着笑着，我们终于松开了对方；她恍然大悟般地叫了一声"哦！"脸也刷地涨红了，赶紧转身面向她的学生们。

看起来我们在整个房间里并不是那么有吸引力。学生们早就从电视和报纸上知道了一切。诺蕾转过身之后，我们观望了一会儿，很快就发现有个学生从人堆中脱颖而出。"好了，"她对他们说道，"再重新跳一遍吧，你们三个我没有什么安排，除了你——"其他人便都重新投入了练习中。那个被选出来的学生看都没有看诺蕾一眼，既没有拒绝她，也没有感激她——但她跳舞时，脸上带着淡淡的微笑，然而舞姿却并没有多独特。

诺蕾转回身，对我说道："我不得不改变自己。"

"我希望别变太多。"

她又朝我笑了笑，离开了。我的脸颊不知怎么有点痒，等我心不在焉地抬手去挠，才发现其实我已经泪流满面。

下午的户外景色让我俩非常高兴。新的颜色从大自然的色谱中沸腾而出，四处飞溅着庆祝秋日的到来。无论如何，这就是多伦多十月的某一天，那种不管一个人说"天啊，有点冷呀"还是"天啊，真暖和"人们都会同意的日子。我们就这样手挽手在城中漫步，只是偶尔说说话，大部分时间里只是用目光交流。我脑中的一团乱麻开始清空,腿痛也不再那么刺骨。

那时候"此时此刻"还在营业,但是看起来前所未有地破败。我们进去的时候,亨胖子隔着厨房的窗户看到了我们,便立即走了出来。他既是我见过的最胖的乐天派,也是我见过的最快乐的胖子。我曾亲眼见过他在二月穿着短袖出门,也有传言说他曾被入室偷盗未遂的窃贼捅了三刀却安然无恙。他大步流星地通过一扇旋转门朝我们走过来,就像一座微笑的小山。"阿姆斯泰德先生,特拉蒙德女士! 欢迎光临!"

"嘿,胖子,"我一边摘掉口罩,一边回应他,"老天保佑,你的脸一点儿也没变。你这儿有好一点的桌子吗?"

"当然,大概在地窖里的某个地方放着呢,我去把它抬上来。"

"不好意思,你就当我没说过吧。"

"揭人家短,你这教养也有问题。"诺蕾戏谑道。

亨胖子大笑起来堪比在加拿大落基山①里的一场地震,"非常高兴见到你们俩。特别是阿姆斯泰德先生,你很久都没来了。"

"胖子,我们吃了饭再慢慢聊,好吧?"

"当然,让我瞧瞧。你看起来需要一磅②西冷牛排配烤土豆,意式青豆不放蒜,以及一小桶牛奶。特拉蒙德女士,我猜你会点全麦吐司的金枪鱼沙拉三明治,配上几片番茄,再加上一杯脱脂奶。再给你们一人来一份沙拉。我没猜错吧?"

我们俩大笑出声,"和往常一样,又答对啦! 你都不用打印菜单了!"

"说出来你都不信,我都摸清楚规律了。你的牛排要几分熟?"

---

① 加拿大落基山即北美落基山脉在加拿大境内的部分。

② 1磅约等于453.6克。

"哇,那简直太棒了。"我回答道,顺便接过诺蕾的大衣和过滤口罩。亨胖子哈哈大笑,拍了一下自己结实的大腿,然后接过我的外套,以便我去把诺蕾的挂起来。"阿姆斯泰德先生,这种默契可真是久违啦。每当我这么问的时候,那些呆子们没一个能接上我的暗示的。不用回答我也知道你们要几分熟的啦!这边请。"他把我们带到后面的一个小餐桌就座,我刚坐下就意识到,以前我、诺蕾和莎拉共进午餐,就是在这张桌子上。意识到这一点并没有让我伤心,我感觉自己现在很平静。亨胖子用他自己攒的大麻给我们卷了一根烟卷,然后直接把装大麻的袋子和一包鼓牌卷烟纸留在了桌子上。"好好享用。"他说完便动身回厨房,硕大的屁股看起来就像两艘齐柏林飞艇①。

我已经有几个星期没抽大麻了,吸了第一口便开始晕眩起来。在诺蕾和我相互传递烟卷的时候,她总会用手指轻蹭我的手指,那温暖的指尖电力十足。自从我们进门时我那堵塞的鼻子终于决堤了,我们连话都没说,一吞一吐间将烟卷抽完了。我很清楚我看起来该有多蠢,但此时兴奋的我根本顾不上担心这个。我在脑海里一遍一遍地回想我必须跟诺蕾说的话以及一定会面对的质问,但是我总是沉沦在她温暖的褐色眼睛里。桌上的烛光下,她的双眼和褐色的秀发都闪着光,我绞尽脑汁都找不到合适的语言开口。

"呃,我们又回到这儿了。"我总算想到了这句话作为开场。

诺蕾要笑不笑地说:"你的感冒可是严重得很。"

"自从我回到地球,这二十个小时里我的鼻子就跟被钳住了似的。不过我为此感到非常庆幸,你能想象地球闻起来有多恶

---

① 齐柏林飞艇是一系列硬式飞艇的总称,因德国著名飞船设计师斐迪南·冯·齐柏林伯爵在1900年制造了第一艘硬式飞艇而得名。

心吗?"

"我本以为一个密闭的系统闻起来会更糟糕些。"

我摇着头说:"太空里当然有些气味。准确地说,是在空间站里。而且压力服也可以被穿到发臭。但是地球上是那种多种气味混合在一起然后发酵的感觉,再糟糕不过了。"

她了然地点了下头,"当然了,太空里没有成堆的大麻烟卷。"

"也没有垃圾箱。"

"也没有下水道。"

"也没有奶牛放的臭屁。"

"她是怎么死的,查理?"

呃。"她死得很壮烈。"

"我看了报纸。我**知道**那些人说的都是狗屁,但是……但是你在场。"

"是的。"在过去的三周里我已经翻来覆去地把事情的经过描述了一百多遍,但是我还没有跟任何一个朋友提起过,我发现自己现在必须这么做了,何况诺蕾当然应该知道她妹妹是怎么死的。

因此,我跟她讲了外星生命的到访,莎拉凭直觉判断它们用舞蹈来交流,就果断决定回复它们的信息。我跟她讲了莎拉如何逐渐意识到外星生命的敌意,在领土问题上的侵略性,以及它们想要夺取我们的星球作为繁衍之地的决心。当然,我也尽我最大的努力,为她描述了《星辰舞》的诞生。

"她的舞蹈将它们赶出了太阳系,诺蕾。她的舞蹈穷尽了毕生所学——而且让我们每一个人都记住了她。她用舞蹈表达出了我们是什么,她自己是谁,然后把它们吓到了。它们并不害怕军舰的激光炮,但是她却将它们吓回了太空深处。噢,它们肯定会在未来某一天回来的——我不知道为什么，但我有这种预感。但是可能我们这一辈子是见不到了。她告诉了它们什么是人类。她给它们表演了那支《星辰舞》。"

诺蕾沉默良久，最后她点点头。"啊哈，"她的脸突然扭曲了一下，"但是她为什么非赴死不可呢，查理？"

"她没救了，亲爱的，"我牵起她的手说，"她的身体在那时已经完全适应失重环境，这种适应不可逆转。她永远也不可能回到地球，甚至没法在'空之扉'里面的六分之一重力环境中生存。哦，她本可以在失重区域中继续活下去，但除了太空中那些军事设备，什么东西都是卡灵顿的，而她已经没有理由再从他那里索取任何东西了。她已经跳完了《星辰舞》，我也将它录了下来，她完成了自己的全部使命。"

"卡灵顿，"她的手指则紧紧地攥着我的手，"那他现在身在何处？"

"我也是今天早晨才知道的。他试图把所有的录影带以'空之扉'公司的名义据为己有，也就是想独吞那些赚来的钱。但是他从没和莎拉签订过正式的合同，而汤姆·麦克吉利库迪发现了一段她留下的气密保存的全息视频，视频中她说所有的遗物都由你和我平分。卡灵顿又妄图收买遗嘱认证法官，但是法官并不配合他。今天下午这件事就会上新闻了。这个人只要一想到自己会获罪坐牢，待在地球的重力下哪怕一小会儿，都快要了他的命。我觉得最后他终于发现自己对她爱得深沉，因为他还试着效仿莎拉的献身。不过他搞砸了。离开'空之扉'的环厅之后，他对太空行走一无所知，开启喷气装置的时机太晚了。这是初学者们最经常犯的错。"

诺蕾看起来有些困惑。

"所以,人们最后一次见到他时,他并没有像莎拉一样化作流星,而是大致在往猎户座α星移动。这会儿应该已经能在新闻上看到了。"我瞥了一眼手表上的时间,"事实上,我猜此时此刻他的氧气应该要耗尽了——如过他真的有心寻死的话。"

诺蕾闻言露出了微笑,手指也放松开来。"我们就期待如此吧。"她温柔地低声说道。

如果你被人抓住了——你可千万别让他们把你交到任何一个女人手里。

这时,服务员端来了沙拉。给诺蕾配的是千岛酱,给我的则是法式酱——如果我们刚才记着吃沙拉要配上酱这码事的话,它们完全就会是我们的选择。

我俩的菜量不同,不过都恰好是我们想吃并且能吃下的分量。我不知道亨胖子是怎么做到的:一个人得有多善解人意,才能有跟心灵感应一样的能力呢?

我们在就餐时也不时东拉西扯,但是都不是什么重要的话题。人们得把大部分注意力集中在食物上才对得起亨胖子的厨艺。在沙拉快吃完的时候,主菜被端了上来。又一次地,在盘子见底时,我们刚好吃饱,咖啡也晾到了可以入口的温度。胖子特制的新鲜出炉的杏肉派随之而来,我们自然也是很捧场地一扫而空,他则殷勤地把咖啡添满。我吃了点能缓解鼻部炎症的伪麻黄碱,然后继续和诺蕾有一搭没一搭地聊天。这会儿,我只剩最后一个问题想要问她,于是我开了口。

"所以……你都在忙些什么,诺蕾?"

她做了个鬼脸,"没什么重要的事情。"

我喜欢这个答案。行动继续。

"诺蕾,如果在老百姓生活当中没发生什么重要的事儿,那渥太华①的官老爷们吹嘘的国泰民安简直就是最诚实的话了。我听说有一次你静立了一个多小时,纹丝不动——但是告诉我这件事的人是一个出了名的骗子。拜托,跟我说说这事儿吧,你知道我有很长一段时间没和你联系了。"

她皱了下眉头,我能看出她似乎是对我不满。这倒让我灵光一闪。在舞蹈工作室里诺蕾的一个怀抱让我从行尸走肉的状态中清醒过来,从那时起我的脑袋里就开始思考着千头万绪,但是看到她皱眉,那些头绪才都厘清了;我潜意识中的一团乱麻似乎"咔哒"一声就被梳理清晰。你知道,灵光一闪就是这么回事儿——通常是话才说到一半,就在几毫秒之间,你对某事的理解程度就能呈几何级数的增长。你能勇敢地回顾过去二十年中的盲目和愚钝,从各种细节上察觉到你是怎么一点点走到了现在。然后,你会感到惊讶——那一瞬间,你全然领悟并点头如捣蒜。西西里人有一种叫"闪光雷"的东西专门用来形容类似的经历,据说能让人感到深层次的平静和庄严。但是它却让我大笑起来。

"什么东西这么好笑?"

"你不会懂的,亲爱的,恐怕我自己也解释不清楚。我猜,我刚刚搞明白了亨胖子是怎么神机妙算的。"

"哦?"

"我等下再告诉你。你刚才说……"

她再次紧皱眉头。

"我基本上什么都还没说。我说的话不超过二十五个字,这能说完我身上发生了什么?我已经有一阵子没回忆自己经历的事儿了。也许隔得太久了。"她啜了一口咖啡,"好吧。你知道约

_____
① 加拿大首都。

翰·寇尔纳①录制的最后一张商业专辑吧？名字是《奔跑·跳跃·站定》。我主要是在围绕着它排舞。我投入了很多精力，成果也让很多人满意，除了我自己。我……我觉得那几乎无聊透顶。"

她满目迷茫，于是我决定开始扮演"魔鬼"的角色，推她一把。"但你是对的，这不是你一直想要的吗？"我边说边卷起另一只烟卷来。

她一脸苦相，"也许那才是问题所在。也许你毕生的梦想根本就不应该实现，因为一旦你实现了，接下来该干什么呢？你还记得那部关于寇尔纳的电影吧？"

"当然。《羊之声》。真是一部疯狂的片子，不过制作很是精良。"

"你记得他说生命的意义是什么吗？"

"记得，'做下一件事'。"我就正在践行着这句话，先舔湿卷烟纸的一边，然后把烟卷粘好，两边拧一拧，最后点燃了它，"我一直都觉得这是一条极好的人生建议。它引领我度过了不少难关。"

她吸了口大麻，吞云吐雾，接着才回答了我，"我准备好了做下一件事——但是我还不知道那件事是什么。我跟着公司巡演过，在纽约开过个人专场，还编过舞，还指导过整个该死的舞蹈学校的教学。现在呢，我成了艺术总监，有绝对的自主权，甚至只要我想的话，可以回去接着教课。以后每一年多伦多舞蹈剧院的表演剧目里都会有一部我的作品，直到我死。而且我总能和最优秀的团队合作。查理，我现在做的都是我儿时梦寐以求的事情，但是做到之后该做什么，我小时候完全没有想过。我不知道什么是'下一件事'。我需要一个新的梦想。"

———————————

① 约翰·寇尔纳(John Koerner,1938-   )是美国的吉他演奏家和歌手。

她又吸了一口，然后把烟卷递给我。我眼里的盘算被烟头发现，而它点燃的那一端仿佛向我眨了眨眼。我问道："你有什么主意吗？或者至少有个大致的方向也行。"

她小心翼翼地呼出烟雾，回答我的时候双眼一直盯着自己的手。"我愿意尝试为某个集体创意公司工作，与所有员工一道，为所有作品进行编舞。我很愿意试着和大家集思广益。但是这里一家这样的公司都没有，只有一家叫新皮洛伯洛斯的公司合我心意，但是如果我要为他们工作的话，我就得搬到美国去。"

"那就算了吧。"

"肯定不行。我……查理，我也不知道。我甚至想到过把一切都抛到脑后，去爱德华王子岛打理农场。我一直都有这个想法，但是从未付诸实践。莎拉离开之前已经把它搞得相当有模有样了，我可以……哦，不，那太疯狂了。我并不真的想去种田。我只是想做些新鲜事，尝试一些不同以往的东西，去开辟一片未知领域之类的——查理·阿姆斯泰德，你他妈的在笑什么呢？"

"有时候魔法真的是存在的。"

"你说什么？"

"你听，你能听到它们在上面的声响吗？"

"听到谁的声响？"

"我应该跟亨胖子说的。他的酒店房顶上肯定铺满了天上掉下来的驯鹿屎。"

"查理！"

"快过来，小姑娘，你可以随便拉扯我的胡须玩儿，我保证它们是真的。过来坐在我的大腿上，你就可以想要什么就点什么，嘿嘿。现在请在1和2之间选一个数字。"我故弄玄虚地说道。

她咯咯笑了起来；虽然她并不知道我到底搞什么名堂，但是她被逗笑了。

"在1和2之间选一个。"

"2。"

"那是个非常棒的数字，棒极了。你刚刚抽到了一个造梦工厂里新鲜出炉的梦想，免费提供所有辅助用品，但是不保修也不可退换。这个机会市面上可是没有销售的哦。所以说，你挑了个很棒的数字。你最快什么时候能离开多伦多？"

"离开?！查理……"她好像有点明白我在说什么了，"你该不会是说……"

"宝贝儿，你想和我分享某一处太空的所有权吗？我手头有**相当大**的一片太空，至少有它的使用权。如果你想要的话，我随时欢迎你。想想看，凌驾于世界之上的感觉多威风！"

她的笑容消失了，"查理，你说的和我猜到的该不会是同一——"

"我在向你抛一根橄榄枝，很简单——和我一起开创一家集体创意公司。我保证它真的将会是我俩共同所有。我的意思是，我们至少得在第一个季度里同吃同住。那儿有很多房产，但是最开始的时候可供居住的地方会有短缺。我们会自己承担花销，而且那里全处于失重的环境之中。"

她隔着桌子朝我凑过来，两肘一只拄在咖啡杯里，另一只则压在了她的杏肉派上。她双手一把抓住我毛衣的领子，不停地晃起我来，"该死！快别卖关子了，直接告诉我。"

"我就是在跟你讲啊，亲爱的，我保证。我在提议开办一家编舞公司，它将由一众编舞师共同所有。它必须得那样。所有的公司成员都会吃住在一起，平分利润，我则不管怎样都会负责所有的花销。哦,对了,我跟你提起过我们已经是富翁和富婆了吧?就算现在不是,也很快就是了。"

"查理——"

"我没卖关子,会跟你讲清楚的。我要开一家公司,还有一座学校。我能提供给你一半的所有权和一个长期的全职工作。我很认真,而且我需要你马上上任。诺蕾,我希望你能来失重环境中跳舞。"

她满脸都是疑团。"这要怎么做到呢?"

"我的想法是在绕地轨道上建一座舞蹈工作室。表演和教学会轮流进行:先在地球上用三个月时间给学生上课,其实就是试镜,成功出线的学生则在接下来的三个月中跟我们去太空深造。有任何优秀的创作和表演出现,我们都会再花三个月时间进行拍摄。六个月下来,我们就已经算是在零重力或者低重力环境中生存很长时间了,身体会开始做出适应性调整,所以我们得回地球度上三个月的假。如此循环往复。我们也可以利用假期时间来搜寻可能合适的人才,试着网罗他们。换句话说,我们会一场接一场地去看舞蹈演出。诺蕾,你肯定会乐在其中。我们既能创造历史,又能顺便发财。"

"我关心的是如何做到这一切。你怎么才能为这么浩大的项目争取到足够的投资呢?卡灵顿已经死了,我也肯定不会为他的合伙人效力。除了'空之扉'和太空指挥中心以外,又有谁会有利用宇宙空间的资质呢?"

"就是我们啊。"

"什么?"

"就是你和我。我们是《星辰舞》版权的所有者,诺蕾。我口袋里有一个备份,等下就给你看。这会儿大概只有地球上的一百个人和太空中的几十个看过完整的舞蹈录像。索尼的总裁是其中的一个。他给了我一张空白的支票。"

"空白的……"

"完全属实。诺蕾,哪怕忽略它的历史意义和新闻价值,《星辰舞》仍然可能是人类历史上最伟大的艺术创作。我估计在未来的五年内,每一个在太阳系内活动的人都会看过这支舞。而我们拥有唯一一盒录影带。另外,莎拉在地球上跳舞的影像资料只有我才有,它的商业价值不可估量。发财? 小意思而已,我们还会有巨大的**影响力**! '空之扉'集团现在正迫不及待地想摆脱丑闻的阴影,挽回一点颜面,如果我这会儿给一号环打个电话问德川现在什么时间,他就会立刻坐下一班航天飞机回地球把他的手表献给我。"

我的话听得她手臂发软,总算松开了我的毛衣。我帮她擦掉了一只手肘上的杏肉,并取来纸巾把她另一只手上的咖啡擦干净。

"我不觉得靠莎拉之死发财有什么问题。毕竟我们一道制作了《星辰舞》——她和我。我拿到一半所有权,而她把她那一半留给了你。唯一的问题是这支舞让我太过富有,简直能闻到身上的铜臭气,但我却并不想做个富翁,至少不是在这该死的地球上。我左思右想,莎拉能同意花掉这笔钱的唯一办法就是开办一家公司和一座学校。我们会专门招收怪才,因为各种各样的原因没法在地球上开启舞蹈生涯的舞者。就像莎拉那样,她的身材被传统观念所排斥,但是这一点在太空中变得无关紧要。更重要的东西是,这些人得保持开放的态度,愿意学习一种新的舞蹈形式,在……我不知道这个概念说不说得通……在360度的空间里每一个方向上跳舞。我们会摸着石头过河,也会签下很多现在苦于没有出路的舞者。我算了算,我们的起始资金大概足够运营五年的时间,那时候舞蹈公司的盈利应该已经足够支付日常开销并支撑学校的运营了,而且还应该有一部分盈余,可以平分给公司所有成员。你愿意加入吗?”

她眨了眨眼,身体向后靠去,然后深吸了一口气,“加入什么呢? 你都做好了哪些准备工作?”

“屁都没有,”我爽快地答道,“但是我知道我都需要些什么。光是筹备工作就得花上至少几年时间。我们需要雇一名运营经理,一名舞台经理,三到四位我们能够施教的舞蹈学生。我们还需要一支施工队开始建造工作室,当然,还得有一位宇航员来驾驶飞船,但是他们只是普通雇员而已。谢天谢地,我的摄像机可以自动运转,我可以腾出手来兼任电工。我一定可以做到的,诺蕾,如果你肯帮忙的话。拜托,加入我的公司,从一个更好的角度俯瞰这个世界吧。”

“查理,我……我甚至都想象不出来自己在失重环境下跳舞是什么样子的。我的意思是,我当然看过几次莎拉的两支舞,我也**非常**喜欢它们。但是,我还是不知道以它们为出发点的话,我们接下来还能做些什么。我完全想象不出一幅未来的图景。”

“你当然想象不出了! 因为你一生都被困在重力之井中,扭曲了空间的概念,被‘上’和‘下’束缚着。但是相信我,一旦你进入太空,你的眼界和头脑立刻就会变得开阔。”(此时的盲目自信会在一年之后让我深陷烦恼之中。)我继续说,“你会开始思考如何利用周围的球型空间。其他的问题就是身体在协调了,就像学会在船上行走时保持身体平衡一样。妈的,如果我这么大的年纪都能适应,任何一个人都能做到。你会成为一个优秀的舞伴的。"

刚才她似乎听漏了一个词。而现在她睁圆了眼睛。

"一个优秀的什么?"

我和诺蕾是老相识了,我得唠叨很多过去的事情才能解释我当时的感受。还记得阿拉斯塔尔·西姆[1]扮演的斯科鲁奇从噩梦中惊醒,发誓要弥补过去所做的错事吗? 他做越多的好事,人们就越目瞪口呆,他就越咯咯傻笑。最后他扇了自己一个耳光,说道:"我不配这么快乐。"然后设法做好事赎罪,却又嬉笑起来。最后,在说了句"我就是这么情不自禁"之后,他再一次放声大笑。那正是我彼时的感触。突然间,你意识到自己多年以来的心结,对你的朋友来说也是一个沉重的负担,而就在你发现这个事实的一瞬间,也是负担终于被减轻的时候,你们俩都从中解放了。分享这种轻松感对你们俩来说都是莫大的喜悦。

还记得斯科鲁奇是怎么把新消息告诉鲍勃·克拉奇特[2],并让他喜出望外的吗?"……让我别无选择——只好给你涨工资!"我也想开那样一个孩子气的玩笑,将真正劲爆的消息留到最后,给她一个惊喜。我本想制造一个永远值得回味的时刻。

但是当我看到了她的眼神,我还是直接就说了。

"诺蕾,我的伤腿在失重环境中可以正常运动。自从我回到肮脏的地球以来,我每天都在卖力地锻炼。那条腿还是有一点僵硬,以后我会——我们会——在编舞的时候绕开它。但是在失重环境中它可以做任何动作。我能重返舞台了。"

---

① 阿拉斯塔尔·西姆(Alistair Sim, 1900-1976),苏格兰著名影星,代表作有《百万富翁》和《圣诞颂歌》。这里所说的斯科鲁奇是他在《圣诞颂歌》中扮演的角色,一个著名的守财奴形象。

②《圣诞颂歌》中的人物,被斯科鲁奇压榨的雇员。

　　她紧紧地闭上了眼，双唇止不住地颤抖。"我的天啊！"她睁开眼睛，一边笑，一边哭喊道，"我的天啊，查理！我的天啊！我的天啊！"说完她便又隔着桌子凑了过来，搂住我的脖子，把我拉入怀中。这回是我的双肘沾上了杏肉和咖啡。她的眼泪滴落到我的脖子上，感觉如此温热。

　　在我们交谈时，餐馆里的人渐渐多了起来，但是看起来并没有人注意到我们。诺蕾的头紧挨着我的脖子，我紧抱着她，心中感慨着这奇迹一般的境遇。真正能衡量苦痛的东西，就是从中解放后的释然——只有在我心头的伤疤一层层蜕去之时，我才第一次感受到它们曾经有多沉重。

　　我俩抱头痛哭了一会儿，然后我抽身后倾，直视她的双眼。"诺蕾，我又能跳舞了。指点我的人是莎拉。当时我太过愚钝，也心如死灰，完全没能注意到失重给我的腿带来的变化。嘱咐我回到舞台大概是她结束生命前做的最后一件事。我不能辜负她的期望，必须得重新开始，你知道吗？我得回到太空中跳舞，在我买下的空间里重新开始跳属于自己的舞。而且我想和你共舞，诺蕾。我想要你做我的舞伴，想要你来同我一道进行舞蹈创作。你愿意吗？"

　　她挺直身板，也直视起我的双眼，"你知道你在说什么吗？"

　　很好——这就对了！我深呼吸了一下，说道："知道。我想要的是和你正式结成伴侣关系。"

　　她向后靠去，一脸茫然，"查理，我们相识多少年了？"

　　我得仔细想想，"断断续续有二十四年了。"

　　她笑着说："没错，断断续续。"她拾起被遗忘在一边许久的烟卷，重新点燃它，然后狠狠地吸了一口。"你猜猜看，这期间我们同居了多长时间？"

这个问题要求更高的数学才能,我得好好吸上一口才能认真回想,然后把那些年岁加起来。"大概有六七年吧,"我吐出烟雾,补上一句,"八年也有可能。"

她若有所思地点点头,接回烟卷,"鸡零狗碎的,确实不太好计算。"

"诺蕾——"

"别说了,查理。二十四年了你才向我求婚,现在你也可以闭上嘴安静多等一会儿,等我给你答复。你再猜猜看,我去了多少次酒鬼监禁室把你保出来?"

我没有回避这个话题,"数不清了。"

她摇摇头,"还不至于数不清。只要你需要,我就让你搬进来;同样地,只要你需要,我就放你走。我从没说过'爱'这个字,一次也没有,因为我知道你会被吓跑。你总是恐惧有人会爱上你,因为她们之后还是会因为你是个瘸子而放弃你。所以,我一直都在袖手旁观,看着你把心交给那些不会爱上你、让你心碎的人,然后看着你一次次捡拾起满地的碎片。"

"诺蕾——"

"闭嘴,"她说道:"好好抽你的烟,别插嘴。查理,自从你认识我那天起,我就爱上你了。那时候你的腿还没被打烂,你也还在跳舞。也就是说,在你落下残疾之前,我就认识你。其实,在第一次看你跳舞时,我就爱上你了,那时候我还没在后台遇到过你。我了解变成酒鬼之前的你;那场不幸发生这么多年以来,我也一直按照你想要的方式在爱着你。如今你却两腿完好地来到我面前,虽然还是有些跛,但你再也不是一个瘸子了。亨胖子能跟有心灵感应的能力一样,猜到我们要点什么,他没给你上葡萄酒;当我在舞蹈房里问你的时候,我注意到了你说你在飞机上也没有喝。然后,你请我吃饭,大谈特谈我们要发财了,还要拉我入伙,搞在太空跳舞这种疯狂透顶的鬼点子。你有胆量跟我讲这么一大堆,却从来没开口说过一次'爱',然后就直接问我愿不愿意重新做你的另一半。"她一把从我手中抢走了所剩不长的烟卷,接着说道,"天杀的,克拉奇特,你让我别无选择……"

她竟然停顿了一下,不紧不慢地吸上了一口,闭上嘴好一会儿才吐出烟雾。然后,她重新露出笑容,接上了没说完的话:"……只好给你涨那该死的工资。"

话音刚落,我们便不顾桌上的杏肉派,像长臂猿一样隔着桌子紧紧地握住了对方的双手,傻笑了起来。血液在耳中咆哮着奔流,我激动得颤抖不止,赶紧开了个玩笑,好给此时的万千感慨找个出口。"谁说这是我请你吃饭了?"

一个带着浓重鼻音的声音大声回答道:"阿姆斯泰德先生,我来买单。"

我们从自己的世界中回过神来,先是惊讶于周遭的世界仍然存在,抬头循声望去后却更加惊诧。

那是一个矮小、瘦弱的年轻男子。我对他的第一印象是黑色瀑布一般的茂密长发,上面布满了密集小卷。他长着一张宛如布莱恩·弗劳德①画作中的调皮精灵一样的脸庞,戴着方形金属框眼镜,镜片简直比"空之扉"上密闭门还厚。当我们看到他时,那副眼镜已经滑落到了他的鼻尖,他则眯着眼睛向下看着我们,尽全力想让自己看起来更威严一些。要做到这一点可是相当困难,因为这会儿亨胖子用他那烤盘一般大的手掌揪着他的衣领,把他从地面上拎起足足一英尺高。他的衣服看起来价格不菲,也相当有品位,但是靴子却破烂不堪。他试图控制自己的

①布莱恩·弗劳德(Brain Fround,1947-),英国奇幻画家。

双腿,但是它们还是在空中踢得老高。

"每次我经过你们的餐桌的时候,都看到这家伙竖着耳朵听你们说话,"亨弗莱一边解释,一边把那个小伙子推过来,同时压低了声音,"我猜他要么是个窥私狂,要么是个记者,所以决定把他赶出去。但是既然他说想要给你们买单,就交由你们决定好了。"

"说吧,朋友,你是窥私狂还是记者?"

在那种情况下,他艰难地定住了自己的身体,答道:"我是一个艺术家。"

我和诺蕾相互交换了一下眼神,彼此心照不宣。

"胖子,把那家伙放下来吧,再给他找把椅子坐。我们等下再讨论买单的事。"

那个年轻人就座之后,接过了我递给他的还能吸最后一口的烟卷,同时整了整身上的长衫,把眼镜推回了原位。

"阿姆斯泰德先生,你不认识我,我也不知道这位女士是谁,但是我的优点就是听力好、脸皮厚。帕帕多普洛斯先生说得没错,我刚刚的确在偷听你们谈话。我的名字是劳尔·布林德尔,还有——"

"我听说过你,"诺蕾说道,"我有几张你的专辑。"

"我也一样,"我附和道,"倒数第二张真是棒极了。"

"查理,你太不会说话了。"

劳尔强烈地眨起眼来,"不不不,他说得没错。最近的那一张烂到家了,是因为手头紧,得赶紧还债才制作的。"

"好吧,不过我很喜欢那张。我是诺蕾·特拉蒙德。"

"你是诺蕾·特拉蒙德?"

诺蕾此时的表情我再熟悉不过了,"没错。我是她的姐姐。"

"多伦多舞蹈剧院的诺蕾·特拉蒙德? 给《话锋一转》编舞的

诺蕾·特拉蒙德？在温哥华舞林大会上以多种不同的形式表演了《质询一位舞者》的诺蕾·特拉蒙德，那……"他突然停顿了一下，眼镜又滑落到了鼻尖，"我的天啊，莎拉·特拉蒙德是你的**妹妹**？天啊，当然了。特拉蒙德，特拉蒙德，两姐妹，我真蠢。"他就兴奋地坐在座位上，反复扶起自己的眼镜，想要看起来再庄重一些。

购买他的专辑对我来说绝对是物有所值。我对劳尔·布林德尔稍有了解，老实说，这个年轻人惊艳到了我。他以前是一个神童式的作曲家，但在上大学期间，他意识到音乐创作不是一个维持生计的好法子，于是转行成了好莱坞最优秀的特效技师之一。《时代周刊》杂志用了足足半页纸的侧边栏详细介绍了他在《透镜之子》[①]（我十分仰慕这部作品）中的创作，然后又说他在这之后发行了一张录像带专辑，内容全部由非凡的视觉特效、激光成像还有色彩效果构成，配乐则是他用电子音效合成器制作的。

那张专辑中的作品颇有三维化的《黄色潜水艇》[②]之风，也十分畅销。他在那之后则发行了六张专辑，其中精品特别少。他为了披头士的重聚音乐会，耗费数百万美元亲手设计并打造了业内传奇的灯光特效系统，而这只是他送麦卡特尼[③]的一个人情而已。我有一张他的音频专辑，无论我把音乐播放器带到哪儿，都会一并带上它。我决意要请他吃饭。

---

①《透镜之子》是 E.E.史密斯于 1947 年出版的一部科幻小说。这里指的是根据这部小说改编而成的电影。

②《黄色潜水艇》是英国著名乐队披头士于 1969 年发行的一张专辑。

③ 保罗·麦卡特尼（Paul McCartney，1942-　）是披头士乐队的成员之一，在乐队解散后独立进行创作演出。

"所以,劳尔,你为什么这么清楚我的行踪,居然知道在这家餐馆蹲守我? 还有,你为什么要偷听我们聊天?"

"我并没有在这里蹲守你,我是跟着你过来的。"

"兔崽子,我竟然一直都没发现你。好吧,你跟踪我有何贵干?"

"我愿意此生都为您效劳。"

"哦?"

"我看过《星辰舞》。"

"**你看过**?"我惊叹道,他着实让我刮目相看,"你是怎么看到那支舞的?"

他抬头盯着天花板,没有正面回答:"这会儿天气真不错,不是吗? 不管怎样,我看了《星辰舞》之后便立志要找到你、追随你。现在你准备回到太空跳舞,我也要跟你去,哪怕我得用走的。"

"你能干些什么呢?"

"你自己说的,你需要一个舞台经理,但是你想得并不周全。我想和你们一同创立一种新的艺术形式,哪怕把脑子榨成花生酱也在所不惜。我会设计无重力布景和视效,还能配乐,它们都会不仅自成一体,还完美地衬托舞蹈。至于报酬,我只需要咖啡和蛋糕就够了。甚至如果你不想用我的音乐的话,也尽可以不用,但是我无论如何也要为你设计道具和布景。"

诺蕾轻柔而慈祥地伸出手盖住了他的嘴巴,打断了他,"你说的无重力布景是什么意思?"说完,她把手撤了回去。

"那可是失重环境,你不清楚吗? 我会为你们设计一个球形的蹦床,在连接处放置摄影机,整体框架则由彩色的立方体霓虹灯拼接而成。至于在开放空间中的舞蹈,我会采用能够用激光点亮的环状金属屑,荧光圈,尺寸适当的焰火,以及悬在太空中的巨型滴状液体——你们将可以绕着或者穿过它们舞蹈——还伴着耶稣圣歌,我**一生**都在等待在零重力环境中完成这个特效的机会。这会让戴克斯特拉数控摄像机①都成过时货,你能想象得到吗?"

他飞快地眨着眼睛,简直相当于用睫毛在擦眼镜的内侧;与此同时,他的眼神也不断地在我和诺蕾之间游移。我被他的话惊得目瞪口呆,诺蕾也一样。

"你看看,我手头有一个微型卡带播放器。我可以把它交给你,阿姆斯泰德先生——"

"叫我查理就好。"我还没回过神来,但还是纠正了他。

"——你可以把它带回家听一听。里面只有几支我在看过《星辰舞》之后剪出来的配乐:只有音频,是根据我的第一印象创作的。我的意思是,你会听到的这段音乐,甚至只能算是一首连大体框架都没有的配乐,但是我想它……我是说,我想也许你可以……好吧,它们可能就是一堆臭狗屎,就在这里了,拿着吧。"

"你被录用了。"我说道。

"只是你得保证——啊,我被录用了?"

"对,你被录用了。嘿,胖子! 你店里有没有一部 VCR 能让我用一下?"

紧接着我们走进了餐馆背后的房间,也就是胖子亨弗莱·帕帕多普洛斯的卧室,只留玛利亚一个人在前厅招待客人。我

---

① 戴克斯特拉数控摄像机是由约翰·戴克斯特拉、阿尔瓦·J.米勒、杰瑞·杰弗里斯等人发明的电影摄像机系统。它被用于1976年《星球大战》中视觉特效的拍摄。

把《星辰舞》的录影带插入亨胖子的家用电视机里，我们四个人一道观看了起来。看完那支舞之后，我们四个人整整沉默了半个小时，才有人能说出话来。

第二章

　　当然,那时候我们要做的唯一一件事就是登上"空之扉"。

　　劳尔坚持要自己掏旅费,让我感到既惊讶,又十分满意。他的说辞相当合理:"我怎么能要求你不验货就收下我呢? 要是我是个宇航病患者,永远无法进入失重空间怎么办?"

　　"劳尔,我猜至少在居住区里有人工营造的较弱的重力场。话说回来,你知道一个平民想要乘坐飞船去太空得花掉多少钱吗?"

　　"我出得起,"他简单地答道,"这你是知道的。而且如果我只能在居住区度日的话,我对你便毫无用处。在我们可以确信我能胜任这项工作之前,请别付给我任何款项。"

　　"这太愚蠢了,"我反对道,"我的计划是带成批的舞蹈学生上太空,他们的资质还没有你有保证。他们也肯定不会自己掏腰包买票,为什么我要因为你有钱就区别对待呢?"

　　布林德尔顽固地摇起了头,导致他的眼镜上下滑动,在鼻翼上都留下了痕迹。"因为这是我的意愿。你的慈善还是留给需要的人吧。我以前接受过很多次救济,也很感激那些雪中送炭的好心人,但是我早就不需要了。"

"好吧,"我只好同意,"但是如果事实证明你能胜任,我会报销这些费用,不管你愿不愿意。"

"没问题。"他点头之后,我们便订好了行程。

运输人员物资到地球轨道之上的商业运营权掌握在"空间工业"集团手中。那家集团是"空之扉"的一家子公司。我必须得恭喜他们搞出了世界上最精彩的自成双关语之一①。当我们在太空港的海关和检疫关口忍受了难堪的几个小时之后得知登船口信息时,我的情绪相当烦躁。毕竟我与莎拉在失重环境中度过了不短的时间,我的身体尚未完全重新适应地表环境。我只从集团的医生那里拿到了最多重返太空三个月的许可,而无论我如何对集团的高层施加压力,真正管事的随船外科医生都不买账。我一边发愁时间不够用,一边因为即将起飞紧张得要命,不过在转过最后一个弯之后,我们总算来到了登机口的标识牌前。

标识牌上写着:

空间工业集团运输专用
(格洛里亚·曼迪号)②

我开始狂笑不止,以至于诺蕾和劳尔不得不扶着我登船,把我固定在座椅上并帮我系好安全带。直到飞船开始加速时,我仍然在咯咯笑着。

正如所料,劳尔在飞船停止加速后很快就有了宇航病的症

---

① 即下一个注释中的那句话。

② 原文"Sic transit gloria mundi"同时也是拉丁语中的一句成语,意为"人世之荣耀就此消失"或者"世间之物纷纷逃散"。

状。不过,他明智地选择了不吃早饭,而且注射的药物在他的身体内迅速起效了。这个身材矮小但是斗志旺盛的家伙意志力相当顽强:当飞船向一号环停靠时,他已经在试着用他的声音合成器演奏几段旋律了。只不过他的脸色苍白如纸,精神也相当涣散。他的眼睛直勾勾地盯着飞船内播放的船外风光,手指则牢牢地钉在合成器的琴键上,双耳则像被粘到了耳机上一样。肠胃反应没准又折磨了他几番,不过他都靠自己挺了过去。

诺蕾倒是一点儿不良反应都没有,我也一样。我们与高层的会面定在一个小时之后,所以为了以防万一,我们先把劳尔送到分配给他的房间里,然后我和诺蕾才回到休息室里,对着幕墙上播放的星辰转动的画面发呆。休息室一点儿也不拥挤;太空旅游在外星人光临之后急剧萧条起来,一直都没能恢复。一想到有一些新"印第安人"在暗中某处窥探时,太空这条"新前线"也就魅力不再了。

诺蕾初来乍到,惊讶得无法呼吸,我本想在她面前装老手却好笑地搞砸了。没有人会对太空失去兴趣,而且我还相当开心,是我带着诺蕾大开眼界的。不过也正因如此,我才装不出冷漠淡定,还是表现得更实在一点吧。

"哦,查理! 我们什么时候才能去外边的太空里转转呢?"

"今天大概不行,亲爱的。"

"为什么不行?"

"我们还有太多事得先去处理。我们需要去拜访一下德川,然后和哈利·斯泰恩谈一点事情,之后还要和汤姆·麦克吉利库迪谈谈。这些事儿都办完之后,你得去上第一堂空间活动课——不过是在室内。"

"查理,你已经教过我了。"

"确实。我是个老手,有六个月的经验。而你再牛,也还是连一件真正的压力服都没碰过。"

"哦,别揶揄我!你跟我说的每一个字我都记得清清楚楚。我一点儿也不怕。"

"你说出了我不会陪你去上课的原因。"

她做了个鬼脸,然后从椅子扶手上点了一杯咖啡。

"诺蕾,听我说。这绝非像披上雨衣然后去尼亚加拉瀑布①旁边一站那么简单。隔着六英寸厚的舱体,外面就是目前对人类来说最危机四伏的环境。能让你在其中生存的技术比你的年纪还小。我肯定不会让你进入到密闭门十米以内的范围里,直到我能确定你心存敬畏为止。"

她拒绝直视我的眼睛,"真该死,查理,我又不是个小孩,也不是弱智。"

"你就是这么孩子气,就是这么愚蠢!"我声音大得吓了她一跳,她惊讶地望向我,"不然你怎么会相信只要别人讲了一遍要领,你的身体就自然而然地会掌握一整套新本领呢?"

就在场面可能升级为火力全开的争吵时,服务员刚好把诺蕾的咖啡端了进来。休息室里的服务人员很喜欢在游客面前秀上一手,多挣点小费。这位服务员决定像乔治·里弗斯②扮演的超人一样,以一种越过高楼的方式飞到我们的桌子面前,这里离厨房可足足有十五米远。就在他跳离地板,身体已经腾空之后,一位身材高挑的女游客没注意到他,起身想要换个座位。不幸

---

① 尼亚加拉瀑布是位于美国和加拿大边境的三座瀑布的总称,它们的总平均流量位列全球第一。

② 乔治·里弗斯(George Reeves, 1914–1959),美国演员,以在20世纪50年代扮演超人而知名。

的是,两人移动的路径正好有个交叉点。服务员丝毫没有畏缩。他侧平举起左臂,打开了腋下的一扇翼网(看起来就像蜘蛛侠在肘部和肋骨之间连上了一张蛛网),然后绕开了她,紧接着把左手收回到胸前,同时也收回了翼网。为了回到原来的路径上,他又换了手端咖啡,再伸出另一只胳膊做了同样的动作。所有这些动作都一气呵成,比你读起这段话来不知要快多少。女游客在他擦肩而过的时候惊叫起来,一屁股摔到了地上,连弹带滑地飞出老远。服务员则先是老练地在诺蕾身旁着地,一本正经地把一滴没漏的咖啡递给了她,然后便转身去照看那位游客。

"咖啡应该很新鲜,"我在诺蕾目瞪口呆之时说,"我刚刚看到服务员在磨咖啡豆。"

那其实是"空之扉"上最屡见不鲜的伎俩了,不过总是有游客买账。诺蕾激动得欢呼了起来,几乎弄洒了手中的咖啡。还是因为这里的低重力她才能抓稳。不过笑容被打断了。她先是盯着咖啡杯,然后转过头去看那个服务员,那人正一边指着休息室里五六块警示牌中的一块(上面写着"站起身前请多注意周围"),一边彬彬有礼地向那位暴怒的游客说着什么。

"查理?"

"什么事?"

"我得上多少节课才能准备好呢?"

我牵起她的手,微笑着说道:"如果是你的话,肯定能比我预想的少。"

与新董事长德川先生的会面堪比一场滑稽戏。他亲自在原本属于卡灵顿的办公室里接待了我们。可是他坐在那间办公室里,基本上和一位乡村主教坐在教皇的宝座上一个效果。好吧,大概用"沐猴而冠"来形容这个场面更贴切。卡灵顿死后,"空之扉"集团里上演了一场险恶的夺权大战,而他是唯一无能到可以让所有人都满意的候选人。让我开心的是汤姆·麦克吉利库迪和他在一起。他脚踝上的石膏已经被拆下,还蓄起了胡子。

"嗨,汤姆。你的脚怎么样了?"

他的笑容温暖而熟悉,"你好,查理。很高兴再次见到你。我的脚恢复得不错——骨组织的修复速度在低重力条件下快得多。"

我向他介绍了诺蕾,然后才想起来把她介绍给德川。

太空中最具权势的人身材矮小,满头银发,一看就是心思简单的人物。那一天恰好是日本的传统节日,所以他身着和服,不过我敢打赌他的英文讲得比日文好。他在我点燃大麻烟卷时开了口,为此汤姆不得不为他开启空调和烟雾过滤系统。诺蕾的身体语言清楚地表示她不喜欢这个人;不过相比起我的脾气来,我对她更有信心,至少她不像我一样愤世嫉俗且无所顾忌。在他侃侃而谈莎拉和《星辰舞》时,我果断地打断了他。就刚才那段话,他绝对用了至少四个影子写手。

"我们的答复是'不'。"

他的表情看起来就像他以前从来没有被拒绝过一样,"我——"

"德老头儿,你听我说。我看了报纸上的报道,说你和'空之扉'集团还有蟾宫工业集团要赞助我们,想要邀请我们即刻进驻太空,开始舞蹈表演,并且愿意支付所有的天价开销。你是想告诉我,这一切都和上个星期通过的那部针对你们的反垄断法案无关,是吗?"

"阿姆斯特德先生,我仅仅是在对你和莎拉·特拉蒙德当初把高雅艺术带到'空之扉'来深表感激。我也热忱地希望你和她的姐姐能继续尽情地利用——"

"在我们那儿,你刚刚说的那一通东西通常被用来沤肥。"在他破口大骂的时候,我则悠然地长吸了一口大麻,然后接着说道,"你他妈的清楚得很莎拉是怎么才来到'空之扉'的,你现在就坐在取她性命的凶手的椅子上。是的,他就是凶手——是在卡灵顿的逼迫之下,她才不得不把大量排练之外的时间都花在零重力或者低重力环境中陪着他,因为只有在那里他才能硬起来,享受床笫之欢。你要是个聪明人,就应该明白诺蕾和我,以及我们舞蹈公司的任何成员,在'空之扉'集团的地盘上跳舞的那一天,就是某个长着犄角、尾巴,手持尖叉的红色魔鬼①走到你面前,告诉你'空之扉'已经被彻底冰封之时。"果然是大麻开始起效果了,"对我而言,今年的圣诞节是卡灵顿出去太空里透透气但却忘记回来的那天;而且,如果我有一丁点儿在他的地界上过日子,或者为他的继任者和手下卖命的想法,我就不得好死。我们现在清楚对方的意思了吗?"我感到诺蕾正紧紧地抓着我的手,于是瞄了她一眼。她正对着我露齿而笑。

德川一声叹息,放弃了和我争吵,"麦克吉利库迪,把合同拿给他们。"

汤姆面无表情地取出一张折叠好的羊皮纸并递给我们。我扫了一眼合同的内容,甚是惊讶。"汤姆,"我温和地说道,"这合同是真心实意的吗?"

他甚至都没瞄一眼他的老板,"是的。"

"你们连收入的百分之一都不要吗?我的天啊,"我看着德川说,"天下真有免费的午餐!我面子可真大。"说着我便把手中

---

① 这是经典的撒旦形象。

的合同撕成了两半。

"阿姆斯泰德先生，"德川怒气冲天地想要还嘴，不过让我高兴的是，这回是诺蕾打断了他。我太喜欢她处事的风格了。

"德川先生，如果你不试着说服我们同意你当这些艺术品的赞助人的话，我想我们还是谈得来的。我们非常愿意接受你捐赠的一些技术性的建议和协助，我们也会从你这里买原料、空气还有水。一旦我们的项目建造完成，我们甚至会向'空之扉'遣回一些被我们挖走的高级劳工。不过遣回的不包括你，汤姆——我们想聘请你做我们的全职运营经理。当然，前提是你愿意。"

他一秒钟都没有犹豫，露出了灿烂的笑容，"特拉蒙德女士，我愿意。"

"叫我诺蕾就好。"她继续对德川说道，"还有，以后但凡别人问起，我们都会对他们说你是个热心肠的大好人。但是我们的工作室的所有权和运营权都会在我们自己手中；至于选址，在地球的另外一侧大概更合适一些。我们是将会**独立**制作：不是'空之扉'旗下的艺术团，而是个体户。我们最终希望看到的局面是'空之扉'能好好扮演一个住在山上的善良富有的老大叔角色。不过，跟你想要的合作期限不一样，我们希望合作期限会更短一些，所以合同就不必签了。这下我们达成协议了吗？"

我差点拍手叫好了，德川肯定从没被人在眼皮底下挖走过私人行政秘书。他的祖父可能是切腹自尽的；而他在和服包裹下的内心，一定也怒不可遏。但是诺蕾的办事策略恰到好处——她挑明了我们当然可以勉强施舍给他平等地位，但是他必须接受我们提出的条件，并且愿意承认是"空之扉"**有求于**我们。

你可能并不理解他有多需要我们。近年来，"空之扉"一直是新兴跨国公司中的佼佼者,在发展过程中不断侵占其他企业的立足之地。只要是需要真空环境、无锈环境、可控辐射环境、大幅变温环境、多级能量密度环境的行业——需要这些资源的行业可不少——"空之扉"都能给它们提供远低于市场价格。除此之外,它还高价出售一些地球上造不出来的产品,比如完美承轴、完美镜片、奇怪新颖的晶体——在一个标准重力之下,这些东西都没法造出来,何况所有的原材料都来自太空,为生产提供电力的是取之不尽的免费太阳能,物流成本也相当低廉(物流舱和宇宙飞船不一样,只要它能落在正确的地方就行)。

不久之后,在"空之扉"成立之初没有参与投资的众多本国公司和跨国公司都尝到了苦头,上周,美国、苏联、日本、法国和加拿大都有人发起了针对"空之扉"的反垄断诉讼,联合国大厦下也爆发了大规模的集会抗议——这些行动都还只是刚开始,最终将演变为一场世纪诉讼。"空之扉"唯一真正珍贵的资产正是如今它对太空的垄断——只要是一点正面的新闻和那里沾边,焦头烂额的德川都能像抓救命稻草一样抓住。

而在诉讼开始前的一个星期,《星辰舞》的录影带正式发行了。它带给全世界的第一波震撼还未散去;我们正是德川用来提升公司形象的唯一选择。

"你们会和我们公关部门合作吗?"他只问了这一个问题。

"只要你们不胡编乱造,说我为卡灵顿的死而'心碎'就好。"我同意道。我真的挺佩服他的,他当时竟然差点儿笑出来。

"用'悲伤'这个词怎么样?"他小心翼翼地提议道。

我们最终达成一致的表述是"震惊"。

我们把汤姆留在我们的客房里,让他慢慢地整理整整四个公文箱的文件,然后前去和哈利·斯泰恩会面。

和我预料的一样,他就在金属加工车间一个颇为隐蔽的角落里,面前的办公桌上高高摞起一堆小册子、刊物和材料,这在全重力环境中完全不可想象。哈利在一座谭瑟牌可折叠台灯下弯着腰打字,用的是一台老旧得难以置信的打字机。一个相当粗的卷筒负责送纸,另外一个则用来拓印。我相当满意地注意到那卷手稿的半径比我上次见到它的时候多了两三厘米。"哟,哈利。你写完第一章啦?"

他抬起头看我,眨了眨眼睛,"嗨,查理。很高兴见到你。"就他的性格而言,这已经算是跟交情不错的人的打招呼方式了,"你一定就是她的姐姐了。"

诺蕾严肃地点了点头,"你好,哈利,很高兴见到你。我听说《解放》里面的蜡烛是你的主意。"

哈利耸耸肩,说道:"她跳得不错。"

"没错,"诺蕾附和道。她本人似乎是无意识地效仿起她的谈话对象来,惜字如金——就像当初的莎拉一样。

我接上了话茬:"为了这句评价,我就得喝一杯。"

哈利扫了一眼别在我的腰带上的保温杯,狐疑地抬起了一侧的眉毛。

"不是酒,"我赶紧向他保证,同时把保温杯摘了下来,"戒酒了。这是牙买加蓝山咖啡,日本产,现磨的,加了鲜奶油。带给你的。"该死,我也开始这么说话了。

哈利还真的笑了出来。他从附近的一个咖啡机自带的小橱柜(由他亲手为低重力环境改造而成)里拿出了三只杯子,在我倒咖啡时一直稳稳地端着它们。咖啡的香气在低重力环境中轻易地飘散开来,好闻极了。"这一杯敬莎拉·特拉蒙德。"哈利说着，我们三人同时一饮而尽。之后则是长达一分钟的沉默，不过洋溢着暖意融融的气氛。

哈利有五十岁了，以前在橄榄球队打后卫，退役后身材也一直保持得不错。他的块头实在太大，形象实在太咄咄逼人，以至于你可能认识他很长时间以后，仍然对他有智商缺陷这种印象深信不疑，绝不会认为他是个天才——除非你碰巧目睹过他工作时的样子。他大部分时间用双手说话。虽然他讨厌写作，但是每天还是极有规律地会花上两个小时来写《必读之书》。待到我问他为什么决定写书的时候，我已经算是一个他信任的朋友了，所以我等到了他的答复："总得有人写一本关于空间建设的书。"他说道。的确，没有人比他更有资格做这件事了。"空之扉"上的第一处焊接，就是哈利真真切切地完成的，自那以后他毫无疑问地负责了所有工程建设。以前还有一个和他一样富有经验的师傅，不过那人已经死了（原因是他"出卖了自己的压力服"，这是太空中的行话，意思是他是因为丢弃了身为太空人的道德才死的）。对于哈利这么不善言辞的人来说，他笔下文字的思路相当清晰流畅（也许是因为这些都是他用手指头慢慢敲出来的）。我老早就知道《必读之书》将来一定会让他腰缠万贯。这并没有让我为接下来要说的事儿忧心：哈利永远不会因为太富有而不再工作。

"哈利，我这儿有一份工作给你，希望你能接受。"

他摇摇头，说道："我在这儿干得挺开心的。"

"这份工作还是在太空中。"

他又一次差点儿笑了出来："那在这儿做事其实并不快活。"

"很好，让我来给你形容一下这份工作。我的想法是用一年的时间来进行设计规划，三到四年用于紧锣密鼓的建设，之后就是差不多永久性的维护工作,保证所有的设施正常运营。"

"什么?"他仍然言简意赅。

"我想在绕地轨道上建一座舞蹈工作室。"

哈利举起棒球手套那么大的手掌打断了我。他从衬衫的口袋里取出了一台迷你录音机,把麦克调到"周边范围采样"模式,然后把录音机放到了办公桌上后,这才继续问道:"你想用它来做什么?"

五个半小时之后,我们三个都已经口干舌燥;又过了一个小时,哈利把一套素描图纸递交给了我们。我和诺蕾粗略看了看那些图,同意了他的预算。他则表明他需要一年的时间建造。之后我们便握手成交。

十个月后,我就成了那间工作室的所有人。

接下来的三周里,我们都在"空之扉"里面或者周围活动。与此同时,我教会诺蕾和劳尔在没有"上"和"下"的环境里生活。最开始,他们两个对太空怀着极度的敬畏感。就像她的妹妹之前一样,诺蕾对这种渺小的个体与无限永恒的冲突产生了深刻的触动;身处浩渺的宇宙所催生的对人类价值的新思考,给她带来了精神上的洗礼。在"空之扉"上需要进行大量舱外活动的员工里,有十分之一无论如何也不能适应太空,没法假装自己生活工作在低重力环境下地球小镇上,所以集团不得不把他们换掉。当然,所有员工都得等到第二轮派驻时才算真正得到集团的信赖。诺蕾和劳尔都成功经受住了这个考验——他俩都学会了太空行走,在大量的舱外探索中丰富了个人经历,而且就像我和莎拉当初一样,此项体验赋予了他们崭新而持久的平和心境。

然而,精神层面上的冲突与考验还只是第一步。战胜太空是一件很微妙的事情。要知道,初到太空的外部建筑工人中有十分之七都无法适应这个新环境,灵魂深处的不适都还只是次要原因。更根本的问题在于生理上的折磨——或者其实是心理上的?

诺蕾和劳尔几乎一下子就从灵魂深处接受了失重环境。诺蕾适应环境所用的时间比劳尔短很多——作为一个舞者,她对自己身体的反应有更多了解。劳尔老是会忘乎所以,跌跌撞撞地搞出些让人啼笑皆非的状况。好在他看得开,顽强地挺了过来。不过,在我们准备启程回到地球之前,他们两个都已经相当娴熟地掌握了"短途行进",也就是能够在一个封闭空间中从一端走到另一端。(我则因在短时间内重新熟悉了那些弃置多年的舞蹈技巧而惊讶兴奋。)

要说真正的奇迹,还得是他们俩同样神速地适应了"加时空间活动",也就是在开放的太空环境中进行长时间的漫游。只要有足够的时间训练,几乎任何人在这种全新的环境中运动,身体也能记住这些运动的反射。但是,相当奇怪的一点是,极少有人能适应在没有方向坐标的情况下照常生活。

诺蕾和劳尔两个人却都能做到。可惜那时候的我真是蠢钝至极,丝毫不清楚这对我来说是多大的幸运。难怪人们都说神明之喜不常露——完全是因为我们太少留意这一切。直到第二年我才意识到我的整个产业以及我的整个人生是怎样在灾难面前虎口脱险的。而当那一点明晰之后,我后怕了整整数日之久。

不过,这样的好运在那一年尚未溜走。

第一年主要用在了前期准备工作上。我们得处理成百上千、无止无尽的复杂情况以及琐碎细节——你试过为手定制舞鞋吗？还得是在手掌处有维克罗①搭扣装置的那种。只有极少一部分所需的物品能够直接在约翰尼·布朗的商品目录中找到，或者利用太空仓库里的闲杂物拼接而成。我和诺蕾花钱如流水，而且要不是汤姆·麦克吉利库迪，我们的支出都得打水漂。他负责组建了莎拉·特拉蒙德新现代舞学校和我们的演艺公司——星辰舞者有限公司，成了前者的运营经理和后者的代理人。汤姆是一个精明能干、品行端正的人，当初他在卡灵顿手下干活的经验，扩大了他的视野，消息也更为灵通。他对我们来说堪比一根魔杖，我们挥挥手，他就能像变戏法一样完成任务。毕竟这世上有多少实诚人能弄明白高等金融呢？

当然，哈利是另一位不可或缺的奇才。要知道，在那十个月里，有五个月他都在地球上休强制假期，一边重新适应全重力环境，一边用超远距离电话来遥控指挥太空中的工程建设（老天，安装这种电话简直讨厌透顶，但是电话公司的报价比买一套属于我们自己的轨道-地球视频通信系统便宜好几倍，而且这样一来，工作室便可以直接接入全球通信网络）。空之扉的大部分员工每十四个月到地球轮休一次，但是建筑工人们（那些"一砖一瓦"建起这个太空建筑群的人）大部分时间都在完全失重的环境中工作，因此医生建议他们的单次派驻时间最长不超过六个月。我的想法是让我们的星辰舞者们也如此轮休，并获得了潘泽拉医生的同意。当然了，哈利在第一个月和最后四个月都到现场亲自监工，而且他交工时的总支出竟然低于预算——考虑到他的任务中的大部分都前无古人，这使得他的成就加倍惊

① 维克罗是一家生产机械结构搭扣的英国公司。

人。他甚至本可以提前更多完工;不过,他没能做到是因为我们给工程增加了些难度,并不是他的问题。

我们之所以能如此高效地"洗劫""空之扉",完全是它自身的原因——这家巨型跨国集团毫无人情味可言,一向像对待可替换的零件一样对待自己的员工。卡灵顿可能明事理一些,不过他背后那群撒钱帮他实现梦想的金主们对太空的了解还不如我这个在多伦多扛摄影机的人。我敢肯定他们——至少他们中的绝大多数——仅仅把"空之扉"视为一项遥远得不能再遥远的境外投资。

我需要我能得到的所有帮助。我也需要用那一整年的时间——甚至需要更多——来对一台二十五年都没用过的机器进行翻新和调音:我这名舞者的躯体。幸亏有诺蕾的支持,我才达成了目标,但是这条路可真不容易走。

回想起来,以上提到的那些好运气对于实现"莎拉·特拉蒙德新现代舞学校"这个梦想是绝对必不可少的。我想,在奇迹像是连环套般一个接一个地光临之后,我当然该做好风水轮流转的准备。不过,当霉头来临时,所有事情可是怎么看都没露出糟糕相——在我们开张营业以后,报名学习舞蹈的学生络绎不绝。我之前料想的是,就凭这么高昂的费用,我们可得好好投放广告才能刺激市场需求。要知道,尽管我们会负担大部分的花销(我们必须得这么做——有多少人能负担起一百美金每千克体重的地空运输费呢?),但是还是把费用门槛定得相当高,以便自动过滤掉那些只想凑热闹的人——当然,我们也为那些有需要也有资格的人准备了秘密的助学项目。

结果,虽然学费高得出奇,我还是得万分小心地在前来报名的舞者中穿行——谁知道什么时候发生一起踩踏事件,我就一命呜呼了。

莎拉的三支太空舞对全球舞蹈界产生了深刻的影响,推动了舞蹈这门艺术的革命。在它们横空出世之前,整个现代舞的发展已经原地踏步了十年之久——在相当长的一段时间里,所有人似乎都只是在改编前作,一打接一打的编舞师为了取得新浪潮的突破而想破了脑袋,然而创作成果在内涵上却混乱不堪。我们按照莎拉的意愿陆续将三盘录影带发行出去之后,成果斐然:除了吸引全世界千千万万的舞者和舞迷之外,它们还征服了数百万从未正眼瞧过舞蹈的人。

舞者们开始理解,失重意味着自由地舞动,意味着一辈子被重力束缚的历史已经被改写。由于缺乏经验,我和诺蕾的计划很快就被人发现了。我们在多伦多租下一间工作室作为地面分部的第二天,学生们就开始一车车地蜂拥而至,而且拒绝离开——而我们什么都还未准备好,甚至都还没有想出怎样在地球上为一位零重力舞者试镜。(最后采用的是一个简单粗暴的办法:先进行一轮传统舞蹈测评,再用飞机将合格者运至高空,让他们背上降落伞跳出舱自由坠落,并拍摄这些人此时的舞姿。虽然和失重不尽相同,但这种测试已能淘汰一大批不合适的人选了。)

在舞蹈学校的地面分部里,我们不得不让学生们像鱼雷一样挤在一起就寝,并且还得分批次就餐。我甚至开始想给哈利打电话,让他推迟工期以便给太空工作室的生活区扩容三倍。好在诺蕾劝住了我,我们硬起心肠从成百上千的学生中严格挑选出了仅仅十位带上绕地轨道。

感谢老天——虽然发生了两次事故,有三位学生差点儿死了,但也只是差点儿。真正糟糕的是,十位学生中有九位不得不直接退出。就像我刚刚讲过的那样,坏运气接踵而至。

通常来说,很多人的问题在于无法适应失重环境,他们太依赖"上"和"下"两个方向,以至于无法培养出新的方向感(这是跳伞不能模拟的一个因素:跳伞的人还是能分得清上下的)。不管你怎么说服自己"头指向的方向是上,脚指向的方向是下"都没用——因为这样一来,整个宇宙看起来都在不停地运动(在失重环境中你不可能有一刻是完全静止的),大部分人的大脑都会拒绝接受这种感知。这样的舞者会一直都"找不到他的立足点",也就是说,他没法想象出脚下的地面,导致他无可避免地迷失在空间之中。无法适应失重环境还会引起其他不良反应,包括轻度至极度的恐慌、头晕、恶心、心律不齐、极度头痛,以及大小便失禁。

(最后一条真是既难受又尴尬。和压力服里的"排便"系统比起来,农村的旱厕都更好些。当然了,男性要小便的话可以借助"排尿管"这种经典配置,不过如果不是小便,所有人都要战略性地采用特殊需求人群的常规配给……好吧,该死,我们会穿上纸尿裤,同时尽最大努力憋着,在回到室内之前绝不轻易排便。好啦,第一段不得不提的画外音到此为止。)

哪怕是在有边际的范围内活动——比如在"金鱼缸"(劳尔设计的可折叠式球型蹦床),还是有舞者无法克服那种感知上的焦虑。他们整个职业生涯中的每一次舞动都在与重力搏斗,但当他们终于摆脱那个老对手之后——至少没有了依托于它的线性直角坐标系——他们却愈发迷茫:我们发现一些人其实能在一个立方体或者长方体的框架或者房间内学会适应失重状态,因为这样他们至少能够将一面墙指定为"天花板",与之相对的另一面墙自然就成了"地面"。

然而，即使他们偶尔在视觉上适应了新环境，他们的躯体却一直没有，而后者恰恰是他们用来舞蹈的媒介。没办法，身体上的新反射就是训练不出来。

我们带到太空的学生中，所有人都没有生活在太空的命。大多数人在分别时和我们成了朋友——但这没法改变他们所有人都离开了的事实。

所有人，只有一人除外。

没有被淘汰的那第十位学生的名字叫琳达·帕森斯。发现这么一个天才足够抵消之前那一连串的霉运了。

她有着比诺蕾还矮小的身材，几乎和哈利一样寡言少语（不过原因不同），比劳尔淡定得多，而且哪怕我有幸活到一千岁，她也还是会比我更加心胸开放、乐于助人。在恶意满盈、过度拥挤的第一个学期里，大家的坏脾气和急躁把工作室变成了火药桶，但她却成了唯一一个备受欢迎的人——说实话，如果没有她，我们能不能和睦相处都还是个问题（我还记得有一个满脸粉刺的年轻学生，仅仅是因为他喜欢在每一句话后面加上一句"那就这样吧"，我就郁闷得认真考虑了很久要不要把他踢到太空中去——那就这样吧，我经常想，那就这样让他滚得越远越好吧……）。

有些女人只需要把脚迈入屋门，就能把整个房间扯入情感爆发的漩涡之中——这种"超能力"叫作"挑衅体质"。就我所知，我们的语言里并没有"挑衅体质"的反义词，但是那恰恰是琳达的性格。她有一种天赋，让人们不用嗑药就兴奋起来，能极快地解决常人无法调解的矛盾，她还总有法子让房间里的气氛活跃起来。

琳达成长于新斯科舍省①的一座农场,此农场归宗教团体所有。她的同情心、责任感以及对群体互动的直觉和理解力正是源于此。但是我认为让她成为欢乐魔术师的最重要的特质是与生俱来的:她真切地关爱他人。这一点不可能是后天练习的成果,因为很明显,那种爱是从她的内心自然发散出来的。

当然,我并不是说她是波莉安娜②那样每时每刻都盲目乐观、快活得让人发晕的人。如果她发现你试图找借口掩饰自己的不负责任,发起飙来能让你头皮发麻。她的一贯要求是,只要她在场,所有人就必须讲真话,而且她绝对不会允许任何人私下怨恨他人——她管这种行为叫"背着某个人攒私货"。如果她发现你脑子里有这种肮脏的小心思,她会直接戳穿它,然后逼着你把你的灵魂荡涤干净。"掌握分寸?"她有一次对我说道,"我对这种说法的理解从来都是'双方同意一起放狗屁'。"

这些算是社区里长大的孩子们的典型性格特点,在这个责任感缺失、尔虞我诈、自私自利的"礼仪社会"中,通常不太讨喜。不过琳达身上却有一种特性,拥有这些性格特点反而让她广受欢迎。她可以当面骂你是"蠢货"却不会让你感到激愤;她也可以不用直呼你"骗子"就当众揭穿你撒的谎。很简单,她深谙对事不对人之道。而我十分敬佩她这一点,因为我从来都做不到。哪怕她正在不留情面地戳破你自鸣得意的大话,也无法掩盖她一言一语中对你的热切关爱。

至少我和诺蕾都这么觉得。不过,在汤姆第一次见到她时,

---

① 加拿大的大西洋沿岸四省之一,哈利法克斯是其省会城市,也是加拿大大西洋沿岸诸省中最大的港口城市。

② 波莉安娜是美国著名童话作家埃莉诺·H.波特于1913年出版的儿童读物《波莉安娜》的主人公,以生性乐观闻名。

却有不同意见。

"快看,查理,汤姆来了。"

通过海关检查后,我本该火冒三丈的。但没有,这让我略微有些不安。不过在太空中度过焦灼的六个月之后,我发现想要讨厌任何一个陌生人都不是件容易的事儿——哪怕那个人是一位海关官员。

而且,我光顾着适应突然重起来的自己,也没有时间发脾气。

"还真是他。汤姆!嘿,汤姆!"

"我的天啊,"诺蕾说道,"他看起来不对劲。"

汤姆才是火冒三丈的那个人。

"喔唷,看他那怒气冲冲的样子。嘿,琳达和劳尔在哪?过海关时候遇到麻烦了吗?"我问诺蕾。

"没有,他们比我们早一些通过海关。肯定已经打车去宾馆了——"

汤姆朝我们走了过来,眼中闪着熊熊怒火,"所以,刚才那个就是你们的模范学生?我的天啊!真他妈的糟心。我非得把她那小细脖子拧断不可。她真的是——"

"喔!谁?琳达吗?怎么了?"

"哦,天哪,稍等一下——他们过来了。"一群人朝我们围来,看起来跟手持火炬的义警联盟成员似的。"你们看着吧。"汤姆一边保持微笑,好像他刚得到保证,说自己能在天堂里有一间公寓一样,一边把话从牙缝里挤出来:"尽自己最大的努力,我是说最大努力,去跟这群混蛋扯淡,也许我们还能从这里全身而退。"说完他便张开双臂向他们大步走去,脸上依然带着微笑。擦身而过时，我听到了他嘀咕了些什么，音量低得跟呼吸声一样，我只听清了开头的"帕森斯女士"。面对那群拎着长枪短炮的记者们，他的双唇几乎全程一动不动，发言尽可能含糊其词，滴水不漏。

诺蕾和我交换一下了眼色。"波尔定律。"她说道。我随即点头附和（劳尔曾经告诉我们，波尔定律说的是，没有一样东西能好到所有人都喜欢，反之亦然）。转眼间，那群记者就朝我们拥了过来。

在交错的按按钮声、呼唤声、快门声以及麦克风发出的杂音中，他们七嘴八舌地问了起来："看这边，阿姆斯泰德先生，请问你们的下一部录影带什么时候面世……""能否请您告诉我们的观众，您相信这种新式艺术能大行其道吗？""特拉蒙德女士，请看这里，您确实和传言中一样，真的不会笑吗？""作为《星辰舞》的摄像师，您不打算……""拜托请看这里，读者们非常希望您能……""女士，抱歉，但是您难道不想念……""特拉蒙德女士，请问您觉得自己和妹妹莎拉一样出色吗？""听说你们赚取了巨额利润，请问是真的吗？""非常荣幸能来迎接你们回地球……""这里，拜托，看这里……"与此同时，我们快要被闪光灯闪瞎眼，简直堪比近距离观察一场星际爆炸。我不得不笑脸相迎，或者点头回应，尽量礼貌地给出机智的回答；哪怕被问到非常粗鲁的问题，我也全力保持幽默感。当我们终于脱身，拦到一辆出租车时，我才终于火冒三丈起来。劳尔和琳达的确已经先行离开。汤姆总算取出了我们托运的行李，接着我们三人火速离开了太空港。

"看在老天的份儿上，汤姆。"出租车驶出机场后我说道，"下次拜托你隔天再安排记者招待会好不好？"

"**真他妈该死**,"他怒火冲天,"你想干这活的话我随时可以转手给你!"

他的声音大得甚至惊到了出租车司机。诺蕾赶紧抓住了他的双手,逼着他朝她看去。

"汤姆,"她温柔地说,"我们是你的朋友。我们不想对你大喊大叫,也希望你别这么做,好不好?"

他深吸了一口气,憋了一会儿,然后长长地叹息了一声。他点点头,回答道:"好的。"

"现在我终于知道记者们不好对付了。汤姆,我十分理解你的难处。但是我又累又饿,脚痛得像是从地狱里走了一遭,身体感觉有六百多斤重。所以,下次也许我们可以对他们撒点小谎虚报行程?"

他沉默了一会儿,好让他的声音平静些,"诺蕾,我真的不是白痴。我知道刚才的场面疯狂极了。但不是这样的,我**的确**把记者招待会安排在了明天,我也**的确**跟他们每一个人都通了气,求他们发发善心,让你们今天先好好休息。刚才的那群混蛋完全把我的话当成了耳旁风,这群狗娘养——"

"等等,"我打断了他,"那我们之前干吗要跟御前演出似的伺候那群混账东西?"

"你以为我想吗?"汤姆咆哮着说道,"我明天该怎么跟那些有良心的人解释他们的新闻被抢了这件事儿?但我别无选择,查理。都怪那个拎不清的婊子。我必须得给那些混账东西爆一点儿料,要不然他们就会报道他们手头已经有的所有消息。"

"汤姆,你到底在说什么?"

"琳达·帕森斯,我说的就是她,你发掘的超新星。我的天哪,诺蕾,就凭你在电话里说的关于她的好话,我本来期待着她能……我也说不清，反正就是表现得职业一些。"

"你们俩,呃,不合拍?"我试探着问了一句。

汤姆哼了一声,答道:"她一见面就叫我'老古董',而且还是见到我的第一句话。接着她说我无知,还说我对待她的方式不对。对待她的方式不对? 我的天哪! 然后她开始因为这里有记者等候而数落我——查理,如果是你或者诺蕾这么说的话,我就认了。我知道我本该把那群混蛋全都赶出去,但是我坚决不能让一个小屁孩儿在我面前蹬鼻子上脸。所以我开始向那些记者们解释情况,谁知她说我戒心太重了。天杀的,如果这世界上有一件让我讨厌的事的话,那就是有个人一边气势汹汹地给我难堪,然后说我戒心太重了;一边微笑着直视我的眼睛,还他妈的跟劝小孩似的温柔地揉着我的脖子!"

我猜他这会儿已经消了气,而且越发迷惑的我也渐渐失去了耐心。"所以诺蕾和我得在那群记者面前笑脸相迎,是因为他们拍到了你们两个当众吵架?"

"不是!"

这回总算是把事情的经过从他的嘴里撬了出来——还真就是琳达专有的那一套"魔法"在作怪,我简直没法找到比这更典型的例子了。不知为何一个十七岁的女孩在太空港的到达大厅里穿过了成百上千的人,径直走向了琳达,在她的怀抱中倒了下去。她抽泣着说她走路总感觉脚下有绊,身体已经完全失控,请求琳达帮她将这糟糕的感觉停下来。恰好这会儿那群记者们发现了琳达是一位星辰舞者,赶紧围了上来。哪怕考虑到她那会儿身体突然重了六倍、被医务官在身上戳了百十个孔、被移民官员羞辱了一番,还跟汤姆发生了不小的摩擦,我也更倾向于相信她并没有情绪失控,我猜她那时也能把不良情绪丢到脑后。不管怎样,显然她在那群食尸鬼中杀出了一条路来,用尽全力把那姑娘拖了出去,并且给她拦了一辆出租车。当她们上车的时候,不知道哪个家伙把他的照相机镜头捅到了那姑娘的脸上,琳达一拳就把那人打翻在地。

"该死,汤姆。如果是我的话,我可能也会这么做。"我在弄清楚真相之后说道。

"查理,别犯蠢了!"他的怒气又发作了起来。不过他迅速按捺住了,至少控制住了自己的音量,"听好了,我们来这里,不是跟小孩儿一样玩一次押五毛钱的游戏。我们手中运作的是上百万的生意,查理! 我们手上的资金上百万! 你已经不是穷光蛋了,你再也不能跟他们一样胡作非为,你知不知道——"

"汤姆……"诺蕾有些震惊地开口想要阻止他,但没能成功。

"——在过去的二十年里公众已经有多变化无常? 难道要我来告诉你,自从你拥有了轨道上那堆破铜烂铁之后,公众对你有多少负面评论? 还是你可以告诉我,你现在箱子里装着的录像带能和《星辰舞》相媲美,美到连你把一群记者打趴下这种丑闻都无关痛痒。哦,我的老天啊,真是一团糟!"

他一句话戳到了我的痛处。我们所有的编舞计划都是基于同一个前提假设的,那就是在绕地轨道上之后,会有八到十二位舞蹈演员参与演出。我们甚至还觉得那都只是个保守的估计。所以我们不得不抛弃所有拟好的计划,从头开始编舞。最终摄制好的录影带的重头戏都是独舞,而那恰恰是我们最薄弱的一个环节。尽管我很自信可以在剪辑时提升它的质量,不过……

"汤姆,没关系的。比起一个一米五二高的姑娘让一群禽兽原形毕露,你给他们的消息更合那些记者们的意——他们多少也是在乎公众评论的。"

"那我明天该怎么跟韦斯特布鲁克交代呢？还有莫蒂、芭芭拉·弗鲁姆、合众国际社、美联社，哦，还有——"

"汤姆，"诺蕾温柔地打断了他的话，"一切都会没事的。"

"没事？怎么可能没事？你倒是跟我讲讲，怎么办才能没事。"

我听出了她的言下之意。"真该死，当然了。我竟然完全没想到这件事，亲爱的，当然了。那群豺狼让我把这事儿忘得一干二净，要是把它说出来肯定能让他们闭嘴。"我开始笑起来，"肯定能让他们他妈的闭嘴。"

"如果你不介意的话，亲爱的。"

"诶？哦，不……不，我当然不介意了，"我笑着说，"我们已经等得太久了。咱们赶紧把事办了吧。"

"拜托能告诉我这他妈的到底是怎么——"

"汤姆，"我开始解释，"你现在什么事儿都不用担心。我十三岁时和一个邮递员的女儿在地下室里亲热，被我父亲撞见，我只对他说了一句话。明天我见到你那些被抢了新闻的朋友们的时候，我同样会把那句话搬出来。"

"你他妈的在说什么呀？"他不耐烦地说道。说完不由自主地傻笑了起来，尽管他也不清楚到底是为什么。

我伸出手臂搂住了诺蕾。"别生气，老爸。我们明天就结婚。"

他一脸茫然地盯着我们看了足足有好几秒。之前的笑容先是褪去，然后又全返回他的脸上。

"好吧，肯定又是够我忙活的了。"他高喊出来，"恭喜你们！真是棒极了！查理，诺蕾，恭喜你们——的确是时候了。"他凑上前来想要拥抱我们，不过正好那时候出租车司机在躲避一个横穿马路的蠢货,他伸出来的手臂被惯性向后拉去。"这可真是天大的好消息,真的是……听着,我想这条新闻肯定能引起轰动——用来弥补他们绰绰有余。"他突然意识到了些什么,脸红了起来,"我的意思是,去他妈的死记者们,我只是——我是说——"

"这些小事,"诺蕾严肃地说,"交给我们来处理就行了。"

琳达到达酒店入住时,前台打了电话通知我——是我这么要求的。我只哼了一声表示收到,便直接挂掉了电话,赶紧下床。然而我一脚踩进了垃圾桶,脑袋扎向了床头柜——柜子和旁边的台灯当场惨遭报废。我脸朝下摔倒在地上,下巴埋在了地毯厚而密的绒毛之中,鼻尖离电子钟闪烁着荧光的钟面只有两三厘米远。那会儿的时间是四点四十二分。凌晨。当我彻底清醒的时候,电子钟表面的荧光刚好暗了下去。

这下真是漆黑一片。

让人难以置信的是诺蕾竟然没有被吵醒。我从地上起身,摸黑穿好了衣服,然后离开了房间。至于屋里那一片狼藉,就留到早上再说吧。好在我的那条好腿承受住了摔倒带来的大部分损伤,我能走路,虽然有些跛。

"琳达?是我,查理。"

她马上就开了门,"查理,我真抱歉——"

"道歉就省省吧。你做得很正确。那姑娘怎么样?"我走了进去。

她在我身后把门关上,做了个鬼脸,"不是很好。不过她的同伴们已经和她会合。我想她会好起来的。"

"好样的。我还记得我第一次从轨道上下来也是这么糟糕透顶。"

她点点头，"就算你明明知道八个小时后这段地面旅程就会结束，但也毫无用处，因为你对时间的感知已经是度秒如永恒了。"

"没错。听着，关于汤姆——"

她又做了一个鬼脸，"查理，他就是一个混蛋。"

"你们两个，呃，不合拍？"

"我只想说他有点过于严肃死板了，结果他的反应就跟他完全不知道我在说什么似的。所以我跟他说他有些无知，肯定没有看起来那么靠谱。我希望他能像对待朋友一样对待我，而不是像个陌生人——因为你们之前跟我说过他，也跟他说过我，所以我以为我和他已经是朋友了。他答应了，我就以一个朋友的身份要求他拦住那群记者，让他们至少给我们一天的时间休整。结果他当场就对我发起火来。他真的戒心太重了，不好做朋友，查理。"

"听着，琳达，"我开始解释，"很不走运的是，在那之前——"

"真的，查理，我试着让他平静下来，用各种方式对他说我并不是在责怪他。我——我甚至还给他按摩了脖子和肩膀，好让他放松一些，但是他一把就把我推开了。我的意思是，真的，查理，你和诺蕾一直说他人非常好。真见到了，还不是烂人一个。"

"琳达，我很遗憾你们没能合得来。汤姆的确是个好人，只是——"

"我觉得他想让我别去管桑德拉，让保安直接把她带走——"

好吧，我放弃说和他们了。"那我们早……下午见吧，琳达。好好睡一觉。我们下午两点的时候要举行一场发布会，呃，我记不清那个会场叫什么名字了。"

"没问题。真对不起,现在一定很晚了,是吧?"

我在走廊里遇见了劳尔——前台打电话通知我之后也马上通知了他,不过他花了更长的时间起床。听到我说琳达和那个小姑娘状况都好得很之后,他总算放心了。"我的神啊,查理,她和汤姆两个人,你真应该到现场看一看,真是水火不容,要不是亲眼看到,我肯定不相信。"

"我知道。好吧,有的时候,你最好的朋友们就是没法忍耐对方。"

"嗯,正因如此生活才有趣,不是吗?"

我一边思考着这句话,一边往自己的房间走去。诺蕾仍然在熟睡中。不过,当我钻到被窝里,终于把头安慰地靠在她的后背时,她像马一样长吁了一口气,然后问道:"一切还好吗?"

"都好,都好。"我在她耳边低语道,"但是我们得把他们俩分开一阵了。"

她翻过身来,半睁着一只眼睛看着我,勾起一边的唇角朝我笑了笑,咕哝着说:"亲爱的,你还有希望。"

紧接着她又把身体转了回去,重新回到了梦乡。而我既有些莫名的飘飘然,又有些摸不着头脑——她刚才到底是在说什么呢?

第三章

　　无论如何,我们在第一个学期拍摄的舞蹈录影带还是销售火爆,大部分舞评人也对它相当青睐。同时,我们还重新发行了由劳尔配乐的《质量是一个动词》,保证了在第一个财年中的盈利。在第二年开始前,我们的工作室几乎已经有了成熟的组织架构。

　　工作室所在的轨道是一个相当长的椭圆形,近地点距地3200公里(其实并不是特别近,对吧?不过太空实验室只比这高出仅仅450公里),远地点则距地大约80000公里。选择这条轨道是防止在每一次录制时地球都占据大半边的背景;在远地点,我们亲爱的地球母亲看上去只有拳头大小(拍摄到的弧度所对应的圆心角最多只有9度),而且大部分时间我们都离她相对较远(开普勒第二定律:卫星离主星越近,转速越快)。我们每天大约绕地球转两周,因此每二十四个小时我们大概有两段将近八小时的时间段可以用于拍摄。至于人嘛,就得调节体内的那座"钟",也就是我们所说的生物钟,让那两段时间段里至少有一段能变成我们的"朝九晚五"。(如果我们搞砸了一个镜头,就得等十一个小时以后再来补拍,因为只有这样背景中的地球的大小看起来才大致相同。)

那么,说说工作室的建筑群本身:

当然了,最大的单体建筑是"金鱼缸"。它是一个为室内舞而建立的巨大球体,在内无须穿压力服。当照明得当时,我们可以取得想要的透明度;当然,如果你不想要整个宇宙作为背景的话,也可以给外墙套上一层不透明的铝箔。墙体的不同部位嵌入了六台小巧的高级摄像机,而且镜头前可以放置遮光板,以便把实为球体的背景转换成立方体。不过我们根本就没用上几次遮光板,以后也很可能不会用。

紧挨着"金鱼缸"的建筑体并不用于拍摄,被我们戏称为"菲伯·麦基的衣柜"①。"衣柜"本身不过是一根固定着的长管,表面上铆着栓柱和线缆盘,但是总是盖满了杂物——用铁链拴在上面,或者直接挂在上面可以保证杂物们的安全。任何人能想到的可能会在失重环境中有助于舞蹈或者摄影的东西,甭管是小道具、背景搭建模块、摄像机和备用件、照明设施、遥控手柄和辅助系统,还是瓶瓶罐罐、盒子、厚板子,还是其他什么成捆、成堆、成团、绕成线圈的物品,或者是各种杂乱无章的大包小裹,都跟太空藤壶②似的附着在"菲伯·麦基的衣柜"上。这使得"衣柜"看起来相当笨重,它的大小和外形都随着上面的堆积物而不断变

---

① 菲伯·麦基的衣柜是二十世纪三十年代至五十年代在美国家喻户晓的广播剧《菲伯·麦基和莫莉》(Firbber McGee and Molly)中的常设桥段。菲伯和莫莉的衣柜堆满了过多的各式物品,它们常常把柜门顶开,或者在开门时掉出来砸到主人公,而且门被打开时会发出刺耳的声响。菲伯·麦基的一句惯用语就是"总有一天我得把这个柜子收拾干净",但是他从来没有真正这样做过,这也成了本剧的笑点之一。

② 藤壶是一种海洋生物,有强大的吸附能力,黏附在坚硬物体甚至其他生物身体上。

化着，而每一件物品都像慵懒而招摇的、患有精神分裂症的海藻一样去了又回。

我们必须得如此放置并取用它们，因为频繁出入生活区一点儿也不方便。

想象有这么一把大锤——它的手柄类似于早年间油井工人用的那种，但有一个巨型酒桶状的锤头。然后再在手柄的另一端接上一个小得多的、只有可乐罐那么大的锤头。那个小锤头就是我的寓所，是当我在太空时与我的妻子共同居住的地方，内有一字排开的、包括浴室在内的三个半房间。如果你想把这把"大锤"架在一根手指上，并且让它在水平方向上保持平衡的话，支点会落在"手柄"的另一端上极为靠近"大锤头"的地方。这个支点就是两个锤头共同的旋转中心，二者转动的轨迹则构成了一对同心圆；与此同时，正是圆周运动为生活区营造了六分之一的重力环境。为了平衡"大锤"两端的重量，我们在生活区存放了生活设施、生存物资、发电系统、医用通信系统、私人电脑、电话装置以及几架相当大的陀螺仪。"大锤"的"手柄"特别长：在两个"锤头"一分钟一周的转速下，它得有大约135米长才能提供等同于六分之一重力的向心力。这个低转速则将科里奥利偏差[①]降到最低，和在"空之扉"一号环那样巨大的环面内运动产生的偏差一样难以察觉，同时不需要后者那样庞大的体量以及由此带来的颇为不便的室内布局——"空之扉"内流传的一句话是：你想去的任何一个地方都得绕过整个弯才能达到，这意味着很

[①] 因科里奥利力产生的偏差。科里奥利偏差是在一个旋转体系（比如有自转的地球）中进行直线运动的物体因为惯性产生的相对于这个直线运动的偏差，比如在北半球进行直线运动的物体向右偏，而在南半球进行同样运动的物体向左偏。

快你就得再绕个大弯回到原处。

只有德川家族的成员才付得起足够的燃料钱，随心所欲地让在太空中运转的航天器在任何时候开始或停止旋转。所以我们想要离开生活区的话，只有两种方法。生活区旋转的中轴线正对着"菲伯·麦基的衣柜"和"市政厅"（我之后会详细介绍这个地方）；一个人只需要从"下方"的封闭门（也就是"后门"）出舱，然后在合适的时间撒手离开。如果你算不上太空老手，或者如果你计划的路线和那条轴线相切的话，你就得从"上方"的封闭门（自然就是"前门"了）出舱，顺着镶在"锤柄"的把手爬到无重力点，然后脱手，乘摆渡飞船前往目的地。回来的时候所有人都总得从"前门"进舱；正因如此它才被设计成下坡。下水道系统本身非常容易操作，不过我们必须得习惯性地检查，以保证速冻速干后的排泄物不会被抛撒到"衣柜"和"市政厅"那里去。

（不，我们不会留着它们作肥料或者用在其他的生态循环里。一个自给自足的系统如果只有我们的工作室这么小，那就太低效了，不划算。我们在回收大部分水分之后会把残余物就地抛入太空。至于食物、空气和水，我们和所有人一样都是从蟾宫工业集团购买的。除非绝对必要的时候，我们才会从地球紧急调运物资。）

很显然，我们费这么大的劲就是为了保证生活区处于六分之一重力环境中。当你在太空中生活了足够长的时间之后，你会发现零重力环境更加舒适和方便。哪怕一丁点儿重力都感觉像是强加给你的负担以及对自由运动的压迫——就像大众读物的作者只能给故事安排圆满结局，或者一位音乐家必须只按照一种节拍作曲一样。

但是只要我们能做到，我们一定会尽量在生活区度日。任何程度的重力都会减缓我们身体对零重力盲目而不可逆的适应过程,六分之一重力则是一个相当合理的中间值:考虑到月球表面和"空之扉"上都采用这个数值,在此环境下的各项生理参数都已经有了可靠的标准。我们花越多时间在生活区活动,我们就可以在轨道上待得越久——毕竟日程表都是要严格执行的,没有人希望落得终身流放太空的下场。至少那些日子里我们抱的就是这个想法。

如果我们不慎出了什么差错,也就是说生理指标显示身体适应过快的话,我们可以在一定程度上进行补救。有危险的那个人可以从后门出舱,爬到电动绞盘上悬挂着的锻炼用绳套那儿,然后把自己固定起来。这个装置看起来有点像一架婴儿平衡练习器,也有点像经过改装的商船甲板上的座椅。他得松开刹车,让绳套开始沿着"锤柄"的走向"下降"——太空中可没有空气阻力让你往某个方向上偏。这个人会随着绳套下降,显著地远离旋转中心,所处的"重力"加速度也会大幅上升。当他降到足够"低"的时候,比如说处在二分之一重力环境下,就可以定住刹车,然后开始在绳套的保护下锻炼身体——这个绳套可是专门为全身运动设计的。如果那个人想的话,他甚至可以用装置自带的脚踏板以骑自行车的方式一路爬升回来。当然了,这套装置还自带"手刹"——如果练习者体力跟不上,没法再蹬下去的话,他不至于摔断腿或者一路下滑到最低点。在低重力区域,他甚至还可以徒手攀爬,只要安全绳扎牢了的话——在二分之一重力以下区域,安全绳无论如何都不能解开。解开的后果?你可以想象一下坠落到全重力环境中之后,只靠双手抓住绳索,身体完全悬空,脚下是无限宇宙的情景——而且你贴身携带的塑料气袋中只有能用三个小时的空气。

还有一点我们都相当留意,那就是……呃,体重。

"市政厅"对我们来说是最大的诱惑。它是一座比"金鱼缸"稍小一些的球形建筑,基本上就是我们共同的起居室,一个可以让我们共度闲暇、面对面聊天的地方。我们常常会打牌、教彼此唱歌、讨论编舞细节、为编舞细节而争吵(和上一件可是两件完全不同的事)、玩三维手球,或者只是单纯地享受在失重环境中却不用穿压力服或者不用干活的奢侈时光。如果一对情侣碰巧发现"市政厅"中只有他们二人,也恰好有兴致,他们就可以关掉一半的外部导航灯——这意味着"请勿打扰"——然后在里面翻云覆雨。

(六分之一重力环境自然也不错,但是失重环境是彻彻底底的另一回事。那里没有谁上谁下之分。在那里做爱是一件需要全力配合的事,否则它就不可能成功。我完全无法想象在失重环境中进行强奸的可能性。原本会被压在身下的那只手被解放了出来,所以你可以双手并用。尽管《爱经》①中有一半的体位在地球上也能实践,但是总是有不便之处。我以前一直对"69"体位不感兴趣,因为做起来实在是既不舒服,又难以集中注意力。失重环境中则非常方便。好啦,第二段不得不提的画外音到此结束。)

如此种种使得所有人都总想在"市政厅"里逗留。不过,有些每日常规事项必须都在那里办妥,所以我们不得不狠下心来抵御"欢乐时光"的诱惑。每一天,在每一个人身上采得的各项机体指标会被传输到潘泽拉医生位于"空之扉"中的医用计算机里;如果"空之扉"不再对我们笑脸相迎,我已经做好了和别的供

---

① 原文为 Kama Sutra,是印度一部古老的关于爱的圣经。现多指代一些情爱方面的技巧性的书籍、视频等资料。

应商谈生意的准备——还包括空气、食物和水的采购——不过，只要我们还是商业伙伴，我绝对不会放过潘泽拉的聪明脑瓜。他在太空医学界的成就和哈利在太空建筑业中一样出色。而且，他就是能让我们坚决守规矩。只要我们不听话，他就会通过无线通信设备嚷到我们的耳朵生出茧子；他还会像一位难缠的神父吩咐忏悔者通过九日敬礼①赎罪一样，给我们布置在"婴儿平衡练习器"上进行室外锻炼的任务。

我们原计划建造五座"大锤"，供十五人团队舒心地生活。不过尽管我们在第一年里使劲催促哈利，当第一批学生走出飞船时，能有三个"大锤"正常运营已经是个奇迹了。我们不得不提前解散哈利的施工队，千恩万谢地送走了他们，还给了很多奖金——我们需要他们之前住的那个立方体建筑。十个学生、诺蕾、劳尔、哈利还有我总共有十四个人，而三个"大锤"只能提供九间房。对于新婚的我和诺蕾来说，那段本该亲热的时期却有点尴尬……不过我们权当两个人早就结婚了，只是还没有举行一个仪式罢了。

第二学期的时候，我们又完成了一个"大锤"，而这一学期我们只收了七名学生。每一个人都有一个能关上并且能反锁的房间，只要他们想这么做。不过这七个人后来都被刷下来了。第五个"大锤"一直没有被建造出来。

这就是我之前说的一连串坏运气，一直持续到了我们的第二个学期。

要知道，在那个强盗打碎我的臀骨的时候，我刚刚在舞蹈界

---

① 九日敬礼亦称苦难耶稣九日敬礼，是天主教的一个敬礼。教徒们通过连续九日的祈祷、拜苦路(即模仿、重现耶稣基督被钉在十字架上的过程)、克己(禁欲)等活动迎接耶稣复活。

崭露头角，当时还太年轻。那件事已经过去很久了，但是我仍然记得自己是个相当出色的舞者。我再也不可能有当时那么优秀了，哪怕现在那条残腿又能够派上用场。被淘汰的学生当中有一些比当时的我更优秀——当然，是按地球上的标准。那时我以为一位真正卓越的舞者只靠天赋就能适应零重力舞蹈。

不过，第一年令人失望的成果证明了我的想法是错误的。所以第二年我们采用了不同的标准来选拔人才。我们想要看到的是天马行空的想象、不走寻常路的思维、不被先入为主和千篇一律所束缚的灵魂。劳尔戏称他们为"科幻小说读者"那种类型的舞者。结果非常糟糕。首先，那些想在思想层面上跳脱出舞蹈的基本假设的人，不一定能在行动上兑现——他们能够想象出来那些需要做的事，却不具备行动的能力。更糟糕的是，天马行空的思想者们并不擅长彼此合作，任何人都不能让他们先入为主，他们也不会和任何人保持一致。我们原本想要组建一个编舞师的社团，但却是典型的"三个和尚没水喝"社团，没人愿意帮其他人收拾烂摊子。有一个家伙有成为一位伟大的独舞艺术家的潜质——在让他打包回地球之前，我甚至建议索尼出资为他组建属于他自己的工作室——但我们实在无法与他共事。

还有两个天杀的蠢蛋完全是因为粗枝大叶断送了性命。

他们本来都接受了相当完备的失重环境生存训练，一遍又一遍地演练过太空生活中必须遵守的规则。我们要求学生们在展示出足够的能力之前，如需出舱必须成对行动，也做好了我能想到的一切防范措施。可是因格·施尤伯格就是懒得每天花上一个小时的时间检查并保养她的压力服。她成功地忽略了冷却剂失效初期阶段的全部征兆，结果有一天太阳一露头，她就被煮熟了。至于艾力克谢·尼科尔斯基，偏偏没人能劝他把那一头褐色的长发剪短。他不顾所有人的建议，坚持在脑后梳上两个马尾辫，反正他"一向这么干"。可是他只用一条弹力发带绑头发。结果有一次上太空行走课，发带断了，他的头发飘过来堵住了呼吸。我们离舱室有几分钟的路程，如果没有即时救援，他肯定会被头发憋死。就在哈利和我费尽全力把他往"市政厅"拖时，他实在憋不住了，解开了压力服来应对窒息。没了压力服的保护，他就这么死在了太空中。

　　这两次事故中，我们都只能把尸体储藏在"衣柜"上，时间长得可怕。因为他们的亲属争执不休，不知道是要把遗体运输到最近的太空港，还是走繁杂的法律程序为他们安排太空葬礼。发生事故之后我们苦中作乐，才不至于疯掉（劳尔发挥了黑色幽默，给"衣柜"改命名为"崔维斯·麦基的衣柜"[①]），但是这一学年终究因为这些倒霉事而黯淡无光。

　　跟活下来的学生说拜拜也不是什么快活事。送别杜波伊斯和英，让我一整天都心情郁郁。我亲自送他们离开，穿着压力服和他们握手告别。之前我们常用"戴套上床"来形容穿着压力服握手，现在看来是多么讽刺。那一整个学年，甚至包括第一个学年，就和戴套上床没什么两样——付出了再大努力，终究毫无成果。我回到"市政厅"时，整个人陷入了自从……自从莎拉去世以来最糟糕的抑郁之中。沮丧的心情让我的腿也连带着痛起来，搞得我想找个人大骂一通。但是，当我走过密闭门之后，发现诺蕾、哈利、琳达正在欣赏劳尔变魔术。

───────────

　　① 崔维斯·麦基（Travis McGee）同样是一位虚构人物。他是美国探案小说家约翰·麦克唐纳笔下的一位私家侦探。他帮客户找回失踪的财产，收取的费用则为财产价值的一半，不过"财产"可以是珠宝、珍稀邮票，亦可以是人或者名誉。

劳尔并没有注意到他们，或者说他根本没注意到外界发生的任何事情。诺蕾看都没看我一眼，只是冲我举起手，警告我不要打搅他。我忍着没发脾气，将背靠在密闭门一侧的墙上也观看了起来。压力服肩胛骨部位上的维克罗搭扣把我安全地固定在墙体上。（维克罗搭扣分为"公扣"和"母扣"。整个建筑的内表面都铺着"母扣"，而我们的拖鞋、手套以及压力服上各个部位——臀部、大腿、背部——镶着"公扣"。将其扣在一起，就能将我们安全地固定在室内的某一个点上。维克罗搭扣装置算是工作室里最便宜的家具了。）

劳尔的魔术道具是再普通不过的家居用品。最让人费解的一件大概是被他称作"皮下注射器"的东西。看起来就像是医生医治象皮病①的特殊注射器：针管和活塞都很大，但是针头还是正常尺寸。在他的手中，这东西俨然是一根魔杖。

所有其他的用品都被绑在了他的小细腰上：五只灯泡状的酒杯，每一只里面都装着不同颜色的液体。一对向两侧辐射的吊顶系带将劳尔固定在球状空间的正中心，他的身体则保持着失重环境中典型的微微蹲伏的姿态。之前我就隐隐觉得有些不安，现在终于找到了缘由，并松了一口气：舱内惯有的空调机的震动声及送出的凉风不见了。劳尔需要空气保持静止，尽管这会缩短他的魔术时间。（时间一长，他呼出的二氧化碳就会在他的头部周围聚积成一个气团；他得轻轻地以系带为轴旋转身体，二氧化碳气团会随之划出甜甜圈状的轨迹；在"甜甜圈"封口之前，他必须停下来，或者离开。我们其他人也一样要小心地不断移动，就像一只蜘蛛一样。）

---

① 象皮病是由丝虫引起的寄生虫病，主要症状为四肢和生殖器的严重水肿。

　　他把注射器插入一只酒杯中，抽取了一定量的液体。从颜色来看，应该是苹果汁，还掺了点儿水。接下来，他用指节分明的瘦长手指极为小心地操作着注射器，轻柔地把抽出的液体挤出来。排出的液体在他身前形成了一个巨大而透明的金色球体，悬在空中一动不动，曲面相当完美。在他把针头撤离之后，液体球开始闪烁起淡淡的金光……球体表面的波动许久才静止下来。

　　劳尔慢慢地抽了一针管的空气，将针头扎进球的中心，开始推动活塞。注入空气后，液体球逐渐膨胀成了巨大的透明金色气球，球面上浮动着一圈圈花纹，仿佛在相互追逐。此时的气球直径有一米左右。劳尔抽出了针头。

　　他依次从酒杯中抽出了葡萄汁、番茄汁以及还没凝固的青柠果冻，在金色的气球中嵌入了紫色、红色和绿色的液体球，然后再注入空气，把它们吹成小一些的气球。它们闪烁着五彩光芒，相互拥挤碰撞，却不会互相融为一体。现在，一个金色的巨型气球内装满了圣诞树彩球一样的小气球。它们大小不一，从葡萄粒到葡萄柚不等，彩光流转，彼此的色彩相映成趣。不同液体之间表面张力不同，从而产生了马兰戈尼效应[①]，使得它们如一群嬉闹的猫咪一般在彼此周围旋转、翻滚。有几个球是用水做的，它们迸发出彩虹般的七色光彩——想要用肉眼看清每一种颜色可着实是一番眼力的考验。

　　不一会儿劳尔就开始移动身躯以便呼吸，巨大的气球则老实地附着在他的手掌心，跟着他在空中移动。我十分清楚，如果他这时用力一戳，这些气球就会瞬间破裂，然后重组成一个更大

_____

　　① 由于两种表面张力不同的液体界面之间存在张力的梯度，而使液体从表面张力低向张力高的方向流动的现象，称为马兰戈尼效应。

的气泡,表面上各色的液体则会像眼泪一样成道流淌(同样是因为马兰戈尼效应的原因)。我还以为他真会这么干。

他用搭扣把室内灯光控制板粘在了自己的胸前。此时他打开了六个角落处的灯光,令光束聚焦在五彩缤纷的气球上。其他地方的灯光则被熄灭。一切都按着劳尔的想法来。灯光下的气球们流光溢彩,将整个房间装点得五光十色,顿具生气。他的手看似不经意地抖了抖,大球就开始翻滚起来。瞬间,整个"市政厅"仿佛在诡谲的彩虹色火焰中旋转。

劳尔悬浮在大球旁边。他把自己的"音乐大师"合成器①设置为外放模式,同样用搭扣把它粘到大腿上,演奏了起来。

最开始是悠扬、温和的调子。巨型气球也似乎在音乐的带动下兴奋起来,用光的变换来迎合旋律。这恰恰是音乐的视觉表达。接着音乐变得激昂一些,液体球上的光影随之波动,配合起那段循环播放的用仿木管乐器演奏的和弦。气球震颤,仿佛一颗颗强劲有力的心脏。不管音乐如何变化——出现、变调、往复、再变调——气球始终和它的节奏保持着完美的一致性。演奏音乐的乐器由铜管乐器逐渐变为小提琴,再变为羽管键琴,再变为彻头彻尾的电子乐,然后又回到最初的铜管开始又一次循环。与此同时,气球的光芒也微妙地变换,完美地配合着每一次的音色变化。紧接着低音提琴和号角依次出场。我蹬离了身后的墙壁,既是为了逃离在头部周围聚集起来的呼气,也是为了寻找一个新角度,观赏那个珍宝般的气球。其他人也一样,轻柔地飘浮着,试图更好地欣赏劳尔的艺术作品。就跟被音乐带动起来的气球一样,我们也在劳尔的演奏声中,跟着房间内流动的彩

---

① 作者在前文中称其为"声音大师",大概是作者记错了。

光一起,自然而然地舞动了起来。劳尔的双腿上拴着的无异于一支交响乐团,它让我们心甘情愿地沦为了在失重空间中舞动着的提线木偶。

当然了,所谓的舞动只是即兴表演而已,并没到专场表演的水准。相当于我们在享受失重环境中单纯的、生理上的舒畅感的同时,上演了一堂简单的集体练功课。只要你想的话,当一群人围坐在篝火旁一齐歌唱时,就算唱的歌是大多数人都喜欢的,你也总能在歌声中找出不协调的那个声音。就跟此时的哈利一样,他并不在跳舞之列。他就像在水中游泳的北极熊一样,用奇怪的姿势漂移到了远离众人的角落,充当了一个人肉摄像机,将劳尔的杰作和我们的舞姿都尽收眼底。(劳尔和哈利很快就成了好朋友,两个人像是话匣子和斯芬克斯①一般。他们都很欣赏彼此的手艺,惺惺相惜。)哈利安静地在半空飘浮着,感受着我们此刻的喜悦之情,并将自己的喜悦之情传达给我们。

劳尔轻轻地拽了一下身旁的一条线,一只巨大的可伸缩线圈就朝他飘来。他把线圈调整到比闪光气球稍大的尺寸,用它圈住了后者,然后即刻开始调大它的尺寸。那些在地球上经受惯了重力的人绝对不知道表面张力有多厉害。气球变成了直径大约三米的凸透镜,内里的小气球也变成了小凸透镜,形状堪称完美。他把凸透镜对着哈利的方向,从两侧打了三支低能激光,同时让凹面镜们像"时母之轮"②一样开始旋转起来。我们也跟着跳起舞来。

―――――――――――

① 希腊神话中,斯芬克斯遇到过路的行人就会将其擒住并令其猜谜,可谓是一只多话的生物。作者的意思是两个人很投缘,在一起能聊很多。

② 原文为"Wheel of Kali"。"Kali"是印度教中掌管时间的女神,故通常译为"时母"。此处指凸透镜旋转得像时间轮盘一样。

过了一会儿,密闭门旁的访客提醒灯亮了起来。这本该让我吃惊——我们并不常有客来访——但是我丝毫没有理会它,只顾着沉浸在零重力舞蹈中,欣赏着劳尔的天才之作,同时暗自庆幸自己当初签下了他。门锁旋转开启,进门的是汤姆·麦克吉利库迪——要不是我此刻自顾不暇,肯定会被惊得跳起。我完全不知道他有造访太空工作室的计划;再考虑到负责定期接送我们的飞船,现在已经送杜波伊斯和英回地球去了,汤姆一定是搞了一架特别昂贵的专机而来。事出反常,他恐怕是来告诉我们什么不好的消息。

但是我仍然处在舱内温暖的氛围之中,沉迷于舞蹈创作的快感之中;大概也是因为劳尔用葡萄汁、番茄汁精心制作的万花筒让我有些眩晕。我甚至忘了对汤姆点头致意,不过我很清楚的是,他接下来还做了更出人意料的事,我竟然也一点儿没顾得上惊讶。

他加入了我们的舞蹈。

没一丝犹豫,他脱下了在封闭门外换衣间换上的维克罗拖鞋,三步并作两步升入空中,与我们一道在室内悬浮起来。他用劳尔的拉线确定了自己的位置,将原本是三角形的舞者阵型变成了正方形。很快他就学会了我们的舞蹈动作,熟悉了音乐的节奏,跳起舞来。

汤姆的舞姿相当不错。考虑到他成天为我们处理行政工作,能有现在这样的身材非常难得。但是,比那重要得多的是(因为地球标准下的好身材在太空中百无一用),他并不受方向坐标缺失的影响,身体协调性非常好,而且他显然享受这样的运动方式。

现在我才后知后觉地感到惊讶了。不过我还是面无表情地继续跳舞，没让汤姆发现我对他舞技的欣赏。在"市政厅"另一端，诺蕾也选择了和我一样的做法。而在我们上方的琳达，似乎并没留意到这一切。

不，我所感到的不是惊讶，是错愕。让十七位学生中有十六位被淘汰出局、"空之扉"的诸多建筑工人失去工作能力、令太空实验室的九位工作人员中的八位在当初进行第一次零重力生活实验时饱受困扰的原因只有一个，那就是他们无法在没有方向坐标的环境下正常生活。

如果你把一条金鱼带到地球轨道上（就像当年太空实验室所做的一样），它会在球状的一团水中无助地不断翻滚。如果给那条金鱼一个明显的参考点，比如在水球旁放置一个平板（十分自然地，水球就会依附在板的一侧，变成一个完美的半球），鱼就会笃定板面是河床，将自己的身体调整到与其平行的姿态。此时，如果将平板移去，或者再加入一块平板乃至好几块平板（制造没有方向坐标或者太多方向坐标的情形），金鱼很快就会死掉，因为这给它带来的困惑是致命的。太空实验室在建造时就有意在三个主要建筑中采纳三个不同的方向坐标系，九位工作人员中的八位在入舱之后下意识地习惯了其中一个模块中的方向坐标，他们也深信不会有什么问题发生。结果，在短时间内穿梭于三个模块之间让他们颇为头痛；他们还痛恨被设计成根本没有坐标的模块连接室。在零重力环境下人是不可能感到眩晕的，但是他们坚持声称只要不把某一个"门"或者"墙"作为参考物，他们就会感到头晕。

所有工作人员中只有一位并非如此。人们形容他为"所有宇航员中最聪明、也是最变态的一位"。他很快就适应了太空中的环境——那可是没"上"没"下"的生活，是九位工作人员中唯一一位取得了心理突破的人。这会儿我才意识到我是有多走运，诺蕾和劳尔都是星辰舞者的那块料。那可是少数人才能有的天赋。

但是汤姆做到了。他成功地步入了我们的行列。虽然他的舞技粗糙得不得了，手挥舞起来像伸出去的铁锹，脊椎也扭动得毫无章法，但是他是可塑之才，有在失重环境中仍然保持平衡的天赋。他在太空里如鱼得水。

我早就该发觉的。自从我认识他开始，他就一直如此。在这一刻我才突然意识到自己之前是多么的愚蠢盲目——我真是彻头彻尾地错了。

那段即兴果汁舞终于进入尾声：劳尔演奏了轻快的《查拉图斯特拉如是说》①作为结尾。最后一个和弦余音刚完，他伸出一只手，果断地穿破了那个凸透镜，将其打散为无数泛着虹光的液滴。它们飘散开来，看起来颇有宇宙膨胀的神秘感。

"快把它们清理一下。"我猛地从之前如梦如幻的奇境中清醒过来。果汁四处飞溅的话，会把"市政厅"的内墙变粘。哈利赶紧启动了真空吸尘器和空气更新系统。所有人都在机器声出现时不情愿地叹了口气。手持喜剧性注射器和"呼啦圈"的劳尔从一个大魔术师变成了矮小的小丑，脸上还挂着大大的笑容。大家的叹气声中饱含着对他的夸赞，之后周围又回复了宁静，液滴花了好一阵子才完全消逝。我真是幸福得令人嫉妒，我想，这大概是过去的二十年里我见过最美的场景了。不过很快，我就将思绪放到了正经事上。

"开会！"我简洁地说道。我、汤姆、劳尔、琳达、诺蕾、哈利六

①《查拉图斯特拉如是说》是德国作曲家理查德·施特劳斯于1896年根据著名哲学家尼采的同名小说所作的交响诗。

个人围成一团,相互抓住手脚,在房间的正中央围成了一朵雪花。当然,这使得我们全部面对面,不过我们不在意这一点,就像一位资深DJ不在意播放的碟片上有什么标签一样。即使汤姆旁边是琳达,他也没有在意。我们直接开始谈起了正事。

"好吧,汤姆,"诺蕾率先开了口,"你来是有什么急事吗?"

"是'空之扉'想要撤资吗?"劳尔问道。

"你怎么不先打个电话呢?"我追加了一个问题。只有琳达和哈利没说话。

"喔,"汤姆说道,"没有任何紧急事件。什么事都没有,大家都请放心。从商业运营方面来说,所有业务都在正常运转,就像一只各项程序都被安排得妥妥当当的钟表一样。"

"那你怎么跳上一架包机就过来了呢?难道说你一直藏在那架刚刚离港的定期飞船里?"

"不不不,我坐的的确是包机。好吧,其实是摆渡飞船。我已经在太空待了和你们一样长的时间,只不过是在'空之扉'上而已。"

"在那里……"我使劲想了想,实在想不出他这么做的原因,"而且你还特意找了别人来转接你的电话或者传递你的信件,好继续瞒着我们?"

"没错。在过去的三个月里我一直在'空之扉'上工作,就在我们的分部办公室里。"所谓的"分部办公室"不过是我们挂名的办公室,一个邮政地址而已,位于德川的新行政秘书办公室的左下四分之一区。

"是吗?"我说道,"为什么?"

他朝琳达看去——他的手正好抓住了她的左脚踝——措辞谨慎地回答了我的问题。"还记得我们见面后的第一个星期吗,琳达?"她点点头。"我这辈子都没那么生气过,当时我觉得你简直是这世界上最愚蠢的人。那晚我们在'此时此刻'聚餐时,我还对你发脾气来着,那时我们正在讨论宗教信仰——你还记得吧? 我转身就走人了,直接上了一架前往新斯科舍的直升机,去了你长大的那座该死的公社。飞机降落在花园的正中央时是半夜三点,有一半公社成员被吵醒。我怒气冲冲地朝着他们骂了一个多小时,想知道他们是怎么把你养成一个有着如此偏见的蠢蛋的。当我终于说完的时候,他们却只是不停地眨眼、挠痒、打哈欠。然后,一个留着大胡子的壮汉说了句'好吧,如果你俩之间能产生这么大的火花,我们建议你俩处对象算了',说完便扔给我了一个睡袋。"

琳达从我们拼成的雪花中挣脱开来,其他人要么赶紧抓住身旁的人,要么在空中自由飘浮起来。汤姆相当轻松地调整了自己所在的高度,就好像经过系统训练一样,迅速追上了琳达。他继续对她说道:"我在那儿待了一个星期左右,然后去了纽约,报名参加了一个舞蹈进修班。我小时候学过舞蹈,作为学习空手道的辅助训练;我下了一番功夫之后,重新找到了舞动的感觉。但是我不确定学到的舞蹈技巧和零重力舞蹈有没有关系——于是我便瞒着你们,悄悄地跑到了'空之扉'上。我用自己的积蓄在那儿租了一间房,然后便全情投入地练舞。"

"那谁在管理舞蹈工作室呢?"我温和地问道。

"一群训练有素的海狮们,只要给他们钱就行。"他淡定地回答说,"我们的正事没有受影响。但是我有。我本来的计划是再瞒上你们一年左右的时间。但是当你们发消息给潘泽拉,说要终止英和杜波伊斯的身体指标监测时,我碰巧在他的办公室里。我知道你们缺少人手。我只能算是自学成才,笨拙得就像冰上的一头猪；在地球上，我得再花上五年时间才能晋升为四等舞蹈演员。但是我觉得你们能在这里做什么，我就能在这里做什么。"

他摆动着身体朝我和诺蕾转过来。"我想向你们学习舞蹈，学费我自己付。我想与大家一起并肩工作，不是纸上谈兵，而是真正成为公司的一员。我想我可以成为一名星辰舞者。"他转回身朝着琳达继续说道："而且我想追求你，我会配合你的步调。"

和汤姆的果断比起来，那时我才真正彻底地认识到自己的愚钝。我激动得说不出话来。短暂的沉默之后，诺蕾代表公司说了句"我们接受你"。与此同时，琳达也接受了他的请求，不过代表的是她自己。接下来，我们重新组成了雪花阵型。这片雪花比刚才小得多。

终于，我们的公司真正地成立了。

就我们的舞蹈的本质而言，除了你在录影带中看到的以外，真没什么可多说的。我们从"新皮洛伯勒斯"式舞蹈和"即兴创作运动"那里借用了一套词汇（之前我有提到过，舞蹈艺术经历了十年的发展停滞阶段，它们是该阶段最后的两次创新尝试），但是所有引入的概念都经历了大幅的改动。尽管"即兴创作运动"的舞者常常说他们热衷于"失重"，但是这其实是两码事：他们说的是在地球表面的"自由下坠"，我们说的则是在绕地轨道上的"悬而不坠"。不过至少在某些方面上，他们的很多发现的确能用到无重力环境中——只要有用，自然会被我们采用。

作为一名舞者，琳达先是在新皮洛伯勒斯公司跳了四年；如果你不知道这家公司，或者它的前身——传奇一般的皮洛伯勒斯公司，姑且可以认为这家公司是即兴表演团体的对立面，因为他们的舞蹈总是要进行深入而细致的编排，而且非常喜欢"以彼此为背景"——他们的表演通常在舞伴的身体表面、上空或者周围展开，通过自己的运动来改变其他舞伴的运动轨迹。可以这么说，这家公司的舞者堪称舞动着的杂技演员。而我们则更注重编排和即兴两种元素的平衡。

琳达教了我们许多关于大量舞者之间如何相互作用、如何寻找各自的"超级支点"之类的知识——而其中最重要的，就是跳这种舞需要的**态度**。想要与其他舞者实现真正的互动、默契地创造出各种舞姿，你必须和他们在情感上互通。你必须了解他们——他们是怎么舞蹈的，他们感受到了什么——以便预判他们下一步会做出的动作，不管是主动做出的，还是为了配合你而被动做出的。据我所知，这种相互作用在顺利运转时，会令人无比愉悦。

当舞伴的数量不止一名时，想要顺利运转的难度就直线蹿升，而随之而来的愉悦感也成指数级增长。

因为在失重环境中舞者必须互相合作，相互感知，我们的舞蹈在本质上已然上升成了精神层面上的艺术行为。

现在，我们的公司规模初具，我们对零重力舞蹈的了解也日俱增，在这种情况下，我们开始了第二学年最后一个学期的录制工作。

第四章

　　我想象自己穿越在星空中,像一颗拖着闪光尾巴的彗星一样,小心地保持平衡。我全神贯注地挺直身子,让脊柱、膝盖、脚踝牢牢地保持一线。这让我不那么紧张了。

　　劳尔稳重地倒数起来:"五、四、三、二、开始!"话音刚落,他设计的一圈橙色的明亮"火焰"在周围无声地燃烧起来。而我的身体则像一根缝纫针一样横穿其中。

　　"真漂亮。"诺蕾低低的赞叹声从我的内置耳机中传来,她在一公里之外某个绝佳的观赏点。我马上将双臂高高地举过头顶,击掌之后重重地将其挥下。在我的身体穿过橙色"火圈"时,我的"彗尾"变色成了浓郁的深紫色,在身后留下了一圈对称的尾迹,此时那些烟雾正慵懒地膨胀着。在紫色的尾迹中,微小的火星不时地闪烁、湮灭——这也是劳尔的"魔法"。绑在我小腿上的染色剂罐快要空了,我赶忙开启了固定在腹部的助推器。我一边读秒,一边在助推器的推动下,沿一条曲度越来越大的弧线"向上"飞起。

　　"把灯光调亮些,哈利。"我大声说道,"我看不到你。"一排红灯在我预想的"地平线"之上出现,我松了一口气,缓慢地关掉了腹部助推器。我在镜头之前停下的时间拿捏得并不是特别准确，不过需要矫正的方位误差小到可以忽略不计，也不会让我的运动轨迹在视觉效果上出现缺陷。我称自己用来调整身体姿态的方式为"有准星的翻腾"，正是运用这种方法，我才能把握切断主要助推装置的时机，确定自己的参考点。

在地球上，只要你选择一个固定的参考点，在每次转体后将你的眼神锁定它，你就可以翻腾无数次而不感到头晕。在太空中，这种方法毫无必要：一旦你跳出了重力的控制，你耳部的半规管就会充满液体，平衡系统也随之失灵；也就是说，你从生理上就不具备感到头晕的条件。不过旧习总是难改。我选好了参考点之后便开始翻腾，数了十圈，摄像机便出现在视野中不远的地方，很快就能抵达。我立刻停止翻腾动作，摆正身体，让所有的助推器全部急刹车——那一瞬间的惯性可能达到了三个重力加速度。不过总算把位置控制得恰到好处：动作停止的地点离摄像机只有五十米远。我立即关掉了所有的动力装置，尽全力让本该在加速度中蜷缩起来的躯体优雅而自然地舒展开来，摆定了五秒钟的造型，然后轻轻地说出了指令："结束！"

红灯渐灭，诺蕾、劳尔、汤姆和琳达轻声欢呼起来（没有人会在穿着压力服时大声地做任何事）。

"好了，哈利，咱们看看回放吧。"

"马上就好，头儿。"

哈利倒带了一阵子，然后出现了一个方形的区域，正是作为背景的广阔星空。摄像机在移动，画面中的星星也随之变换位置。接着我的身影出现在画面中，完成了刚刚结束拍摄的舞蹈动作。我对成品十分满意：我恰好穿过了橙色"火焰"的正中心，释放紫色烟雾的时机也把握得刚刚好。升空的曲线有些粗糙，不过也算过关。我朝摄像机迎面飞来的时候，身形因为不断扩大的画面令人颇为吃惊，连我自己都畏缩了几分，说起来还挺傻的。减速过程看起来几乎和做起来一样让人屏息，身体的姿态转换看起来也不错。而最后的胜利者一般的展体动作，说实话，棒极了！

"拍得很好，"我满意地说道，"去酒吧的话往哪边走？"

"就在街上。"劳尔答道，"回去地球我请客。"

"能遇到有意资助艺术事业的善人总是件喜事。等你打响了名头，还会在乎这么一点儿请客钱吗？"

这时哈利从摄像机后下方现身了。他身着巨大的建筑工专用压力服，上面挂满了工具。"嘿，各位，"他开口说道，"别急着走啊。怎么着也得拍完第二组镜头吧。"

"哦，天啊，"我抗议道，"我的罐子所剩的空气不多了，肚子也饿，而且我现在在这身巨大的压力服里就跟被扔进水里游泳似的。"

哈利只回了一句："截止日期就要到了。"

我真的特别想去洗个澡，简直不能忍了。世上舞者千千万，各有各的不同之处，但唯一的共同点就是全都会出汗——身着压力服时尤甚，汗水困在里面无处可流。"可是我的助推器燃料用尽了。"我虚弱地回答道。

"在第二组镜头里你用不到它们，"诺蕾提醒说，"基本上就是围绕着'猴架'表演，记得吗？有蛮力就够用了。"她停顿了一会儿，然后补充道，"查理，我们的确得赶工期了。"

该死，不用她说我心里也明白这点的。

"他们说得没错，查理。"劳尔也开口了，"我刚刚说话没经过大脑。来来来，这会儿还不算晚。"

我朝四周望去，尽是无边无际的空旷星空。地球在我左手边，只有沙滩排球那么大；太阳则在更远处，像一只闪亮的垒球。"明明就是晚得不能再晚了啊。"我抱怨一句后，还是做出了让步，"好吧，我想你们说得没错。哈利，你和劳尔拆掉现在的布景，然后安装好下一幕要用的，好吗？其他人员，各就各位，开始热身，准备好使劲儿流汗吧！"

尽管劳尔和哈利经验丰富，动起手来麻利又高效，但他们还是得出动"家用车"来清空吸尘器的垃圾箱。我悬浮在空中，思考着那该死的截止日期。当然了，这个截止日期指的是我们必须回到地球的时间。也就是说，我们得赶紧彩排并录制完这一阶段的舞蹈场景，但是不一定非得做到我满意不可。没有一位艺术家喜欢截止日期，尽管如果没有截止日期，他们能无限期拖延以至于无法产出任何东西。所以，我得好好想一想。

表演必须按时举行，必须按时进行。如果你和这世界上成百上千万的人一样，总是质疑这到底是为什么，答案在这里：因为门票已经出售。

但是，在太空中进行思考很困难（也很傻气）。当你飘浮在浩瀚的深空之中，不管往哪个方向望过去，都是无边无际的宇宙时，即使深知自己正在高速运动状态中，也不会察觉到什么可见的移动痕迹。太空是神的宫殿，相比起这座宫殿的辽阔，任何人类的问题都微不足道，哪怕思考问题的时间再长也是一样。

你有在海边居住过吗？如果有，你一定知道在面朝大海进行思考时，想要保持思绪万千实在不容易。太空与大海类似，只是更为强大。

——强大得多。

当"猴架"组装好时，我已经再一次拥有了跳舞的心情。所谓的"猴架",是将体操单杠三维化之后的变体,外形是一个非完全封闭的二十面体,每条棱都由闪着荧光的霓虹管(颜色是红色或绿色)拼接而成。它的容积大约是一万四千立方米,内部则散布着数不胜数的微小液滴。这些液滴在空间中像尘埃一样悬浮着,却完全静止,在激光的照射下熠熠生辉。是那些苹果汁。

当劳尔和哈利初次拿来"猴架"的设计图给我看时,我完全被它的结构美感所征服了。而现在,在没完没了的效果模拟和单独彩排之后,它在我眼中只不过是一个供我和汤姆、琳达、诺蕾舞蹈用的复杂结构。它由一众支点和枢轴联结而成,包含了一系列不同的坐标,以便我们用最少的外部助推去完成最大幅度的运动。第二组镜头几乎完全依赖肌肉力量,明明在发明创造时应用科技,是为了减轻对肌肉的依赖,现在显得有点讽刺。我们要运用四肢的力量,以单杠或彼此的身体为轴回环旋转。一部分舞蹈动作借鉴了高空秋千杂技表演的概念,另外一些则源于我们对太空性生活的体验。在太空中两具人类的躯体能排列组合出多种崭新的动作,它们哪怕在舞蹈编排设计中也闻所未闻。(我们没有考虑过即兴发挥,都是事先编排的,因为"猴架"的体积比"金鱼缸"大,在里面跳的那一段零重力舞蹈相比而言更加重要,我们不能允许有一丁点儿失误。)

虽然我已经手把手教过每位舞者他们的动作,我们也已经集体彩排过一些比较复杂的环节,但这毕竟是我们第一次从头到尾表演这个场景。我有些紧张,怀疑这些创意能否由真人表演变成现实。再多的计算机模拟也没法取代真人演出,电脑屏幕上看起来很美,但在实际操作中很可能会让舞者的肩关节脱臼。

就在我准备下达各就各位的指令时,诺蕾离开了指定地点,将我牵到了一旁。她这么做肯定有什么原因,所以我关闭了通信系统,耐心地等她开口。她考虑了一下措辞,然后靠近我,用头罩抵住我。

"查理,我并不想给你太多压力,"她说,"我们可以歇上十一个小时再——"

"不,亲爱的,没关系。"我安慰她道,"你刚刚说得没错,我们得赶工期了。我只是希望编舞没有差错。"

"这只是第一次全场排演而已,而且模拟效果看起来棒极了。"

"我并不是说这个。该死,我知道计算机模拟出的效果是**正确**的。在太空待了这么长时间,我的空间想象力已经不错了。我只是不知道这样的编舞理念到底好不好。"

"你的意思是?"

"如果莎拉还活着,这恰恰是她鄙视的编舞方式:死板、任何动作都卡着时间来,就跟录好的音乐专辑似的。"

诺蕾用一条腿勾住我的腰部以便抵消刚刚发生的一个微小位移,她看起来正在思索着什么。

终于,她开口说道:"她自己肯定会讨厌并且拒绝表演这支舞,但是我想她如果能看到我们的演绎,会很喜欢它的。查理,这支舞很棒——而且你也知道的,舞评人就喜欢这种有抽象元素的表演。"

"没错,你的话总是很有道理,"我勉强挤出笑容。在开演前流露出消极情绪并不是什么好事,很可能会影响其他舞者。"事实上,你刚刚给了我灵感,让我为这支复杂的舞蹈想到了一个更好的名字:**抽象派突触传递**。"

她对我报以微笑,让我松了口气。"如果你想玩文字游戏的话，我更喜欢'浸水式惩罚'。"①

"哈哈，这支舞的确有点像康宁汉的风格。我敢打赌那个老顽童看了这支舞之后，非得打飞的上来瞧瞧不可。"我隔着压力服捏了捏她的胳膊，又补上了一句，"谢谢你，亲爱的。"在重新接通了通信设备之后，我传达了指令："很好，各位年轻人，咱们准备开工。留意你周围的危险物体，你可不想断条腿或者让自己老婆守寡。哈利，摄像机就位了吗？"

"设备运行正常。"哈利说，然后添了一句，"祝你们好运！"

诺蕾回到了她的指定位置，我也是。二号和四号摄像机的刺眼灯光一开启，我们各就各位，周围是空廓寂寥、不为所动的茫茫宇宙。

我知道我的强颜欢笑不能骗过诺蕾，作为一个妻子，她能分清我是真的高兴还是装的。不过我刚刚也说过，在太空里，想要深思熟虑很难，希望她没有仔细回想我的表情吧。对我来说，在红绿相间的单杠间辗转腾挪，与我亲爱的同伴们一同舞蹈，为彼此迸发的能量互动，全神贯注地掌握每一个动作的时机，跳出自己最美的舞姿，是一件振奋人心的事。但是，一位艺术家即使在对专注力要求最高的表演环节中也能进行自我评估。正是这种永不停歇的自我审视使得大部分人没法与他人长时间相处，也正是因为它，才会有艺术家。莎拉·特拉蒙德对我说的最后一句话是："别出差错。"

---

① 查理和诺蕾二人在此处做的是拼词游戏：查理将神经突触(Synapse)和抽象(Abstract)组合成了Synapstract，而诺蕾则将浸水(immerse)和惩罚(merce)拼成了ImMerced (I'm Merced，"我被惩罚")以讽刺身着压力服时全身浸在汗水中的窘状。Merce同时也是崇尚舞者间协作、偶然性以及科技应用的现代舞先驱默斯·康宁汉的名字，因此"I'm Merced"还有另外一层更重要的意思，即"我成了康宁汉式的舞者"。

同样地，即使在这场需要我全神贯注的排演之中，我还是能听到自己脑海中那个微弱的声音在轻声说：这已经是我能做的全部了，但我肯定没法在截止日期之前做完。

我试图安慰自己：每一位艺术家在创作每一部作品时都认为自己在截止日期前做不完了。可是很显然这种方法从来就没在谁身上管用过，自然在我这也不成。分神直接导致我在走位上出现了一个小偏差；而我在慌乱中试图用助推器更正身体位置时，不慎选错了方向，狠狠地撞到了我身后的汤姆。那时他正背对着我，我们背着的空气罐发生了猛烈的碰撞，导致我身上的一个气罐开始漏气。那感觉就像一匹马在我的肩胛骨上踢了一脚，转眼间我便朝着"猴架"的一条单杠飞去。那根单杠撞上我的大腿，巨大的冲撞力让我的身体直接翻转了一百八十度。在我昏过去之前，我已经飞离"猴架"二十多米，脑子里唯一一个念头是我就要在这宇宙中永远地飘下去了。

没有被"猴架"撞到腹部是不幸中的万幸——那之后我进入了杂技演员式的翻滚运动，导致压力服内的空气通过离心运动涌入了头盔和靴子。不过血液也聚集在我的头部和脚部，这使我很快就恢复了意识。即使如此，在我迷迷糊糊地试图分析眼下的困境，选择参考点并且调整翻滚姿态时，宝贵的时间还是在一秒一秒地流失。在选定了参考点之后，我终于能够看清哪儿是哪儿，于是我调整了身体的朝向，在脑袋不清楚的情况下靠直觉决定哪些助推器能够让翻滚停止下来，然后果断地启动了它们。

翻滚运动一停下来，找到"猴架"就很容易了。有那么一会儿，我就看着那立体主义画家笔下的圣诞树一般的杰作随着我的飘离而变得越来越小。它就处于我和那沙滩排球大小的蓝色星球之间。至少命运没有跟我开玩笑,没奖赏给我和莎拉一样的死法。至于布莱斯·卡灵顿的那种,对我来说也不是什么有吸引力的选项。

我的大腿痛得要命,右大腿尤其厉害;不过我的脊柱尚未出现疼痛,我也还不知道它到底有没有受伤。我的耳机里传来了话语声,听起来相当急迫,但我的耳朵还在嗡嗡响,完全没法听清在说什么。我可以等一会儿再考虑听力问题;这会儿我的脑子里只在计算着我们还有多少排练时间,而计算的结果变得越来越悲观。气罐漏气的推力远大于助推器,不过,我手头有十个助推器。可是,它们在我们开始排演的时候就已经几乎空了……

即使在得出自己死定了的结论时,我仍然在竭尽全力地自救:我把身上的助推器一个接一个地连接起来,把它们的推力用尽。先是左脚上的助推器,然后是右脚上的,接下来是腹部的。这时,我的后背先是隐隐作痛,马上变得严重起来,最后升级成了撕心裂肺的剧痛;而且这显然并非我能预想到的那种局部撕裂的痛感,而是蔓延开来的、没有一处例外的背疼。我也不知道这到底是一个积极的还是消极的信号。我咬紧牙关,呜咽着放空了背部的助推器。接着是左手上的助推器——我留了一些以备之后使用。我没有动右手上的那一对,准备留到最后时刻再使用它们。

我继续观测这些操作是否起了作用——很显然,"猴架"仍然在我的视野中以一个相当快的速度缩小。

这会儿我近乎恢复了意识,大脑总算能清醒地思考,也能听清耳机里传来的声音了。我辨认出的一个声音当然是来自诺蕾,但是她并没有对我说话,只是一边哭泣,一边爆粗口。

"嘿,亲爱的,"我尽可能淡定地说道,然后她瞬间就安静了。其他人也一样。她开口说道:"坚持住,亲爱的。我这就来救你!"

"没错,头儿,"哈利附和道,"你摔出去之后我一直在用测速雷达追踪你的位置,计算机也正在导航。"

"她能把你带回来的!"劳尔喊道,"计算机说这个方案是可行的。只要有足够的燃料,诺蕾就可以开着'家用车'到你那,然后把你接回来。查理,计算机说了,没有问题!"

我能清晰地看到"猴架"旁边的"家用车",它的车头正对着我。它在我视野里缩小的速度并没"猴架"快,但是它看起来的确也在缩小。那个天杀的破气罐一下子可把我弹得够远。

"头儿,"哈利急切地询问我,"你的压力服还完好吗?"

"完好的,没问题。气罐是向我背后爆裂的,并没有损伤到其他的气罐。"哪怕想想刚刚发生的事情,我的背都要痛得痉挛一下。我再次观测了一下,真该死,"家用车"的确在缩小,尽管没小多少,但是它的尺寸肯定没有在我的视野中变大。就在这万分紧急的时刻,我突然想到计算机上追踪软件的使用授权在三天前过期了。

在你呻吟之前,说点鼓舞士气的话。我对自己说道。

"很好,压力服没问题就好,"我故作兴奋地说,"记得提醒我一定要告那群混——嘿,汤姆怎么样了?"

"我们进行了紧急处理,"哈利简单地答复道,"他还在昏迷中,但是他的生理监测仪显示他还活着,而且没什么问题。"

难怪琳达一直没出声。她肯定在不停地祈祷。

我故作关切地问道:"工作室有医生吗?"

"我给'空之扉'打了电话。潘泽拉正在赶来。我们现在正利用助推器把汤姆送回舱内。"

"那你们三个赶紧继续吧。你们在外面也干不了什么。劳尔，照顾好琳达。"

"好的。"

大家都陷入了沉默，当然了，除了背景中那些未曾停止过的呼吸声和衣物摩擦声。诺蕾又哭了起来，不过很快便控制住了自己的情绪。她驾驶的"家用车"在我的视野中宛如一张碟片，尺寸渐渐变大。我必须定睛观测，并用大拇指比量着才能捕捉到些许变化。不过没错，它的确在变大。

"干得漂亮，诺蕾，你在逐渐靠近我了。"我对她说道，同时试图让自己的语气放轻松。

"确实是。"她同意道。然而，就在车的变化达到了肉眼轻松可见的程度时，尾焰的光芒却突然黯淡了下去。"怎么搞的——"

更清楚地解释一下当时的情况。我是被狠狠一击之后弹离"猴架"的。当诺蕾进到"家用车"的驾驶位，启动引擎时，大概已经过去了整整三十秒。理想状况下，计算机程序可以让她加速到超过我飘离的速度，保持加速运行一会儿之后，她就能掉转车头并开始减速，那样在我和她相遇的一瞬间，我们就能立即返回"猴架"。在人脑中想象整个过程的确有些难度，不过就算我们那台轨道上的计算机只有一半的计算能力，这对它来说都只是小菜一碟。

但是，燃料是一个不确定因素。

根据电脑的预测，诺蕾必须在"家用车"的燃料**正好**消耗到一半时终止加速。这会儿她已经用光了燃料罐储量的一半。而计算机只关心能使我们两个最终相遇的相关数据；如果任由计算机做主，它会选择在人车相会的瞬间终止加速。我在心里粗略地计算了一下，即使数据都基本靠猜测，也尽量将误差往好的方向想，我的脸还是一瞬间变得刷白，裹着我的大"塑料袋"中的身体也不由自主地发冷。

另一个不确定的因素是空气。

"哈利，"我急促说道，"赶紧在计算机上重新运行一次完整的预测，这回把空气供给余量的数据考虑进去——"

"哦，我的天哪，"他猛然大悟一般地说道，然后把我报给他的数据重复了一遍进行确认，"很快就好。"

"查理，"诺蕾开始担忧地呼唤我的名字，"我的天啊，查理。"

"等等，亲爱的，先别着急。也许没问题呢。"

哈利向我们通报了运算结果："看起来很不妙，头儿。你的空气会在你们相遇时耗尽，而她的空气在返程途中也会耗尽。"

我尽可能温柔地向诺蕾发出指示："那你就立刻返程吧，亲爱的。现在就掉头回去。"

"绝不！"她哭喊道。

"亲爱的，为什么要拿自己的命冒险呢？**我已经死定了**——死在太空中。听我的，你现在就——"

"不。"

我只好凶她："你就那么想要我的尸体吗？"

"**没错**。"

"留着它干吗呢？把我挂在'衣柜'上当风铃使吗？"

"不。我要和你一起活下去。"

"啊？"

"哈利，给我设定一条能让我在他的空气供给用完之前碰到他的路径。就别管返程了：我需要和查理会面，哪怕时间很短。"

"不！"我大吼道。

"诺蕾,"哈利坦诚地答复她,"**我们没有任何能用来接你的交通工具**。现在这片区域里也没有过路的飞船。你再多消耗一点儿燃料就没法回程了,你也会永远就这样飘远。虽然你剩余的空气比他的多,但是你俩的空气加起来也没法支持你活着等到救援来的那一刻——如果我们能追那么远来救你的话。"这是我听哈利说过的最长的一段话。

"我他妈的一点儿也不想当寡妇!"她吼道,然后便开启了"家用车"的手动控制,朝我加速而来。

这下她和我一样——死定了。

"天杀的!"哈利和我同时咆哮道。我接着大喊道:"哈利,快帮帮她!"哈利马上大喊着回应我:"要不然你以为我在干吗?"在过了似乎没有尽头的一段时间之后,他沮丧地说道:"好了,诺蕾,解除手动控制吧。新路径已经设定好了。"她还是没有活下去的希望。从启动手动控制那一刻起,她就已经踏上了不归路。但是,至少我们现在可以生死与共了。

"很好,"她的声音听起来仍然很愤怒,但是多少消了些气,"查理·阿姆斯泰德,我想当你老婆想了二十五年,如果你就这样让我当了寡妇,我还不如死了算了。"

我知道此刻希望已经渺茫,但是还是不肯接受这残忍的现实。"哈利,"我说道,"再计算一下,如果我们在燃料用尽时弃车,然后用诺蕾身上所有的助推器返回,能不能安全回来。她的助推器里剩余的燃料应该比我的多很多。"

这对哈利来说一定相当困难:他得一直用两根手指控制自己的助推器,以保证它们以最大的功率工作,好尽快回到舱内;这只手上其他的三根手指以及另外一只手也不能闲着,因为他还端着一台庞大的计算机终端,还得不时敲击键盘。劳尔和琳达肯定也很费劲——他们两个得一边拖着处于昏迷中的汤姆，一边无可奈何地看着他们刚刚修补过的压力服重新开始漏气。

"那你就别想了，头儿。"哈利脱口而出，"你们可是两个人。"

"好吧，"我绝望地答道，"如果把呼吸用的空气拿来助推呢？"

又一次计算后，他语气中充满了绝望，"当然可以。你们可以现在就返程，在一日以内回到工作室。但是这样需要消耗你俩携带的所有空气。你们还是死定了，头儿。"

我点了点头——太空里点头没人看得见，这可真是一个傻气的习惯。"和我想的一样。谢谢你，哈利。祝你们能顺利抢救汤姆。"

诺蕾一个字也没有说。计算机为了尽可能利用所有现有能源将她送往我身边，又一次解除了她对驾驶系统的控制。车子在我视野中不断变大，它周围的光圈开始暗下去，而她仍然在沉默。我们都缄口无言——要么是无话可说，要么是想说的太多，没法好好说。不一会儿，哈利报告说他们已经回到了工作室。他向诺蕾通报了返程所需的数据，重新给了她手动控制权，然后便从无线通信系统中离线了。

耳机里只有我们两个人的呼吸声，听起来安静得出奇。

从那一刻到相遇花费了很长的时间，长到我的背痛几乎都感觉不到了。当她终于近到我能看清她的身影时，我不得不用尽全力控制自己别去利用仅剩的那一点儿助推器燃料，帮助自己向她靠拢。倒不是说我留着它有什么用处，只是在太空中对接就和在高速公路上飞速行驶的两辆车相遇一样——其中一方最好保持一个恒定的速度，因为对于两个变速运动的物体来说，变量太多反而无法掌握相遇的时机。诺蕾的驾驶堪称教科书水准,她在和我相距一条救生缆绳的距离时让"家用车"开始与我进行同步运动。

只是可惜我们俩都命不久矣,真是浪费了如此精准的技术。不过,就算被计算机宣判死定了,也没人会放弃自我拯救的努力。

就在"家用车"停止减速的那一秒,诺蕾朝我发射了救生缆绳。冲向我的那一端最终温柔地打在了我的胸膛:哪怕有内置磁铁帮忙对接,她也是瞄得很准了。我先是紧紧地把缆绳抱在怀里,然后花了几秒钟集中精力,把它钩在了我的腰带上。在这之前,我显然没有意识到自己有多么孤独和恐惧。

诺蕾一确定我已经被安全固定,便按下了收绳按钮,让车上的卷轴把我拉过去。

"是谁说'你越需要一辆出租车的时候,往往就越拦不到'?我这不就拦到了。"我试着说句玩笑话,但是止不住的牙颤完全毁掉了它的喜剧效果。

她却莫名其妙地笑了起来,同时转过身来帮我在后排座位坐好,"这位先生,您去往何地?"

突然间我想不到任何玩笑话来接茬。如果"家用车"的车身没有被特别加固过,我上车时双膝跪倒在地,就已经把它弄坏了。"你去哪儿我就去哪儿。"我简单地答道。紧接着她便转过身去,重新坐在驾驶位上,启动了引擎。

精确地操作一辆像"家用车"这样的拖拉机式太空车,要求驾驶员有超群的手感,尤其是在车上有载重时。想要不偏不倚地朝着某一个位置前进,需要精神高度集中,操作也需要非常小心——你总得对车的行驶状态进行预判,否则它会来回摆动,或者像只陀螺一样原地打转。当然了,除了最有经验的太空指挥部的飞行员之外,舞蹈演员总是会比其他人更擅长这种重物平衡任务——它考察的更多是在预判上的经验和天赋,而非应对时的套路与技巧——而诺蕾则是我们六个人中最优秀的那个。而这会儿她比以往任何时候的自己都更优秀地发挥了这种能力。

她甚至胜过了计算机。这其实并不太令人诧异,实际上的燃料总是比仪表上显示的多,当然并没有多到能改变我们命运的程度。我们仍然是死路一条。但是一段时间之后,远处的红绿相间的单杠,也就是"猴架",不再继续缩小了,测距工具也证实了我的肉眼观测。又过了一段更长一些的时间,我则可以确信它在我的视野中正在不断变大。自然而然地,我那双原本不停打着寒战的大腿终于安静了下来。

在我们加速行驶的过程中,我难受得简直就像一只热锅上的蚂蚁。我急切地想和诺蕾说说话,但却终究因为担心分散诺蕾的注意力而乖乖闭口不言。现在我们已经用完了所有我们能尝试的自救手段,余下的生命里除了聊聊天、谈谈心已经别无他事,而我反倒无话可说了。诺蕾打破了沉默,她的声音听起来还算镇静。

"呃,你别不相信我……我们的燃料耗尽了。"

"你说什么鬼话呢。让我下车吧。"谢谢你,亲爱的。

"哦,别紧张。从这开始就相当于'下坡路'了。我给车挂上空挡,就可以顺势回家。"

"嘿,听我说,"我说道,"哪能'顺势'回家啊,你这是虚假信息吧?"

"哦,查理。我真的不想死。"

"好吧,那就别死。"

"我还没做完该做的事呢。"

"诺蕾,接受现实吧!"我从身后抓住了她的肩膀,无意中把我手上的助推器启动了。还好伸出去的是左手,上面那台助推器已经空了。

我俩陷入了沉默。

"对不起,"她终于开口说道,仍然侧着脸不愿直视我,"我已经做了抉择。为了最后的这几分钟时间,值得我付出任何代价。"她自嘲式地哼了一声,"我莫名其妙地就说出了这些话,真是浪费空气。"

"如果和你说话都不值得使用这些空气,我就想不到什么事情才值得了。当然了,我是说在现在这种必须身着压力服的情况下。我也不想死——但是如果真的难逃一死,我很高兴黄泉路上有你做伴。听起来很自私吧?"

"一点儿也不。查理,我也很高兴有你的陪伴。"

"该死,是我带领大家来这里的。如果我没有推行这个计划,你们也不用跟着我到这儿受苦。"我皱起了眉头,"我想这是最让我难受的一点。我以前常常会想,自己会怎么死去。毫不意外,我预想的一点儿都没错:我是被自己的愚蠢害死的。心不在焉、放松注意力,看看我干的这些事。哦,诺蕾,我真是活该——"

"查理,这只是一起意外事故而已。"

"我心不在焉,没能集中注意力。我在想那个天杀的截止日期,然后就搞砸了。"(我当时很快就要悟出真谛来了——那个真谛比我的生死重要得多。)

"查理,你只是在骗自己而已。你现在独自承担的罪恶感里,至少有一半应该属于空气罐厂里负责产品安全检查的那个混蛋。还有那个忘记了在今天早晨给车加满燃料的白痴。"

我们轮流承担给车加油的任务。"那个白痴是谁?"我一时想不出答案,也想不出说什么更好,只好这样问道。

"和离开工作室前忘了携带更多的空气供给的白痴是同一个人。是我。"

她的坦诚引起了一阵难堪的沉默。我试着让自己说一些或者做一些有意义或者有用的事情。我身上只有不到八分之一罐的空气了;诺蕾大概还有一又四分之一罐,她在排演时的空气消耗量不算大。(太空指挥中心的宇航服,和之前 NASA 标准宇航服一样,内里包含的空气可以支持大概六个小时的呼吸。星辰舞者的压力服里,空气只有前者的一半——但是舞者的压力服看起来比前者漂亮得多。而且我们总是会准备很多气瓶或者气罐,把它们绑在每一台摄像机上。)我向前伸出手,解开了她背上满的那只气罐,静默地越过她的肩膀把气罐递给了她。她同样静默地接了过去,并从储物箱里拎出一只急救箱。她从箱中取出了一件 Y 型三通接头,严实地堵住了两边的接头,然后使劲把底部的接头扎进了气罐里。接下来她取出了延长管,并把它们连接到了两边的接头上。在组装完毕之后,她把那个像插了两只吸管的汽水瓶一样的装置固定在了车的一侧,以待不久后使用。她在驾驶位上相当别扭地小心调转身体,面向了我。

"我爱你,查理。"

"我爱你,诺蕾。"

如果有人告诉你在穿着压力服时拥抱不过是浪费时间而已,千万不要相信他。拥抱永远都不会是浪费时间。尽管这么做让我的后背痛得要命,但是我已无暇顾及。

耳机里突然传来了电波声,打破了已持续良久的沉寂,是劳尔从汤姆和琳达的卧室打来的电话。"诺蕾？查理？汤姆没有问题。医生正在赶过来，查理，但是他没法及时赶到你们那帮忙。我也联系了太空指挥中心，我们附近也没有即将过路的飞船，什么也没有。查理，什么都他妈的没有。我们到底该怎么办才好呢?!"哈利此时一定正忙着照看汤姆，否则他肯定已经把话筒从劳尔嘴边夺走了。

"听好了，伙计，我需要你办好我接下来要说的这件事，"我平静地说道，同时把语速放缓，以便让他放松下来，"按下'录音'键，好不好？然后，现在请你把免提打开，这样哈利和琳达都可以做个见证。准备好了吗？好了——我，查尔斯·阿姆斯泰德，身体健康、神志清醒——"

"查理!"

"伙计，别毁掉我的遗言录音。我没有多少时间重新录这东西，而且我也有更重要的事情要做。我，查尔斯·阿姆斯泰德……"

录下整段遗言并没有花费我多长时间。我把自己的一切财产都托付给了公司——而且让亨胖子成了全资合作伙伴。"此时此刻"在上一个月倒闭了，都是拜商业管理的官僚压榨所赐。轮到诺蕾录她的遗言时，她基本上原话复制了我的那份。

然后该做些什么呢？我们长话短说，跟劳尔、琳达还有哈利——告别，然后我们关掉了无线通信系统。倒坐在驾驶位上对诺蕾而言不是什么舒服的事，她重新转回身去。我则从她身后紧紧抱着她，就像搭乘她开的摩托车一样。我们的头盔相互顶着——至于我们说了些什么，我就只好说一句"关你屁事，无可奉告"了。

一个小时过去了；这是我有生以来度过的最漫长的一个小

时。无限的宇宙在我们周围铺展开来。尽管我们两个都是天文学白痴,不过在度蜜月时还是给见到的星座们起了我们中意的名字:"班卓琴"座、"凝视中的沙鼠"座、"俄里翁之桅杆架"座①、"大烟枪"座、"小烟斗"座……银河附近的一个三星星座被我们自然而然地命名为了"三个火枪手"座。就这样,我们把此时肉眼可见的星座也全都改了一遍名字,权当是重温蜜月时光了。我们还谈起了各自没能实现的计划和落空的希望:一个人在说起时情绪失控,另一个则温柔地安慰,然后两个人互换角色。我们彼此坦承了屈指可数的几个即使最幸福的夫妇也只会埋在自己心底的秘密。有两次我们都一致决定要脱掉压力服一了百了算了,但是每一次我们都改变了主意。我们谈起了没来得及生的孩子,以及没有出世对于他们来说是多么的走运;我们从头盔里的"奶嘴"式吸管里喝了最后一点糖水;我们说起了上帝、死亡,告诉了对方这么在车上坐着有多难受,以及这么憋屈地死去有多荒唐。不过,像我们这样赴死本身就荒唐至极。

"害我们丧命的是截止日期带来的压力,"我终于说道,"愚蠢的截止日期带来的压力。非得赶工不可。何必呢? 就为了不改变身体代谢机能而被永远放逐太空吗? 那又能怎样呢?"(这时我已经离悟出真谛非常之近了。)我接着说:"我们到底在害怕什么呢? 地球上有什么东西好到无可复加,以至于我们哪怕冒着丧命的危险也要回去呢?"

"是人啊,"诺蕾严肃地答道,"还有所有那些地方。哪一样在这太空里都是独一无二。"

"哦,那些地方。纽约、多伦多,不过是些污水坑罢了。"

---

① 俄里翁(Orion)是希腊神话中的人物。他为海神波塞冬之子,死后成了猎户座。

"你这么说不公平。想想爱德华王子岛。"

"没错,可是我们总共才在那里待了多久呢? 还有,过不了多久,那里也会变成一座肮脏的都市。"

"还有人呢,查理。想想那些好人。"

"世界上有七十亿的人口,拥挤地聚集在正在瓦解的蚁丘之上。"

"查理,你朝那儿看好了,"她指着地球对我说道,"你看到的是那片'宇宙绿洲'吗? 它看起来很拥挤吗?"

我哑口无言。从太空望去,我们的母星给人最突出的印象就是一个巨大的、被神遗弃的荒野之地。沙漠是目前最常见的地貌,偶尔才有一个微弱的光点,或者一小片类似拼接图案的地方,还能提醒我们那里还有人类文明存在。人类已经把大气层污染得乌烟瘴气——日落时从侧面看去,大气层甚至比苹果皮还薄——而人类在地球表面改造的痕迹,已经趋近于无了。

"是,它不再是绿洲,看起来也不拥挤。但它是什么样,你知道的。只要是在地球上,我的腿每分每秒都疼;那里从没有过真正的寂静;处处是难闻的气味。那里肮脏不堪,布满细菌和病毒;罪恶和疯狂如传染病一般充斥人群,整个世界都陷在绝望的泥沼中。我不知道我以前那么想回去到底是为了什么。"

"查理!"直到听到诺蕾大喊着试图盖过我的音量时,我才意识到刚才自己的嗓门有多大。我乖乖闭上嘴,只能在内心对自己发火。你的情绪怎么又失控了? 上一次的情绪失控吃的亏还不够吗?

我很抱歉,我在脑海里为自己解释,但是我以前从来没有经历过死亡。我也清楚,比现在更糟糕的死法有千千万。"对不起,亲爱的。"我大声说道,"我猜我对地球的感情在'此时此刻'关门之后就淡了。"我的本意是想要说句俏皮话,但听起来并不好笑。

"查理。"她用奇怪的语气说道。

你看,她又要开始讲大道理了——我们还是要继续进行这门濒死教育课程。"什么事?"

"'猴架'怎么一闪一闪的?"

我马上开始检查气罐、Y型接头、延长管以及各个连接处,看是不是缺氧造成的幻觉。但它们都没有问题,诺蕾的空气供给一切正常。我赶紧朝"猴架"望去,它的确正在远处有节奏地闪烁着,宛如挂满了彩灯的圣诞树。不,不是灯光在闪烁,而是"猴架"在旋转。我再次更加小心地确认空气供给没有问题,也就是说,这并不是我们的幻觉。检查完毕,我重新紧紧地从诺蕾背后抱起了她。

"真有意思,"我说道,"据我所知,没有一种电路故障会导致那样的情况。"

"肯定是有什么东西撞到了太阳能电池板上,才让它转了起来。"

"有道理。不过,是什么东西呢?"

"是什么都无所谓了,查理。还没准是劳尔在试图给我们发信号呢。"

"如果的确是那样,那他还是赶紧歇歇吧。我没有什么话要说了,也不想听他们要说什么。可别让这些屁事打断我们的最后时光。刚刚说到哪了?"

"争论地球是否糟透了。"

"它绝对糟透了——糟糕透顶。诺蕾,为什么大家都要生活在那里呢? 那里和地狱也没什么差别。"

"我不这么想。地球不至于那么糟糕。毕竟我们是在那里相遇的。"

"那倒是,"我把她抱得更紧了,继续说道,"我想我们都很幸运,在有生之年找到了自己的另一半。有多少人能像我们一样走运呢?"

"我想还有汤姆和琳达。还有多伦多的黛安和霍华德。在我认识的人里,我想不到其他的了。"

"我也一样。在我还是个孩子的时候,身边还有挺多婚姻幸福的夫妇。""猴架"闪烁得更频繁了,转速差不多是之前的两倍。它是被一个几乎不可能存在的流星撞到了吗?还是控制板上的一大片按键松动了,导致它旋转得更快了?我不得不承认的是,有这件怪事分散我们的注意力的确令人心烦;我调整了自己的坐姿,直到看不见为止。"我想,我以前从未意识到我们是多么走运——走运得难以置信。能和你在一起简直是我三生有幸。"

"哦,查理。"她一边哭着对我说,一边在我的怀抱中移动了起来。尽管改变坐姿相当困难,她还是坚持着转过身来,和我面对面地相拥。这一连串的动作过后,我的压力服紧压在了脖子上;同侧的耳机也在耳道中钻得更深,割得耳道生疼;诺蕾那双舞蹈演员特有的强壮的双臂则重新触发了我的背痛。但是我毫无怨言,直到她突然猛地把环绕着我的手臂收得更紧。

"**查理!**"她喊道。

"唔。"我痛得闷哼。

诺蕾松开了一点,但是并没有放开我。她讶异地问了一句:"那是什么鬼东西?"

我喘了一口气。"你说什么鬼话呢?"我一边说着,一边扭过头去看。"**我的天!那是什么鬼东西?**"我们俩惊得从座位上飘浮起来,车座上的安全带此时已经抻到了最长、最直的状态。我们都愣住了。

准确地说,那东西在我们上方不到一百米处。它可真是个庞然大物,离得太近了,反而让我们许久之后才辨认出来那是一艘飞船——要知道,我的第一反应可是一条鲸鱼前来造访了。

船头上用粗体红字写着"**冠军号**";另一行,则是"**联合国宇宙指挥中心**"。

我先是看看诺蕾,然后再一次检查了空气供给。不是说"没有过路的飞船"吗?我自言自语道,然后重新打开了无线通信设备。

突然从寂静世界回到有声世界,耳机的声音对我们来说震耳欲聋,不过不是人的声音,是静电的干扰音。听起来是有人把话筒从嘴边拿下来了,只能在背景音中听到他们正在房间里交谈。即便如此,我还是听清楚了每一个音节。

"——这两个傻子简直蠢透了,居然关闭了通信系统,长官。得派人去拍拍他们的肩膀才行。"

离话筒更远的地方传来了一个熟悉的声音——那个人突然开始哈哈大笑。通信员也跟着笑了起来。诺蕾和我静静地听着他们的笑声,一语不发。其实我也有点儿想跟着笑的冲动,但我一旦乐起来,肯定会一发不可收拾。

"看在老天的份儿上,"我终于开了口,"一个人到底得走到多远的地方才能和自己老婆享受一会儿私密时刻啊?"

对面先是惊愕下的沉默,然后传来了话筒被人一把抓起来的声响。那个熟悉的声音喊话过来:"你这个狗娘养的!"

"不过考克斯少校,看在您远道赶来的份上,我们还是过去和您一道喝点啤酒吧。"诺蕾开心地说道。

　　"你这个狗娘养的!"哈利的声音从远处传来,"你他妈真是狗娘养的!"猴架此时终于不再闪烁了,原来那是求救的信号。

　　"你先走,亲爱的。"我一边说,一边解开固定在"家用车"一侧的气罐。就在我触摸到封闭门把手的那一刻,我身上最后一只助推器的燃料恰好耗尽。比尔·考克斯就在封闭门的另一侧等候。他手捧着三杯啤酒,递到我手中的那一杯味道好极了。

　　好吧,只是最初那两口。

　　就像菲利普·诺兰一样,我曾经大声宣布过自己要放弃一些东西——这些话还被人清清楚楚地录了下来。

第五章

　　我喝下两口啤酒之后，愣住了。船员们都一眨不眨地盯我和诺蕾看。最开始我以为他们只是好奇两个在紧急情况中关掉无线通信的人会长什么样子。好吧，我之前可没觉得这是一次"必死无疑"的紧急情况。喝第二口酒时，我注意到他们盯着看的目标有些微妙的不同：所有的女性船员们都在盯着我看，而男性船员们则是对着诺蕾目不转睛，只有一两个例外。我没忘我们的压力服里穿着什么，基本上也不可能忘。我们在身上"体面"地覆盖了一层卫生衬衣，但是它们几乎没法遮住身体各部位的曲线。要知道，在地球上家庭影院屏幕上播放得习以为常的画面，在一艘军用飞船的准备室里可算是"别有一番景致"。

　　当然了，比尔的绅士风范使他忽略了这个问题。也没准是因为他意识到了在这种情况下，他除了无视我们的暴露也没什么别的法子，只好作罢。他问道："所以说，你们的遗嘱也只是在开玩笑咯？"

　　"没开玩笑。"我一边用手套擦了擦下巴，一边回答道，"只是那些遗嘱上没写我们要是复活了怎么办。对我来说，这部分最重要。多谢你，比尔。"

他先是一笑，然后立刻说了句奇怪的话："千万别问任何答案明摆着的问题。"他说的同时眼珠子微微转了转。如果是在地球上或者是在加速状态中，它们会从一侧转到另一侧。而在失重环境中，人体的反应遵循另一套重力机制，而且我和他并不处于一个垂直坐标系，所以从我的方向看来，他的瞳孔运动的轨迹差不多是一个直径一厘米左右的圆圈，最终才将视线放回到我们身上。他在给我们使眼色，意思很明显：我即将问出口的那些"答案明摆着的问题"都是机密信息。等一下再问——

嗯，好吧。

我紧紧地捏了一下诺蕾的手——当然了，这毫无必要——然后想出了一个不置可否的回应。

我告诉他说："我们欠你一条命。"

他的脸色瞬间变得凝重。很快，他意识到我这话的意思并非他最开始想的那样——唉，管他到底是怎么想的。他脸上重新挂起了笑容，说道："你们一定想赶紧冲个澡，填饱肚子吧？来，我带你们去我的房间。"

"为了能洗个澡，就算是地狱我都心甘情愿随你走一遭。"诺蕾打趣道。说完我们便出发了。

这是我能像一名好奇的游客一样在一艘真正的军用飞船舱内四处张望的第二次机会，然而我又一次因为心事满怀而无暇他顾。比尔真的以为他的船员会轻易相信，他们只是偶然碰到我们，让我们搭一段"顺风车"吗？我想找个避人耳目的时机，不用通信系统直接问问他，可惜太空指挥中心的这种飞船内部的气压实在是太低了，声音很难传开。而且他总能和我保持一段光凭声音无法传送到的距离——难道他脚上是有什么精准的测量仪吗？

在我们到达考克斯的房间之后,他向身后的墙走去,面对着我们舒舒服服地倚在了"太空人沙发"上,两脚悬空。他扔给了我们一对外形古怪的小物件。我仔细一看,像是一块连着微型电吹风的腕表。然后他朝我们扔了两根香烟来,我接住了。和我们的工作室或者"空之扉"那样"消遣性"设施不同,军用飞船上更优先考虑重力问题,"冠军号"内的空气更新系统相当原始,不仅导致了低气压,而且效率低下。那两个小物件其实是空气清新剂和烟灰缸套装。我把我的那个套在手腕上,点燃了香烟。

"威廉·考克斯上校[①],"我相当正式地为他俩相互介绍,"这位是诺蕾·阿姆斯泰德。诺蕾,我就不重复了。"

当你的双肩被搭扣固定在墙上的时候,想鞠躬自然是不可能的事情。不过比尔还是成功地传达了这个意思。诺蕾则对他行了我们口中的"失重礼"——毕竟从理论上讲我们总有一天是要对现场观众行退场礼的,所以我们有一天闲着没事儿干,就琢磨出来了这么个动作。这个礼很别致,但是实在无法形容。这么说吧,它看起来和地球上的退场礼差不多,但却性感得毫无遮掩,也显得万分优雅。

比尔眨了眨眼,不过很快恢复了严肃的神态。"很荣幸见到您,阿姆斯泰德女士。我看过了你发行的所有录影带,而且——虽然您现在的姓氏不同,但我知道您是她的姐姐。"

诺蕾微笑了起来,说道:"非常感谢,少校先生——"

"叫我比尔就好。"

"——比尔。能当她的姐姐是件值得骄傲的事。查理对我说了很多关于你的事情。"

"我也听说过您的事情。他和我在地球上见过一次,在醉酒

[①] 比尔(Bill)是威廉·考克斯的昵称。

之后讲了很多真心话。你知道,在那件事发生之后。"

我记得那一晚——那是在我终于清楚地认识到我仍然爱着诺蕾的几周前——但是我并不记得谈话的内容。我的潜意识总是让我选择性遗忘某些"虽然做过但还是忘了为妙"的事情。

"好了,我现在得说声抱歉了。"他继续说道。我这才意识到他正急着要处理事务。"我也非常想继续聊天,但是我实在没时间。请你们尽快脱掉压力服。"

"比起先洗个澡,我更想得到一些答案,比尔。"我对他说,"到底是什么让你临时改变轨道来营救我们? 难道只是被尼古丁冲昏头脑了而已吗? 我从不相信奇迹,至少不相信刚刚发生的那种。还有,你为什么如此匆忙呢?"

"没错,"诺蕾附和道,"你的飞船就在附近,为什么军方的太空指挥中心却不知道呢?"

考克斯举起双手投降,回答道:"好吧,要回答你们的问题至少需要二十分钟时间。但是在——"他瞄了一眼手表,"三分钟以后我们要以两个重力加速度进行加速。这就是为什么我需要你们脱掉压力服——虽然你们可以拿我的床作为缓冲,但是在上面穿着那身带着瓶瓶罐罐的衣服还是会让你们难受得要命。"

"什么? 你到底在说什么呀,比尔? 加速去哪儿? 工作室离这儿不过几十公里而已。"

"我已经派人去接潘泽拉医生了,顺道接你们工作室的朋友,"考克斯说道,"他们会在几个小时内到达'空之扉'。但是你们两个必须马上赶到那儿。"

"为什么?"我大吼道。

比尔试图用眼神压制我的逼问,不过并未奏效。"真该死。"他停顿了一会儿,"我接到明确的命令不能和你们透露一点儿情况。"他扫了一眼天文时钟,然后继续说道,"我真的必须回驾驶舱了,还有一大堆事情要处理。听着,如果你们信我,而且全神贯注地听的话,我可以用两句话说完那二十分钟的内容。好不好?"

"我——好吧,没问题。"

"又发生了几起外星人目击事件,就在土星附近。它们就在那儿潜伏着。你们好好想想这件事吧。"

考克斯说完便离开了。在他退出门前,我已经把压力服脱掉了一半;诺蕾更加迅速,她已经动身去够他刚刚坐过的那个沙发的固定用系带了。

我们俩也都开始感到恐惧,再一次陷入不安之中。

比尔撂下话让我们好好想想。

外星人已经莽撞地敲了一次我们的门,不过被莎拉这把火力强势的猎枪阻击了回去。在销声匿迹的这段时间里,它们肯定学习了一些人类礼仪:这回它们在"院门"处停了下来,呼喊着"你好,房子里的主人",然后谨慎地静候我们的回应。(土星恰好差不多算是地球的"院门"——我想起来,人类一直在筹备一支载人太空探险队去土星,至于目的嘛,当然是相当笼统的"科学研究"。)很显然,它们的来意是与我们谈判。

好了,接下来的问题是,如果你是联合国秘书长,你会派谁代表地球去谈判呢? 太空指挥中心的官员? 声望显赫的政治家? 知名的科学家? 还是一群卖二手直升机的销售员? 你肯定会派出手下最有经验、最懂得攻守进退之道的职业外交官——而且,当然了,越多越好。

但是现在有一群艺术家,他们是人类中唯一懂得与外星人沟通所必需的语言的成员。你会对他们视而不见吗?

于是,我被征召了——即使我此时已经年纪不小。

等我给你们捋捋,这是整件事情的第一环。那条关于土星探索的新闻之所以被媒体大肆报道,以至于连我也有所耳闻,是因为对于探险队员来说,这是一次"神风特工队"式①的自杀性冒险。而"探险队成员"正是我们这些舞者。

好好想想。无论他们准备用什么交通工具搭载我们前往土星,旅途都会花上相当长的时间。我依稀听到有人提到"六年"这个数字。如此超长距离的太空旅行意味着全程都只能在失重环境中度过。理论上来说,你可以让飞行器不断绕着一端旋转以便在另一端产生重力——然而,在如此狭小的空间内想要生成一个重力加速度,意味着副产品是巨大的科里奥利力②;任何不想不停呕吐或者直接晕倒的人将不得不在整整六年时间里都处于卧床状态。哦,他们也可以用一根绳索把自己像流星锤一样吊在飞行器的一端,不过这不太实际。

如果我们接受了征召,那再也没法回到地球了,终生都将被放逐在太空中。这就是在帮助一众外交官员与杀死莎拉的那一群不明生物进行交流之后,我们将得到的奖赏。

而且这还得是在我们能够侥幸活下来的前提下。

可能还有其他更骇人的后果,一想到这点我就头皮发麻,大脑也没法正常运转。除非我有能力劝在"空之扉"等我的那个人

---

①"神风特工队"为穷途末路的日本在第二次世界大战末期组织的空军队伍。他们针对同盟国的海军舰艇发起自杀性攻击。

②科里奥利力,简称为科氏力,描述的是如果一个质点在旋转体系中进行直线运动,在惯性的作用下,路线会相对于旋转体系产生一定的偏移。科里奥利力非常集中时能产生特别大的破坏力,比如地球上的飓风就是因此形成。

或那些人——不管是谁——让他放过我们、取消这项任务（话说回来，为什么要在"空之扉"见我们呢？），我们人生中最后一次散步、最后一次在海滩欣赏美景、最后一次听演唱会都将定格在上一次回地球的轮休。我们永远都不能再一次直接从大自然呼吸非罐装的空气，永远都不能用刀叉吃饭，永远都不能再淋一次雨或者再吃一次用新鲜食材做成的食物。对整个世界而言，我们都会与"已故"无异（太空港那个读起来是"空间工业集团运输专用：人世之荣耀就此消失"的标识牌在我脑海中闪过，只是这一刻它看起来不再那么好玩）。

尽管如此，我还是以淡定、坦然的姿态面对现实。要知道，就在不到一个小时以前，我亲口放弃了这一切。

我还放弃了很多更重要的事物的所有权，此时却又能继续拥有它们：呼吸、进食、睡眠、思考、做爱、伤心、挠痒、排泄、抱怨……不必再想了，这张清单无穷无尽——这些失而复得的东西我还能享受六年！去他的，我安慰自己说，这世上没几个庸庸碌碌的都市中人过得比我更好——他们之中能自由散步、观赏海滩、看演唱会、呼吸新鲜空气或者吃到新鲜食物的人屈指可数。天上毕竟有封闭门和鼻腔过滤器，地上的人倒不如来绕地轨道上享受户外活动——何况，他们中又有多少有把握六年以后地球不会变得更糟糕呢？我自然不知道前往土星的旅途是什么样的，更别提在旅程另一端等待着我们的未知命运；但是我清楚得很，太空没有无赖莽夫、无良匪盗、癫狂的疯子或者怒气冲冲的司机们。房屋不会失火，燃料不会短缺，没有种族暴动，没有大规模停电，没有黑帮火拼，更没有反应堆泄漏——

可是，诺蕾是怎么想的呢？

两分钟过后我回过神来，当我转头看着她时，加速警报已经拉响。她也朝我转过了头。这一刻,我们的鼻尖只隔了几厘米,我能看出她也已经想透了这些事情。但是我读不出她的决定。

"我猜,我并不会有多介意去土星走一遭。"我说道。

"**我想去。**"她近乎狂热地说。

我眨了眨眼。"菲利普·诺兰成了'无祖国之人',"我对她说,"但是他并不在乎。我们呢,会变成'无母星之夫妇'。"

"我不在乎,查理。"她话音刚落,第二次警报响起。

"在车里的时候,你看起来在意得很。你知道,就是在我数落地球的不是的时候。"

"你不明白,查理。那些狗娘养的杀了我的妹妹。我得学会它们的语言,然后骂死它们。"

这听起来并不是个坏主意。

但是想这些事情却很费脑子。两个重力加速度的加速可不是开玩笑的——我们的脖子好像被一双看不见的手狠狠地拧了起来,头也因此被迫偏至一边,脸颊几乎被顶得陷到沙发里。过了许久,飞船在加速和减速间进行了短暂的过渡,刚好给我们足够的时间来复位脱臼的关节。然后又是漫长的减速过程。

在停靠在"空之扉"的泊位之前,飞船进行了些许"微小"的调节性加速。终于,"加速停止"的通知声响起。我们俩解开安全带,借用了比尔的更衣柜中的两条浴袍,然后互相按摩颈部。没多久,比尔再次现身。他看着我和诺蕾脸上的瘀青,笑出了声。"瞧这对儿鸳鸯。好啦,我们已经到了。马上就是集体祈祷的时间了。"他找出了两身宽松的休闲式军装,各自对应我们俩的尺码,并递给了我们一把二合一装的牙刷和梳子。

"和谁一起祈祷?"我一边匆忙换衣服,一边问道。

"联合国秘书长。"他简单地回答。

"我的天啊。"

"如果他有空的话。"比尔加了一句。

"汤姆怎么样了?"诺蕾问,"他还好吗?"

"我和潘泽拉通过话。"比尔说,"麦克吉利库迪没有大碍。短时间内他看起来会跟木乃伊似的,不过没有重伤——"

"谢天谢地。"

"——潘泽拉正在带着他和其他人过来,"他看了看时间,继续说道,"还有五个小时。"

"我们所有人都去土星?"我穿上鞋,惊呼道,"那得用一艘多大的飞船啊?"

"我只接受命令,不问原因。"比尔说着,转身就要离去,"我的任务是把你们六个送到'空之扉',越快越好。而且,我相信你会记得这一点,给我老实闭上嘴,不要泄露任何机密。"为什么是"空之扉"呢?我又一次地问自己。

"我猜他们并不是自愿前来的?"诺蕾接着问道。

比尔转回身来,面露不解的神情——肯定不是装出来的。"哦?"

"这么说吧,他们并没有我和查理这样的私人动机。"

"他们有作为人类一员的使命。"

"但是他们都是平民。"

他仍然很困惑。"他们难道不是人吗?"

诺蕾决定不再刨根问底。"还是带我们去见秘书长吧。"

当时没有人意识到比尔不经意间问了一个相当精辟的问题。

德川在东京。他的确还是在地球上比较好——七名政界官员和六名军官挤在他的太空办公室里,根本没有他待的地方。

六名军官中有三位来自太空指挥中心，另外三名则是各国军队代表。这十三人均官居高位。这一点相当明显。所有人都十分安静、矜持有度，没有人说一句废话，他们赋予这间办公室的威严足够使一个醉醺醺的伐木工瞬间清醒。

这种威严中夹杂着不安和紧张，透露出他们面临的不是普通问题，而是一场真正的危机。在场的官员们都再清楚不过，这是即将载入史册的时刻。他们的脸色要么写着"决一死战"，要么看起来凝重得过分。要是一个小丑碰巧在这会儿给他们表演，非被吓得服毒自杀不可。

然后我看到六个军官和其中一个政界官员偷偷瞄了一圈在座的所有人，表情异常英勇，行为却鬼鬼祟祟。我把手握拳放在受伤的腰背上撑着，大笑起来。

那个坐在卡灵顿的——哦，真抱歉——德川的椅子上的人看起来实实在在地吓了一跳。那神情既不像是被冒犯，也不像是被烦扰——只是单纯的吃惊。

西格伯特·沃特海默的样貌以及他的成就无须我多言。我撰稿时他仍然是联合国秘书长，各个媒体的新闻报道都有他的照片。他的履历也众所周知。我只想说一点，那就是他（不可避免地）比我想象得要矮一些，也更胖一些。哦，还有一点，完全是我个人的主观印象，也不涉及政治。在会面的第一时间，我就认定了，这位饱受政治讽刺卡通画家青睐却从不曾介意的官员，他那为人称道的强大自尊心是与生俱来，而非后天习得的。我很确定正是这份自尊造就了他那非凡的政治生涯，而非后者导致前者。他并不是一个没有幽默感的人——只是惊讶于有人在这乱局中找到了笑点而已。他看起来很是憔悴。

"这位先生，请问你为何发笑？"他温和地问道，听不出是哪儿的口音。

我只是摇着头，仍然控制不住地发笑："我不是很确定自己能讲明白，秘书长先生。"看到他听了这句话之后嘴角放缓，我决定不妨一试，"在我看来，刚刚就像走进了希区柯克①的电影场景中一样。"

他仔细地思考了我的话，想象一个普通人闯入受惊的狮群中时的必然反应，也笑了出来。"好吧，我们至少得试着确保台词和电影场景不一样，是全新的。"他说道。他的憔悴似乎很大程度上是因为低重力下全身乏力。体液聚积在上半身会带来不适感，让人感到头昏脑涨。但是，很显然受到影响的只是他的身体。"我们继续讨论吧。你的履历非常惊艳，呃——"他向下扫了一眼，但是有他需要的信息的那张纸却并不在那里，而在那位美国政府官员手中。一侧的俄罗斯将军试图越过前者的肩膀看纸上印了什么。我还没来得及提醒沃特海默，他便闭上双眼，努力回想我的名字，然后继续说道："阿姆斯泰德先生。我自己收藏有三张《星辰舞》的录影带，前两张已经因为播放太多次而磨损得差不多了。我最近观看了你的舞蹈，也与你以前的学生进行了面谈。现在我这里有一项任务，你和你的舞蹈团体是最佳人选。"

我不想给比尔惹来麻烦，于是我故意摆出一副困惑不解的表情，等着他继续说下去。

"你与莎拉·特拉蒙德遇到的那群外星生物又一次被观测到了。它们在绕土星的一条轨道上已经蛰伏了大概有三个星期的

---

① 阿尔弗雷德·希区柯克（Alfred Hitchcock，1899−1980）是英国著名的电影大师，尤其擅长悬疑片和心理惊悚片，代表作有《后窗》《西北偏北》《迷魂记》，以及《惊魂记》等。

时间。它们没有任何要移动的迹象，无论是靠近或者远离。我们已经朝它们发出了无线信号，但是尚未收到任何回应。请问你能否在我说到你没听过的消息时提醒一下？"

我知道他看出来了，但还是试着蒙混过关。在低重力环境中，人们通常会对走漏的风声紧追不舍，而且总是得到真相。"**没听过的消息？** 老天，你说的所有这些都——"

他又一次地微笑起来，说道："阿姆斯泰德先生，在联合国，我们有一个说法——'太空里没有秘密。'"

事实的确如此：在所有选择在太空中生活的人类之间，有一种独特的纽带，能培养出比地球上的人之间更强大的关系。虽然太空浩瀚无垠，但是它却是一条比地球上一座小城更能拉近人际关系的蔓藤。不过，我没想到联合国秘书长会知道这种小事。

在我重新思考面前的状况时，诺蕾开口道："秘书长先生，我们知道自己会被派往土星。但是还不知道要怎样前往，也不知道抵达后是怎样的情况。"

"要讨论这个话题，"我补充道，"为什么我们会选在'空之扉'会面呢？"

诺蕾继续道："但是我们明白如此漫长的旅途会对人体造成什么影响，想必您也清楚我们对宇宙的了解。而且我们清楚地知道，我们必须去。"

"我就知道你们愿意去。"他带着敬意说道，"那我就不多说了，以免糟践你们的勇气。等到了'空之扉'我再回答你们的问题，可以吗？"

"稍等一下，"我又一次插话道，"我知道您想征用整个舞蹈团队。但有诺蕾和我还不够吗？ 我们是最优秀的舞者——为什么要浪费您的财力呢？"

"钱财不是什么大事，"沃特海默回答说，"你们的同事可以自由选择是否前往——但是如果他们能加入，真是帮大忙了。"

"为什么?"

"我们会派出四位外交官，因此要配备四位翻译。斯泰恩先生经验丰富，谈判技巧炉火纯青——他的才能独一无二。布林德尔先生一直在研究《星辰舞》录像，试图找出外星人各种可视化行为的意义，并用计算机进行编排，帮助我们理解外星人的反应——他也会将这一套程序提供给你们，类似于扩充你们的词汇库。为了判断外星人的反应，我们会用激光武器对着它们，这时候他的作用就是为我们提供掩护，告诉它们我们并不是真的要打架。"

我不太相信这一套说辞，但是我决定等会儿再说。"请继续。"

"现在回答你们的其他问题。我们之所以借用'空之扉'是因为一系列近乎玄学的巧合。为了以最快的速度抵达土星，我们需要提前确定飞船发射的弹道轨迹。发射方式采用的是'弗赖森发射法'，一条能形成2:1共振的轨道是最佳发射路线。而'空之扉'的轨道恰巧如此。可以说，它是宇宙中独一无二的便捷基地。更巧合的是，西格弗里德号，我们的土星探测器，已经接近完工;它在一条椭圆的轨道上运行，恰好经过空之扉附近的空域。难以置信。同样巧合的是，我们刚研究出前往土星的发射窗口[①]，外星人就在那里出现了。"

他接着说道:"我不相信这只是巧合。我个人怀疑这是外星

——————————
[①] 发射窗口是指航天器比较合适发射的时间范围。这个范围的大小亦叫作发射窗口的宽度。发射窗口是根据航天器本身的要求及外部多种限制条件综合分析计算后确定的。窗口宽度有宽有窄，宽的以小时计，甚至以天计算，窄的只有几十秒钟，甚至为零。

人给我们的某种智力和能力的测试——但是除了我刚刚告诉你的信息以外,我也没法提供更多的证据。我的猜测和其他人的一样没屁用——我们必须掌握更多的信息才行。"

"发射窗口持续多久?"我问道。

沃特海默的瑞士手表(他就是瑞士人)奇特而昂贵,风格很复古。他看了一眼后回答说:"大概有二十个小时。"

唉,现在该抛出那个痛苦的问题了,"往返需要多长时间呢?"

"假设和外星人的谈判一秒钟都用不上的话,三年。去程大概一年,返程大概两年。"

我最开始既惊奇又欣慰:只用和一群外交官员挤在一起三年,而不是十二年,真是一件喜事。但是很快我便意识到了缩短的时间意味着巨大的加速度——更别提我们要乘坐的是由政府部门低价外包的一艘还曾试飞过的飞船。这段时间里所有人都有充足的时间适应失重环境。不过,应该有办法应对巨大的加速度,他们看起来胸有成竹。

我又笑了起来:"你也去吗?"

换成其他人大概会说"我很遗憾我不能",或者其他托词——当然也有可能是实话。毕竟作为联合国秘书长,就算他想去土星探险也去不了。

但他只说了一个字,"不"。我倒是为自己问那个问题而感到羞愧起来。

"至于报酬问题,"他淡定地说道,"当然没有一样报酬配得上你们的牺牲。然而,如果你们在回来以后想要继续演艺生涯,联合国将会无限期地负担你们所有的运营成本。如果不愿再继续从事舞蹈表演,联合国将保证在管辖范围内提供无限次的交通运输服务，以及在你们所在之处提供贵宾规格的招待。"

我们将得到在人类活动范围内前往任何地方的终身免费机票——如果我们能活着回来的话。

"我们绝不想让你们以为这是支付给你们的报酬；任何报酬都很可笑，都是在糟践你们。你们选择的是为全人类服务；同胞们必将感恩至极。这样的回报，你们满意吗？"

我想了想，转身看向诺蕾。我们相互交换了眼神。"我们接受你的空头支票，"她说，"但是我们不保证兑现它。"

他点头表示同意。"你很理智，女士。很好，那咱们就——"

"先生，"我紧急地说，"有一些话我得说在前面。"

"嗯？"他颇有礼貌地耐心等我开口。

"诺蕾和我愿意前往，这只是我们两个人的选择。我不能替他人做决定。但是我必须告诉你的是，不是所有人都愿意承担这个任务。我会尽全力劝说他们，但是坦白地讲，成功的概率不大。"

来自日本的那位将军牢牢地盯住了我。"为什么？"他插话道。

我不为所动，仍然直视着沃特海默，"你的假设是，我们都是星辰舞者，因此都能进行翻译工作。恕我冒昧地说一句，我比房间里面的任何一位都更了解《星辰舞》，还有那些保密版本。毕竟是我录制了它们。我花了很多精力来研究舞蹈动作的速度和姿态，现在已经能够一帧一帧地给你'讲'这支舞蹈了。但是，如果我对你说我会讲它们的语言，那我就是个该死的骗子。嗯，我有一些灵感，也算是开了点窍，但是……

"莎拉搞懂了它们的语言——那耗费了她相当大的精力，但她也只能粗略地理解。我的编舞功力不及她的一半，舞技也是一样。我们之中没有一个有她一半优秀；她是独一无二的。她曾亲自告诉我，沟通依赖的更多是心电感应，而非编舞本身。我真的不知道我们中能否有人能够通过舞蹈建立这种心电感应联系。我当时并不在**那儿**——我只是在这个超巨大的甜甜圈里，在这间办公室四层以上的地方录制她的舞蹈。"我的话语中愈发带着愤怒，积攒已久的压力终于得到了释放。"我很抱歉，将军，"我对那位日本军官说道，"但是这并不是一件只要你下了命令就一定能办成的任务。"

沃特海默并未慌乱，只是问道："你用电脑研究过他们的语言吗？"

"没有。"我坦承道，"不过我总是想等有空了就去试一下。"

"你认为我们也没试过吗？可能没有你了解得多，但我们确在整理一部关于外星人–人类的动作语言词典——而且我们知道的也不算少了。你能学着用电脑编舞吗？"

"当然可以。"

"当你们去往土星时，飞船上的电脑储存着够你们学习一年的内容。它们至少能提供足够的'词汇'，好方便你们在此基础上进一步地拓展'词汇量'。这些总归能带一些假设性的、宽泛的启发。我们已经做过一些研究：你和你的舞蹈团队很可能是人类最后的希望，只有你们才有能力理解这些数据，并对它们加以应用。我看过你们表演的录像；正因此，我相信如果有人能做到这件事的话，就一定是你们。至少在舞蹈领域中，你们都是独一无二的人才。你们可以按照人类的常理去思考……但有时候又不同于人类。"

这是我听过的最激励人心的话；对我来说，这段话比那天我听到的任何话都更令我震撼。

"很显然，我说的是你们所有人。"沃特海默继续说道，"也许你们会失败，无法胜任和外星人的交流工作。即便如此，你们对于我们的外交官团队来说也是最优秀的老师和向导，毕竟他们在失重环境中生存的经验近乎零。无论什么时候，他们都需要以太空为家、对太空了如指掌的人帮忙。"

他取出了一支香烟，身旁的美国政府官员赶紧不声不响地打开排风系统。秘书长点燃了一根火柴，然后用火柴点着了烟。香烟燃烧产生的烟雾有着奇怪的色彩——他抽的是手工烟草。

"我相信你们一定会竭尽全力——我相信你们公司里每一个愿意承担此项任务的人。而且我希望你们所有人都愿意去。但是我们不能等你们的朋友抵达后再做打算，阿姆斯泰德先生，我们每一个人都承受了巨大的压力。我现在就把你们介绍给外交官团队。"

哦噢，红色预警。这可是把之后两年中与你朝夕相处的室友好好审查一番的大好机会，而且还是在签订协议之前的最后一刻。注意：哈利还有其他人肯定会对此饶有兴趣。

我拉起诺蕾的手，她紧紧地反握住我的手。

要是我还在新布伦斯维克工作，还是一名嗜酒成性的无名摄影师的话，那他们……

"那我们走吧，长官。"我坚定地说。

"你这是逗我玩吧？"劳尔大喝一句。

"我发誓是真的。"我担保道。

"这听起来就跟个米尔顿·伯利①式的玩笑。"

---

① 米尔顿·伯利（Milton Berle, 1908-2002）是美国著名的喜剧演员和主持人，所塑造的"米尔顿叔叔"和"电视先生"等荧幕形象被人熟知。

"你这么年轻,怎么可能知道米尔顿·伯利。"诺蕾说道。她说这话的时候正往附近的一张床上躺,控制不住地打起瞌睡来。

"我就不能有他的演出录像全集了?"

"我相信你有。"我说,"但是事情就是这样。我们的外交官团队中有一位西班牙人、一位俄罗斯人,还有一位日本人和一位犹太人。"

"我的天啊。"汤姆在另一张床上从后仰的姿态直起身来——他进舱以来就在那儿休息。他看起来的确有点像木乃伊,包得不太严实的那种,一直在抱怨一阵阵频发的眼耳疼痛。但是他已经被扎了无数次止痛针,在"别,疼"和"接着,再来"之间不断往复循环;他的双手紧紧地握着琳达的双手;他的声音听起来清晰有力:"团队的组成很有道理啊。"

"当然了,"我同意道,"如果没法让每个成员国都出一名代表的话,沃特海默唯一的选项就是从几个大国中选人。这是唯一一个能让几乎所有人都闭嘴的方法。这**必须**是一个多国联合代表团。'全人类在外星生物危机面前团结起来'这种根本的理念必须得从外交团队组成中体现出来。"

"并且得由一位人尽皆知的'德高望重的圣人'来当团长。"琳达补充道。

"沃特海默本人本来是个完美的人选。"劳尔接了茬。

"当然了,"我干巴巴地附和道,"不过他另有他事。"

"艾泽基埃尔·德拉托雷来负起这个重任也还不错啦。"劳尔若有所思地说。

我点点头,说道:"连我都听说过他。好了,我已经跟你们讲了我知道的所有信息。大家有什么意见或者问题吗?"

"我想知道他们怎么处理在太空待满一年必须回家的问

题。"汤姆说,"就我所知,执行这个任务可不能一年回一次家。"

"我也想问这个问题。"我同意道,"我们本来就已经在太空中待了大半年了。我不知道他们是否清楚,我们此时已经没法承受哪怕再多一点的加速了。哈利,你怎么看?劳尔,你呢?你们觉得我们能做到吗?"

"我觉得不行。"哈利回答说。

"为什么不行呢?你能解释一下吗?"

"空之扉"的客人特权中包括使用他们的电脑。哈利三步并作两步移动到了房间中的电脑终端前,打出了一串内容。

屏幕上显示的是:

$$t_3 - t_1 = \sqrt{2p\,{}^{3}\!/\!u}\left[\tan\frac{f_1}{2} + \frac{1}{3}\tan^3\frac{f_2}{2} - \tan\frac{f_1}{2} - \frac{1}{3}\tan^3\frac{3f_1}{2}\right]$$

"这道公式是计算从一颗行星飞向另一颗行星所需时间的最简单的方法。"他说。

"我的老天。"

"这个方法太过简化了,它省去了很多其他因素的考量。"

"呃——他们提到了一个叫什么'冷冻运输'的概念。"

"我知道。"劳尔说,"弗赖森发射法,我刚刚就在想这个。没问题,这个方法能奏效。"

"怎么说?"大家异口同声地问道。

"我从小就喜欢研究那些关于星际殖民的学术文章。"劳尔说着兴奋起来,"哪怕是在 L-5 飞船都不再能发射升空的时候,我也从未放弃过研读那些文章——就好像那是我能前往太空的唯一途径似的。劳伦斯·弗赖森在普林斯顿大学展示了一项研究——没错,我记得应该是在 80 年代或者稍早一些。等一下。"他兔子似的蹦到了电脑终端那里,开始使用上面的计算器。

哈利按着自己腰带上拴着的那台计算器。他疑惑地问道："到底怎么才能加速到每秒28公里那么高的速度呢？"

"用核脉冲推进？"

那正是我一直在担心的东西。我读到过有人严肃地提议把人绑到一枚氢弹上，然后送入太空深处——但是把我弄到那种东西上面？想都不要想。

"当然不是。"劳尔说——真是谢天谢地。"弗赖森发射法不需要那种推动方式。你们看，"他把电脑终端设置成工程预览模式，然后开始勾画他的想法。"我们首先需要的是一条像这样的绕地轨道。"

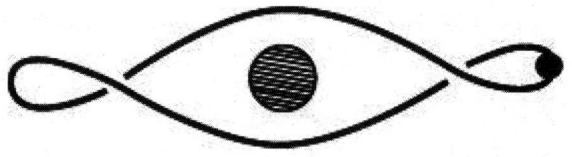

"一条2:1的共振轨道？"我问道。

"没错。"劳尔肯定道。

"就像空之扉一样？"我接着问。

"对，当然了，的确是——嘿！嘿，没错——我们恰好就在合适的轨道上。哇，真是个有趣的巧合，不是吗？"

我注意到哈利似乎有所察觉，就是沃特海默跟我说过的那些玄乎之处。也许汤姆也意识到了；不过他脸上的那些布条很有掩饰性。"然后呢？"我催促道。

劳尔清除了屏幕上的全部内容，又进行了一些计算。"嗯，飞船的速度先得是每秒，呃，不到1公里。那意味着——很好，飞船要以一个重力的加速度运行将近2分钟。嗯……或者以 $\frac{1}{10}$

的重力加速度运行大约17分钟。这倒没啥。

"我们一开始会先朝着地球飞近,再绕过地球像弹弓一样被发射出去。所以说,我们需要在合适的时候增加……5.44公里每秒的加速度。如果是1个重力加速度的话,这需要大约9分钟,不过他们应该不会采用1个重力加速度的,因为这个操作要求尽快完成。大概,让我瞧瞧,采用2个重力加速度是4.6分钟,4个重力加速度则是2.3分钟。"

"哦,很好,"我故作开心地说道,"只需要在4个重力加速度下待几分钟。我们的脸会转到脑袋后面,还会成为全太阳系里唯一骨头长在脸外边的动物。接着说吧。"

"所以,轨迹图是这样的。"劳尔说着,重新开始在工程预览模式下制图。

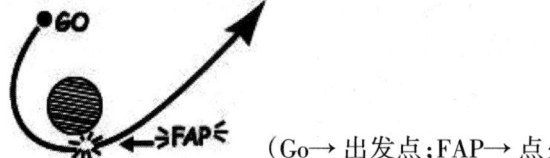

（Go→ 出发点;FAP→ 点火加速）

"加速完毕之后,我们会在失重环境中度过一整年。这一年里,我们可以编舞、排练,想吐就吐,还能亲耳听我们的骨头叽叽喳喳唱歌,还可以杀掉那些外交官并把他们吃掉、讨论海因莱因对普鲁斯特[①]的影响,或者学到尽可能多的外星语。然后呢,我们就到土星啦。我的天,我又发现了一个幸运的巧合,根据弗赖森发射法,我们的发射窗口开放时——"

---

① 罗伯特·A.海因莱因(1907-1988)是美国科幻小说家;马塞尔·普鲁斯特(1871-1922)是法国小说家、评论家、散文家。前者在其作品中常用多维几何概念,后者则早在《追忆似水流年》中提出时间是第四维度的想法。此处说前者对后者的影响大概只是劳尔在开玩笑罢了。

"没错,"哈利结束了狂按计算器的举动,抬起头来打断了他,"这样的确能在一年内抵达土星——以每秒12公里的相对速度。比地球的逃逸速度①还快。"

"我们可以让飞船借助泰坦②的重力场。"劳尔得意道。

"哦,"哈利说道,"哦,那每秒的速度会下降8、9公里。"

"当然。"劳尔继续说道,手指在键盘上飞舞着,"简单极了。在 $\frac{1}{10}$ 重力加速度下只需要2.5小时。或者我们可以对自己更好一些,在 $\frac{1}{100}$ 重力加速度下熬过一天多一点的时间。呃,25.5小时。哪怕你的身体已经完全过渡到了失重环境状态,$\frac{1}{100}$ 的重力加速度也不够让你撒的尿顺着大腿根流下来。"

事实上,我还真理解了他所说的重点部分——计算机演示对于天文物理盲来说简直就是奇迹般的大救星。"那样啊,好吧,"我用我那"注意了,我给你放块绊脚石"式的口吻尖锐地说道——和大家相处已久,他们早已养成了一听到这种语气便统统把注意力投向我的习惯。"好啦,所以说这事儿可以办。你们抵达'空之扉'的时候,我们已经就这个任务讨论了两个小时。我已经告诉了你们他们想要我们做什么,以及他们为什么需要我们所有人。我本想让你在下个秋天之前做好决定,但是飞船马上就要发射。劳尔,就是你说的那个发射窗口,马上要打开了。"哈利的双眼满是怀疑地转了转——没错,而且这时候汤姆也意识到了如此巧合不可能只是运气。"所以,"我心烦意乱地继续说了下去,"我在一个小时以后就需要你们给我答复。我知道

---

①地球逃逸速度即第二宇宙速度,是飞行器、天体摆脱地球引力、飞离地球所需的最小初始速度,约为11.2公里/秒。

②泰坦是土星的第六卫星,也是其最大的卫星。

这荒唐极了，但是我们别无选择。"我叹了口气，又补上了一句，"我建议你们在这一小时内谨慎思考。"

"真该死，查理，"汤姆生气地说，"我们是一家人吧？还是说你没把我们当成一家人呢？"他的愤怒可不是装出来的。

"我——"

"你刚刚说的都是些什么蠢话？"劳尔附和道："一个人绝不该侮辱他的朋友。"

琳达和哈利看起来也像被冒犯了一样。

"听着，你们这群蠢货，"我说道，尽全力劝他们不要脑子发热，"**这可是赌上一辈子啊！**去了那里，你们就再也不能滑雪，不能游泳，不能在哪怕月球那么小的重力场中行走了。你们甚至再也没法不借助辅助设备拉上一泡屎！"

"你倒是说说，这年头在地球上的哪个地方，你不借助科技发明就能安心拉屎？"

"别闹了！"我咆哮道，"别只动嘴，用脑子透彻地思考一下。非得让我给你们每个人讲清楚后果吗？哈利、劳尔，你们觉得在太空里能和多少个女人约会？又有多少人愿意抛弃整个世界来这里与你们厮守？就现在，你们认真地想想。琳达、汤姆，就你们所知，有任何证据能证明在失重环境下生孩子吗？你们是想有一天一尸两命吗？还是说你们准备好绝育了？所以说，现在你们四个人最好别像漫画里的超级英雄那样说大话——**真该死，好好听我说。**"说着说着，有那么一丝惊讶在我脑海中闪过：我竟然真的处于狂怒之中，而这愤怒恰恰是释放我所背负的压力的完美出口。我第一次意识到，在这种事情上哪怕一点点英雄主义的装腔作势都有可能造成不可挽回的后果。"我们能否与那些天杀的萤火虫沟通还是个未知数，赌上我和诺蕾的两条性命就已经够多了。**反正你们别掺和进来！**"我吼完，才意识到自己应该控制一下情绪。

"不，"我最终说道，"我刚不是那个意思。我不是把你们当外人。但是如果这事儿能办成的话，让我和诺蕾两个人去就可以了。诺蕾和我决定去土星是因为我们捡回了一条命——但是你们为什么要彻底放弃地球？"

沉默在空气中弥散开来。我已经尽力劝他们，诺蕾也没有什么好说的了。我就一语不发地凝视着面前那四张毫无表情的脸庞，等待着。

最后是琳达打破了这片死寂。她平和而自信地说道："我们会解决零重力环境下生孩子这个问题的。"一秒后，她又添上了一句，"当我们不得不面对它的时候。"

汤姆已经忘却了他身体上的不适。他注视琳达许久，微笑着——他的双唇仍然处于浮肿状态，面部破裂的毛细血管清晰可见。他对她说："我在纽约长大，这辈子都生活在城市当中。但是，直到我在你的故乡待上那一周以前，我从未意识到城市生活中伴随着多少紧张。同样，我也从未意识到自己有多痛恨那种紧张，直到最近一想到该回地球的日子又要到了就感到恐慌，我才意识到自己有多不愿意回到地球。只有当别人把你按摩得舒舒服服之后，你才能知道自己的脖子和肩膀有多僵硬。"他用指尖轻抚着她的面颊，指甲下仍满是瘀青。他继续说："我们会死在太空里，但在此之前，我们还可以在气闭门内生活很久。当然，我们有一天会有个孩子——不过我们已经不需要去教他在人群中生存的丛林法则了。"

琳达也微笑起来，把他发紫的手指握在自己手中，然后说道："我们也不必教他走路了。"

"在零重力环境中，"劳尔仿佛是在冥想中自言自语，"我更高大了。"我以为他指的是每个人的脊柱都会在失重环境中拉伸几厘米，但是他紧接着又吐出一句，"在零重力环境中，没有一个人是矮小的。"

我的天，他说得没错。"与视线持平"在太空中是个毫无意义的说法；自然而然地，"身高"也一样。

不过，劳尔的语气听起来并不肯定；此时的他尚未下定决心。

哈利从灯泡状酒杯中狠狠地啜上了一口啤酒，打了个酒嗝，然后仰头盯着天花板研究了起来。"有很长时间了，我一直都在考虑。适应环境这事儿。我一直想着能一连工作一年以上，而非只有半年。现在总算有机会见证完成一项工程的全程了。反正我一直想这么干来着。"他看了看劳尔，说道，"我觉得辣妹美妞没什么值得挂念的。"

劳尔直勾勾地盯着哈利。"我也这么觉得。"他说道。这回话语中带着坚决。

我这才恍然大悟，惊讶得掉了下巴，"我那穿着压力服的上帝啊！"

琳达同情地安慰我道："查理，你只是没注意到啦！"

她说得没错。这与智慧、成熟或者观察力无关——只是我个人习惯性的盲点而已：我永远都没法察觉周围萌动的爱意，哪怕就在眼皮底下。

"诺蕾，"我假装嗔责般地说，"你明知道我是个傻瓜，为什么不早点告诉我呢？诺蕾？"

她已经处于酣睡之中。

这时，他们四个一道疯狂地笑起来，很快我也不得不跟着笑了起来。任何一个不知道自己是傻瓜的人，都是货真价实的傻瓜；任何一个知道自己是傻瓜却试图掩盖的人，则是个无可救药的傻瓜，因为他会被所有人孤立。我们一起开怀大笑，不是笑我的愚蠢，而是笑大家有难同当；诺蕾则在睡梦中略微躁动，似乎也露出了微笑。

"很好，"我停下笑之后说道，"所有人都有一个人做伴，每个人也都有所有人做伴。事已至此，我没什么好说的了。我爱你们大家，也乐得有你们的陪伴。汤姆，你做做拉伸，赶紧去睡一会吧；劳尔，带上你的灯泡。汤姆，我们四个人这就去听任务是怎么布置的，回来就把情况转告给你和诺蕾。我们也会帮你把行李装好，漫画书和你的长衫一样都不会忘。你的体重还是七十二千克左右，对吧？"我弯腰吻了一下诺蕾的额头，然后发出指令："咱们开始行动吧。"

第三部分　星辰播种者

第一章

当我们再次找到机会聚齐全员好好聊上一番时，已经是一周以后了。而在碰头时的前一个半小时，我们却基本上在沉默中度过。和许多陌生人一道被困在一个大铁罐里长达一周，比和同样数量的学生度过同样长的时间还无趣。这些陌生人中的大多数是我们的雇主，另两位则是太空指挥中心派来的管理员。所有人的地位都比我们高，而且大多数人从性格上讲就不适合与艺术家们共同生活。因为有考虑到各种情况，我们处理起同居在封闭空间内的生活，还是比入住工作室初期强多了——这多少让我有些意外。

但是一有机会，我们就会全体溜出去散步。不过，我们一碰面就发现，大家有比聊天更重要的事情要做。

壮观的"西格弗里德号"探测飞船因为距离的原因看上去尺寸大大缩水，但是还没有到一座太空指挥中心里摆设的模型那样的程度。当你仰视它时，就能看到它仍然保持着不容挑战的威仪。我遥望着它，反常地骄傲了起来——是人类这个物种建造了它,并驾驶它飞往这里,而我正是这个物种的一员。这股内心的快意就像一大口新鲜的氧气一样,极大地缓解了我的焦躁情绪。我狠狠地拉了一下连接着我和探测飞船的那根长达三公里的缆绳,享受着绳上因此产生的壮观蛇形波浪。而我任由这些波浪作用在我身上,就像身处一次慢放了的、永不入水的燕式跳水一样。

茫茫宇宙在我四周旋转。

汤姆和琳达进入我的视线。我没有大喊他们的名字——他们呼吸的节奏表明他们正迷醉在深度冥想之中,我一看就知道是咋回事。在太空中玩一种叫作"机灵鬼"①的古老玩具,能让人不自觉地投入非凡的专注力。你用手分别抓住彩虹圈两端的薄圆盘,然后像拉手风琴一样地把中间的弹簧向外抖。然后,再把两个圆盘重叠,好让彩虹圈形成一个圆形。最后就可以撒手了,只要你盯着它看上足够长的时间,你就会陷入深度冥想状态。弹簧的往复运动就像口中衔尾的巨蛇乌洛波洛斯②一样无穷无止。如果我呼唤他们的名字的话,他们还是可以听到的;但是除此以外,他们对外界的一切都毫不关心。

接下来映入眼帘的是劳尔,他侧身对着我。他和哈利正在玩另一种需要专注力的游戏——飞碟(为了更高的可视性,他们在飞碟的边缘装上了一圈霓虹灯)。两人隔着一两公里的虚空

---

① Slinky(机灵鬼),一种螺旋状的弹簧玩具,通常被涂成彩虹色。大陆译为彩虹圈,台译为妙妙圈。如果把它放在楼梯上,它就会在重力的共同作用下且由于惯性沿着阶梯不断伸展再复原,呈现"拾级而下"的有趣状态,由海军工程师理查德·詹姆斯于1943年发明。

② 古代北欧神话中困住整个的世界的巨蛇,它用嘴咬住自己的尾巴旋转,象征着宇宙的统一和永远。

来回传递,保持着职业杀手般的准确性。这项活动也更多的是一项冥想练习,飞碟本身也没有什么技巧可言。事实证明,从动力学上说飞碟状的外形的确能使飞行器最稳定。(就拿老科幻小说中的导弹形飞船来说,甭管上面安装了小翼还是别的什么,只要是真让它往外飞行——怎么飞行都行,有没有"肯塔基来复枪"式的旋转①都可以——迟早它都得前后翻滚起来。圆球状的飞行器倒是没问题——但除非它是在失重环境中建造的完美球体,否则还是会开始摇晃,而且飞行时间越久,晃得越厉害。)劳尔和哈利这一对儿可是久经沙场的搭档,他们对助推器的依赖一直维持在最低程度。

诺蕾则利用拴着她的缆绳"跳"起了绳。自然地,她身体旋转的方向和我相反。她的动作非常优美,我干脆停下自己的旋转来欣赏。我慵懒地想着,也许有一天我们可以把它编排进一场舞蹈。动态中的平衡,阴与阳的和谐,就像一枚氢原子一般,既简单又复杂。

原子们就不会跳舞吗,查理?

我瞬间僵住了,不过很快就笑了笑,放松起来。莎拉,你的魂魄可不能缠着我不放。我在脑海中对那个幻觉般的声音说道,我们互不相欠。没有我的话,你永远都没法完成那件事;而如果没有你,我的身体永远也不会再一次变得完整。愿你安息。

我又看了一会儿诺蕾"跳"绳,脑子却在神游天外。客观地说,单从外貌看,我妻子无论如何也比不上她死去的妹妹。莎拉真是美得动人心魄。而且,在我和诺蕾结婚前那几十年的怪异关系中,我一次也没有对她产生过与莎拉相处时那种无助的、吞灵噬肉般的激情——这种炽热的情感在我和莎拉短短几年的相

---

① "肯塔基来复枪"射出的子弹有高速旋转,杀伤性极大。

处中,未曾消失一分一秒。谢天谢地。我铭记着那份炙爱,那种丧失理智的崇拜——当我在她的公寓里看到地板上某处的磨损痕迹,我想的是:她曾在那里歇足;当我看到一台老旧的摄像机,我想的是:我当年曾用它拍摄她的舞姿。那些无眠的夜晚,那些被我饮下的成河的威士忌酒,那些被我骚扰的妓女,还有那些惶恐的梦醒时分——这一切承载的都是我未曾停歇的渴望,除了爱人出现外,无药可解。但我对莎拉的无限热情已尽,几乎就在她逝去的一刻便同她一起永远地消逝了。诺蕾两年前在"此时此刻"说的话再正确不过了:你只会在面对遥不可及的人时,才能感知那样强烈的激情。而最糟糕的事情是,那个人对你并非"遥不可及"。

莎拉对我一向平易近人。

如今我和诺蕾之间的爱情安静得多,也没什么精神上的压力。为什么之前那么多年我不曾留意到呢? 我们的爱到头来却是更为厚重的那一种。

你瞧,我在打定主意前往太空之前,就已经想过一个非常好的比喻,现在用在这里也适合。想象我们这些活着的所有人都处在自由落体运动状态,在一根长到深不见底的管子里以一个重力加速度向下坠落。长管中不时镶嵌着障碍物,统计学中的平均法则告诉我们,在将来的某个时刻,你一定会狠狠地撞上其中一个,必死无疑。我们十几亿人,不管是谁,都注定会在某一刻撞死;我们总是会和其他人相互碰撞,分分合合,在随机概率中求得一线生机。我们中的大部分人都会形成这样的一种信条,不将坠落和障碍物当成困难,而是将它们想成脚下的踏板。技巧高超的玩家可以活到最后。

偶尔你会牵住一个陌生人的手,在一段时间内一同下坠。

这样一来你们都会少一些痛苦。有时候你会因为恐惧而绝望，像溺水的人抓住水中的锚一样紧紧地抓住另一个人；又或者，你徒劳地靠近的那个处在不同轨迹的人，明知你俩根本不存在相遇的可能性，但你并不在乎，你只是希望做些什么来忘记死亡正飞速袭来的事实而已。

我对莎拉就是这样。我从她那里，从太空里，从一周前和诺蕾大难不死的经历里学到了很多。我已经接受了正在"坠落"的现实。诺蕾和我一道，平和地接受自己正在"管道"中作自由落体运动的事实，享受着经过的风景，再也不会闭上眼睛。

"你们有没有想过，"我懒散地问，"太空中的生活把我们变得和低龄儿童一样成熟？"

诺蕾笑了出来，也不再"跳"绳。她回问道："你这是什么意思，亲爱的？"

劳尔大笑道："再明显不过了。看看我们吧，一个'机灵鬼'，一个飞碟，还有一根跳绳。一群孩童在上帝所创造的最大的操场上游戏，这简直就是现代生活无法想象的。"

"我们可是系着绳索做游戏，"诺蕾说，"就像乡下孩子一样。可不能让我们闯进大户人家的花园。"

"我没觉得有什么不好。"哈利加上了一句。

琳达正从冥想中清醒过来，她的声音缓慢而轻柔："查理说得没错。我们已经成熟到可以像孩童一样纯真无虑了。"

"你的解释和我的意思很接近了。"我赞许道，"游戏就是游戏，不管手中握的是网球拍还是婴儿摇铃。重点并不是我们所选择的玩具，更像是……"我停顿了一下，整理自己的思路，他们则耐心地等待着。"听着，我总是觉得，自从……九岁起，我就已经感觉自己年近迟暮了。过去的这一两个年头对我来说就像是从未有过的青春期一样,而我现在就和小孩儿一样无忧无虑。"

我的话音刚落,琳达便唱了起来:

我不记得何时曾如此快乐,
快乐得无法言说。
我曾深觉比爷爷更老迈,
如今却感觉自己越来越年轻。

"这是一首来自新斯科舍的老歌。"她安静地补充了一句。

"教我唱吧。"劳尔说。

"以后吧。现在我得认真思考眼下的话题。"

我也想透彻地思考一番——但就在此时,我手表上的警报响了起来。我隔着压力服摸了摸气罐连接处,那里已经开始在手掌的压力下凹陷了。"抱歉了,大家。我们已经用了一半的空气。咱们得练舞了。大家去琳达身边排好队形,我们先练'雪花的脉动'。"

"该死,又要开始排练了啊?""哎呀,我们可有一年的时间来练舞呢。""头儿,等我接住那个狗娘养的飞碟再说。""早练完,早收工。"每当我发号施令时,他们口中总是会说出这些话,这已经是常态了。不过我们当然还是很快就排好阵型,跟着无线通信里播放的音乐舞动起来。

"很好,没有问题,"我一边走到自己的位置,一边说道,"好了,哈利,你从那儿穿过去,到汤姆那个位置去……很好。等等,**小心!我的天啊!**"我失声尖叫了出来。

"不!"哈利大叫道。

"我的天啊,"劳尔喊得撕心裂肺,"我的天啊,他的压力服破了。**他的压力服破了**。拜托谁来帮帮忙，我的天啊——"

"救命!①"我大喊道，"星辰舞者呼叫'西格弗里德号'，救命!真该死! 有人的压力服破裂，我们没法当场修补。请回答，拜托了!"

可是耳机里除了哈利呼吸时悚人的咕噜声之外，没有任何回应。

"'西格弗里德号'，看在上帝的份上，请讲话。一位宝贵的翻译官要死了!"

仍然没有回应。

暴怒的劳尔又喊又骂，琳达正在让他冷静。诺蕾在一旁低声祈祷着。

还是没有回应。

"哈利，我猜我们的闭路消音器生效了，"我最后兴奋地说，"我们可算有点私人空间了。顺便提一句，你的咕噜声听起来糟糕透了。"

"就好像你给我机会排练了似的。"

"你在放那个喘粗气的录音带了吗?"

"没错，就在闭路通信里放着，"哈利道，"厚重的喘息声以及有节奏的啪啪声，就没有重复的。有一个半小时那么长。"

"如果有人监听我们的话，他们听到的不过就是，呃，我们床上运动的声音。"劳尔顺势开了个不知真假的玩笑。

"呃——好吧，"我说，"咱们开始开家庭小会吧。我们已经和各自分配的外交官共同生活一段时间了。大家有什么意见吗?"

---

① 原文为 Mayday，国际无线电通信中通用的遇险求救信号，来源于法语 M'aider。

一阵沉默。

"好吧,有谁想说说对未来发生的事情有什么看法?或者有没有什么靠谱的小道消息?汤姆,你一直关心政界时事,之前就知道这些人的名声如何。先跟我们讲讲你知道的事情,我们好参考参考。"

"好的。我想想——关于德拉托雷,还有什么好说的吗?如果他没有荣誉感和同情心,那就没人有了。哪怕他的批评者也仰慕他,甚至有一大半不介意承认这一点。我坦白说吧,跟德拉托雷比起来,我并不确定沃特海默有多高尚。当然了,他亲手选了德拉托雷来率领这个团队,这倒是让他显得更有品格。有人有异议吗?查理,他是你的搭档,你怎么看?"

"我真心实意地有同感。我哪怕站在敞开的封闭门口也不怕背对他。继续说吧。"

"柳德米拉·季米洛夫的名声类似,高风亮节,坚守正义,谁都没法撼动她的立场。她是苏联部长联席会里面第一个拒绝分配给自己国有'达刹'的外交官员。根据干部职务名录制度——也就是莫斯科的官员待遇系统——'达刹'是专供高级官员住宿的乡间别墅,而拒绝组织分配的别墅,就跟刚上任的参议员拒绝休假以及公款考察,或者新警察不先挑惯犯下手似的。难以想象⋯⋯也很危险。"他停顿了一下,继续说道,"但是我并不确定那是出于她的高尚品格。也许只是因为她故意刁难别人罢了。我敢说她绝对没什么同情心。"

诺蕾被分配给了季米洛夫,她发表了意见,"我不同意,汤姆。哦,她下起国际象棋来像机器,有时候确实有点顽固,但也只是不太圆滑、不懂变通而已。她给我看了她儿子小时候的所有照片,还告诉我《星辰舞》让她潸然泪下。她的原话是'发自肺腑的泪水'。我想,她有同情心这一点是毋庸置疑的。"

"好吧,"汤姆说,"我相信你。的确,她是极力推动成立联合国太空指挥部的几个人之一。如果没有她的话,甚至连联合国都可能不在了,太空大概也就沦为下一个阿尔萨斯-洛林①。我相信她有副好心肠。"他又停顿了一下,补上了一句:"呃,尽管如此,我可没准备好在敞开的封闭门口背对着她。当然了,我可以继续观察,没准会改变主意。"

"好了,下一个是成濑,"他继续说道,"他也是推动太空指挥部成立的主要推动者之一,不过我敢打赌这对他来说只是一步棋而已。我的猜想是,他沉着地思考过未来的走向——如果世界真的因为太空问题而乱成一锅粥,他的政治生涯会因此严重受限。大家都知道他是个精明的逐利者,也有人骂他是个冷血的混蛋,声称通往地狱的路就是用敢与他为敌者的皮囊铺就的。他有'空之扉'集团的一部分所有权。哪怕是在现场直播的电视真人秀里,我都肯定不敢背对着他。琳达,我希望你也别。"

"确实他给人的印象就是这样,"她同意道,"但是我必须补充几点。他礼貌得无可挑剔。他理解力极强,精于算计,而且,他非常有定力,坚如磐石。无论是饥饿,还是缺乏睡眠,还是危险的环境,都不能影响他的判断力或者工作表现,至少影响小到可以忽略不计。此外,我发现他的观念还算开明,对变化以及变革都持开放态度。我相信他会成为一名真正的政治家。"她停下来想了想,深吸了一口气,然后总结道:"但是我也觉得还不能信任他,至少现在还不行。"

"没错,"汤姆接着说,"不过他会成为一名为全人类服务的

----

① 阿尔萨斯-洛林在二战结束以前是法国和德国之间的争议领土,两国为此战争不断。

政治家,还是只是他们那个国家的呢？好了,接下来说说我陪着的这位了。无论你怎么评价其他人,他们大概都能算是政治家。而谢尔顿·西尔弗曼只能算是个投机政客。他一路爬上来,几乎暗箱操纵了每一场选举——除了总统和副总统这两个官职没法操作之外。如果他脑子不发昏,只想当个副总统的话,他本该已经当上了;但他偏偏想当总统,最后却因为一些小差错失之交臂。我的猜想是,他把这次行动当成自己在历史教科书中占上一整页纸的最后机会,花钱疏通了关系才上的飞船。而且他视自己为团队的带头人,好像美国人的身份就能让这事儿理所当然一样。我真是瞧不起他——至少对我来说,他可是把沃特海默凭着指派德拉托雷赚来的尊敬都败光了。"说到这儿他突然闭上了嘴。

"我想你只是因为他的过去而对他有意见而已。"琳达评论道。

"一点儿没错。"汤姆同意道。

"好吧——他年事已高。有些人上了年纪会有所改变,而且改变还不小。失重环境已经开始改变他了,咱们等等看。有时间我们应该带他出来体验一番。"琳达说。

"亲爱的,你真是大度。"

"一点儿没错。"琳达说道,勉强朝他挤出一个笑脸,"有时候你不得不这样想开点。"

"哦?"

"总觉得和他作对会遭遇不测一样,让人害怕。"

"哦,明白了。我想我理解你的意思。"

"哈利,劳尔,"我说,"你们俩一直都在和太空指挥中心的人打交道是吧?"

毫不意外地,劳尔先打开了话匣子:"考克斯的性子大家都知道。我敢在只剩最后一罐空气的时候让他保管,然后自己去方便。他的副官嘛,就是个挺老派的美国宇航局科学家。"

"四肢挺发达的。"哈利插了一句。

劳尔咯咯笑了起来。"还真没错,她的确四肢发达。苏珊·法·孙在越战中出生,她幼年时父亲离家出走,母亲被汽油弹炸残,由姑姑抚养,在越南长大,刚回美国工作没几年。她是个物理学家,之前一直在军队里。如果是上头的命令,不管是往越南扔原子弹,还是给华盛顿撒玫瑰花瓣,她都会照做。她很不喜欢音乐和舞蹈,也不喜欢我和哈利。"

"但是她会服从命令。"哈利说。

"对,那是自然。她上个星期军衔上刚添了一只鸡①,所以如果作为指挥官的考克斯暴毙的话,她就会成为这艘飞船的头儿。这样排起序来,在她之后的按理说应该是季米洛夫。苏珊接受过飞行训练,而且对宇宙极为痴迷。"

"如果事情严重到连考克斯都出事了的话,"我说,"我肯定会变成自由职业者的。"

"成濑达司有一把枪。"琳达突然说道。

"**什么?**"我们其他五个人异口同声地惊呼。

哈利又添了一个问题:"什么型号的?"

"我也不知道。一把小型手枪,看起来方方正正的。弹匣不大。"

"你怎么看到的?"我问道。

"玩偶盒效应。当时的场面把他吓得一愣,他下意识地掏出了枪。"

---

① 美国军队的上校军衔徽章上是一只鹰,常被戏称为"小鸡上校"。

玩偶盒效应是失重环境中的经典奇事之一，既合情合理，又让人意想不到，而且几乎每个新手都被吓怔过。不管你打开什么容器、柜子或者抽屉，它都会把里面的东西朝你"吐"过来——除非你预先把它们用维克罗搭扣固定住。能拿来当笑料的经典事迹几乎数不胜数。但是我总觉得有些不对劲儿。"你怎么看，汤姆？"

"哦？"

"如果成濑达司是智能开发太空的主要推手之一，他会不知道玩偶盒效应吗？"

汤姆的回答听起来很有道理："不一定。成濑算是个典型的矛盾体，就像艾萨克·阿西莫夫拒绝乘坐飞机一样。尽管对太空议题了解颇深，可这是他第一次到离地球这么远的地方。他还是个新手嘛！"

"尽管如此，"我提出了反对意见，"玩偶盒效应可是太空旅行归来的经典谈资。他只要和从太空归来的人交谈过，就一定会知道，哪怕只是寒暄几句。"

"我不知道你们怎么样，不过，"劳尔说道，"尽管我当时了解了很多有关失重环境的知识，但当真来到太空以后，我还是会犯错。再说了，成濑为什么要故意让琳达见到他的枪？"

"那正是让我不安的一点，"我坦承道，"我能轻松列出两三个原因——要么他笨拙得出奇，要么他狡猾得要命。我也不知道我更倾向于哪一种可能。好吧……还有谁看到了什么意外情况吗？"

"我倒是没看到什么。"诺蕾边思考边回答，"但是如果柳德米拉随身携带了什么武器的话，应该也不是什么奇怪的事。"

"其他人呢？"

没有人说话。但是每一位外交官都携带了一件尺寸可观、可以不经安全检查的行李箱。

"很好。所以我们的讨论结果是,我们和三个互相怀有敌意的帮派头目、两个警察以及一个老好人一道被困在了地铁上。我通常非常厌烦全世界的目光都聚集在我们身上,但这次我倒是很感激。"

"远不止全世界的目光哦。"琳达清醒地更正了我。

"应该没有问题的。"劳尔说道,"记住这点,外交官的职责是要消除双方的敌意,降低兵戎相见的风险。在我们见到外星人时,他们还是会通力合作的。这些人可能大都是沙文主义者,关键时刻都会维护自己或者自己国家的利益——当然如果我们看得更深入些的话,所有人都还是人类沙文主义者,会维护整个人类的利益。"

"我说的正是那个意思,"琳达说道,"他们的某些利益和我们的可能不一样。"

所有人都沉默了,带着些顿悟般的惊讶。汤姆问道:"你这是什么意思,亲爱的? 我们不是人吗?"

"我们是吗?"

我揣摩着她的话里的意思,大脑飞速转动着,试图理解她的想法。

你要怎样才能被认为是一个"人"呢? 难道不是要进行一系列观察,得到足够的证据表明你生活在地表之上、处在一个重力加速度之下吗? 而那些观察者,不也处在同一个环境中吗?

"当然是。"汤姆答道,"人就是人,不管他们是在天上飘,还是在地上跑。"

"你确定吗?"琳达温柔地追问,"我们和其他人类同胞不同,不,应该说有着根本上的区别。我的意思不只是我们永远也没法回到地球，与他们共同居住在那儿；我指的是精神、心理层面上的差异。我们在太空待的时间越长，我们的思维习惯就变得越多——我们的大脑和身体一样，也在适应这个环境。"

我在这时跟他们讲了沃特海默在一周前跟我说的话。他说，我们可以按照人类的方式去思考，但又不同于人类。

"那可是约翰·坎贝尔①对'外星人'的经典定义！"劳尔兴奋地接茬。

"我们的灵魂也在适应这里，"琳达继续说道，"我们之中的每一个人，在每一日的工作中，都在凝视神不加遮掩的面庞。那可是地上那群土拨鼠用搭建高高拱起的大教堂都见不到的。我们对生命的见解比站在地球最高峰峰顶的圣人更多更深。宇宙中都是无神论者——人类信奉崇拜的诸神，什么长毛雷公啊，什么大胡子偏执狂啊，显得愚蠢透了②。见鬼，哪怕在工作室那儿，你都没法看到地球表面的奥林匹斯山，就更别提在这儿了。"的确，远处的地球和月球看起来比我们习惯的尺寸小多了。

"我不否认太空是一个具有深厚影响力的地方，"汤姆坚持己见，"但是我看不出这怎么就让我们与人类不同了。我仍然感人之所感。"

"克罗马农人③是如何知道自己与尼安德特人④不一样的？"劳尔问道，"在他们那个时代可没什么技术能证明二者的差异。"

"黑天鹅也曾以为自己是只丑小鸭。"诺蕾说。

---

① 约翰·W.坎贝尔(1910-1971)是美国知名科幻作家、编辑。

② 长毛雷公此处指的是北欧神话中的雷神托尔，而大胡子偏执狂所指的神可能性众多。

③ 克罗马农人是生活在旧石器时代的智人的一支。

④ 尼安德特人同样是生活在旧石器时代的更早的史前人类，但是是否属于智人在科学界仍有分歧。

"但是它的基因是天鹅呀。"汤姆坚持说道。

"克罗马农人的基因还是从尼安德特人那里传下来的呢。"我说,"你检查过自己的基因吗?如果一个微小的变异摆在你面前,你能辨别吗?"

"你可别告诉我你也相信这种蠢话,查理?"汤姆烦躁地问道,"难道你觉得自己不是人?"

我突然觉得自己有些灵魂出窍,一边从嘴里吐出话语,一边饶有兴趣地听着自己说话:"我觉得自己是人类之外的一种存在。我感觉自己应该算一种新型人类。我属于一个全新的物种。在我追随莎拉来到太空之前,我的生活是一个扭曲的笑话,充斥着各种各样的笑料。但是现在我才感觉自己活过来了——我能爱,也能被爱。我并没有抛弃地球,而是奔向了宇宙。"

"噢!唉,"汤姆说道,"你有那样感觉有一半是因为你的腿——至于另一半原因,我完全了解,因为它也发生在了我身上,就在琳达的家乡。根本就是城里人回归乡土的效应嘛。你找到了一个全新的、压力小得多的环境中,获得了一些生活感悟,然后开始做出更好、更令人满意的人生抉择。也就是说,你的人生之路变成了坦途。然后你就得出结论说,这地方一定有魔力了?这都什么跟什么啊!"

"**大山里本来就是有魔力的呀!**"琳达温和地反驳道,"为什么魔力这个词对你来说就这么上不得台面呢?"他们的恋情发展到现在仍然保持着相互斗嘴的模式,其他人倒是一眼能看出来他俩几乎从未真正地在任何问题上有不同见解,只是表达方式不同而已,不过当事人却很少意识到。

"汤姆,"我固执地争辩,"这不一样。我也体验过乡间生活。我想告诉你的是,我并不是以前的那个自己的进化版——

我已经完全脱胎换骨了。现在的我是在地球上那个浑浑噩噩的查理永远无法企及的,我——我现在笃信着自从孩提时代起就绝不相信的东西。当然了,我在各方面都取得了一些好的突破,和诺蕾在一起之后也过上了想都没想过的美好生活。但不仅如此,我感觉自己所有的组成部分已经得到了更新,无论取得了多少突破都不可能做到这一点。妈的,我以前可是个酒鬼啊!"

"酒鬼都是潜力股。"汤姆说。

"当然——如果他们可以为了某种东西,下决心余生滴酒不沾的话。我向来想喝就喝,但现在几乎都没想过了。我只是再也不需要酒精,仅此而已。这对酒鬼来说可不常见。这些日子里我甚至都不怎么抽烟了,就算要抽也比较克制。"

"所以你的意思是,太空让你在精神上变成熟了?"

"最开始是这样。后来是我有意为之,努力控制自己——但最开始确实不是我想这么做的。"

"这种转变是什么时候开始的呢?"诺蕾和琳达异口同声地发问。

这我可得好好想想。"在我开始学习怎样立体地看待事物,终于学会了如何抛却对'上'和'下'的依赖的时候。"

琳达在这时开了口:"一个相当睿智的人曾经说过,任何能让你失去方向感的东西都是有益的,也是有指导意义的。"

"我知道那个智者是谁。"汤姆冷笑了一声,说道,"是利里①吧? 如果听说谁大脑损伤,我第一个想到的就是他。"

"就算如此,你能否认他的睿智吗?"

---

① 蒂莫西·利里(Timothy Leary, 1920–1996),美国心理学家。晚年对迷幻药的研究和支持使其成为美国反主流文化的重要人物。后文汤姆说的"大脑损伤"讽刺的就是他对迷幻药的使用。

"你们听着，"我说，"各位都是独一无二的个体，都经历了艰难的选拔过程，而且我认为克罗马农人和后来的人类并没有什么本质性的不同。但大量的证据表明，我们的天赋并不是一般人能有的。"

"一般人也可以在太空中生活啊。"诺蕾提出了反对意见，"比如太空指挥中心的职员，还有施工队的工人。"

"那是在人为设置了垂直坐标的情况下。"哈利说，"如果要让他们去舱外，就得给他们提供直线和直角作为参考，否则他们就会发疯。至少大部分人是这样。所以发财的才是我们。"

"的确，"汤姆承认道，"在'空之扉'，一个能在舱外游刃有余的人就能值上和他的体重一样重的钱，哪怕他技术平平。我从来没弄明白为什么是这样。"

"因为你就是其中一个啊。"琳达说。

"一个什么？"他有些恼怒地问道。

"一个太空人。"我一字一顿地说，意图表示这是一个专有名词，"在能人①和智人②之后的新物种。你是一个能在太空中行走的人类。我不知道古罗马人③是否有这种概念，所以大概Homo novis是最好的拉丁语名字了。'新人'，进入下一个阶段的人类。"

汤姆哼了一声，说道："Homo Excastra听起来似乎更贴切，'弃人'。"

"汤姆，你说得不对，"我果断地说，"你错了。我们绝不是人

---

① 原文为拉丁语Homo hablis(能人)，首先使用石质工具的已灭绝的原始人种。

② 原文为拉丁语Homo sapiens(智人)，现代人的学名。

③ 拉丁语属于印欧语系意大利语族，起源拉丁姆地区(现为意大利拉齐奥区)，为罗马帝国使用。

类社会的弃儿。也许直接从字面意义上来解释,我们的确是'离巢之人'或者'离群之人'——但是多出来的那层'流放'的意思就大错特错了。难道说你后悔自己做出的决定吗?"

他花了许久才回答我的问题:"不,不,太空就是我想居住的地方,一点没有问题。我也不觉得自己是被流放的——其实我一直认为整个太阳系都是人类的'疆土',但我总觉得我太轻易地就放弃了在最多同族居住的领地上的'星籍'。"

"汤姆,"我庄重地说,"我敢向你保证,有得必有失,这次得大于失。"

"好吧,现在的地球确实看起来非常糟糕。我承认你说的这一点。并没有多少东西可想念的。"

"你没有理解我的话。"

"那请你解释一下。"

"在我们离开之前,我和潘泽拉医生讨论了一番这个问题——'太空人'的平均寿命是多少?"

他两次张了张口,但还是没回话。

"没错。我们根本没法做出猜测——这是一个全新的领域,而我们是先驱者。我询问了潘泽拉,他的回复是,当我们当中的两三个人去世后,其余的人应该回到地球去。我们可能全体在一个月内接连死掉,死因可能是抗疲劳药没法循环到脚部,或者脚上的鸡眼游移到了脑子里之类的。但是潘泽拉猜测人类在失重环境中的寿命可能比地球上的长至少四十年。我也问了他有多确定,他说要赌一赌才知道。"

大家开始七嘴八舌地讨论起来,至于说了什么在耳机里根本听不清,到后来都在问"你说什么"。最后一个闭上嘴巴的是汤姆。他结尾时说的那句话相当尴尬,"——现在怎么可能预知将来的事情?"

"没错,"我说,"我们是无法预知将来,但他的猜测是合理的。我们的心脏的负担大幅度减小,动脉中的沉积物也少了——"

"那只能说明我们不会死于心脏病。"汤姆争论道,"还是在降低心脏负担的确对它有好处的前提下。毕竟心脏只是众多器官中的一个。"

"好好想想,汤姆。太空是无菌环境。只要我们维护得力,它将一直处于这个状态。你的免疫系统将会几乎和你的半规管①一样多余——你知道抵抗成千上万的感染会耗费生命系统多少能量吗?还有用于维护健康和修复损伤的能量?难道你没注意到你的精力会在每次回到地球上的时候瞬间衰退吗?"

"好吧,这倒是没错,"他说,"但是那只是——"

"——你是想说只是因为地球的引力作用吗?你听懂我的话了吗?我们在机体上和心理上更健康——比我们在地球上时的任何一刻都更加健康。你在太空中感冒过哪怕一次吗?同样重要的是,你上一次感到深度沮丧、忧郁是什么时候?为什么我们所有人几乎都没有心情低落的日子,也从未有过极端压抑、愤怒以及类似的情绪呢?妈的,'压抑'这个词就是和地球引力绑在一起的。在太空中,你根本没法'压'一样东西,你只能移开它。'地球引力'这个词成了'幽默感缺失'的近义词。如果某两样东西能让你英年早逝,那只可能是抑郁和缺乏幽默感。"

突然间,不得不在一个重力加速度下拖着一条残腿生活的画面猛地涌入我的脑海。当年的我时刻处在抑郁之中,幽默感也不断消退。虽然那已经是很久以前的事了,像是相隔几个世

---

① 半规管是脊椎动物内耳中掌管平衡感的器官,是维持平衡与控制生物姿势的感受装置。

纪之久,但我依然有些难以置信,我以前真的那样绝望过吗?

"不管怎样,"我继续说下去,"潘泽拉说在失重环境中待得久的人——哪怕是那些在六分之一重力环境中居住的、再也无法返回地球的蟾宫矿工们——心肺疾病发生率都比地球上低。但是他还说了另外一点,那就是各种癌症的发生率都比地球上低。"

"哪怕在这种高辐射环境中?"汤姆怀疑地问道。每当太阳耀斑爆发,我们的视野里都开始冒出绿色的小蝌蚪,因为高出常值的辐射对眼球有影响——无论我们在舱内还是舱外都一样。

"没错,"我肯定道,"我们要生活在太空里,唯一的健康风险就是失去大气层的保护——但这没有想象中那么凶险。从表面上看,这里的患癌风险会很高,但事实并非如此。天知道为什么。肺病少的原因倒是显而易见——我们呼吸的是真正的空气,比总理呼吸的空气过滤得更彻底,绝对无尘,而且花粉指数为零。见鬼,哪怕你有全地球上所有的财富,你也没法定制比这更健康的环境。知道'空之扉'上的墨菲老太太吧?她年龄多大,我说有六十五岁吧?"

"六十六岁,"劳尔说,"而且是无重力手球冠军。整整三局比赛,她简直把我的底裤都要扫飞了。"

"感觉我们像被特意设计成了适合在太空中生存的样子。"琳达惊讶地感慨。

"好吧,"汤姆有些羞恼地喊道,"好吧,我认输。我投降。我们都会活到一百二十岁——如果外星人觉得我们不好吃的话。但是我还是要说,有关'新物种'的那种无稽之谈还只是臆测而已。一场华丽的狂想罢了。我们不能保证后代能适应这里的环境——或者就像查理说的,能不能繁衍后代都是一个问题。更重要的一点是，'新人'将会是一个没有自然栖居地的'物种'！**我们并不能自给自足**，朋友们！我们的生存完全依赖于地球上的智人，除非有一天我们学会了自己生产空气、水、食物、金属、塑料、工具、摄影机——"

"你为什么这么气愤呢?"哈利问他。

"我并不是气愤!"汤姆高喊道。

众人从他旁边四散开来。汤姆过了一会儿才老实地靠过来。

"好吧，"他承认道，"我是很生气。但我真不知道为什么。琳达，你有什么想法吗?"

"嗯。"她若有所思地回答，"'生气'与'畏惧'差不多算同义词……"

汤姆又开始喋喋不休起来。

劳尔突然开口，他的语气有些紧张："如果能让大家感觉好一些的话，我愿意承认其实我很害怕，一想到要和那些超级萤火虫会面，我就吓得屁滚尿流。而且汤姆，不像你和查理，我还完全没有亲眼见过它们。我的意思是，我们去那儿旋转跳跃的代价可能不只是无法返回地球。"

这句话让所有人陷入了沉默。

"我明白你的意思。"诺蕾缓缓说道，"这群外星生物似乎只有集体意志，我们的任务是与它们建立心电感应联系。我害怕……害怕建立了联系之后会发生什么。"

"亲爱的，你是害怕会被外星人拐走吗?"我说，"别想太多——我不会离开你的。我等了二十年，绝不是为了成为一个鳏夫。"她紧握住了我的手。

"他们说到点子上了。"琳达说，"我们面临的最糟糕的情况就是死亡，死法可能是这样，也可能是那样。但是生而为人，所有人都面临着死亡的审判，因为有生必有死，死亡是人生这趟旅途的车票钱。诺蕾，你和查理在一周前刚和死神擦肩而过。将来的某一天你们也肯定会和他再次会面。也许就在一年以后的土星附近，但那又如何？"

"问题就在这里，"汤姆接着琳达的话说道，"即使知道盲目恐惧没有用，人也无法消除恐惧。"

"是无法消除，"琳达肯定地回答，"但是我们有诸多办法对付恐惧心理——而不断地否认、打压它，直到它变成愤怒并不是其中一种。既然我们已经彻底讨论了一番，揪出了问题的根源，现在我可以教你一些自律技巧，至少能给大家一些帮助。"

"也教教我吧。"劳尔以极其微弱的声音说道。

哈利拉住了他的手，说："大家一起学。"

"没错，大家一起学，"我说，"也许我们和人类不同，但是我们几个人之间却没什么不同。我想说的是，你们大概是我认识的最勇敢的家伙了，你们所有人都是。如果谁——哦！提示音响起来了。咱们抓紧时间真正地练会儿舞吧，回去的时候才能汗津津的。我们几天后再这样碰头，继续讨论。哈利，把那个喘粗气的录音带从闭路里取出来吧；大家听我口令，然后一起接通原本的通信系统吧——三、二、一，动手！"

我之所以要完整复述上面的那段对话，部分原因是因为这段话全程都有录音，音频还保存了下来，这样的事情可不多。另一部分原因则是这段话包含了前往土星一年旅程中最重要的信息。跟你形容"西格弗里德号"的内部装潢毫无意义；也没必要介绍每日日程安排、众说纷纭的流言蜚语或者乘客间的大小摩擦，这些都是我人生中那最繁忙、也最无聊的一年中的日常。

飞船船员、外交官以及舞者们在非工作时间分别组成了三个紧密的小团体,在工作中则维持了表面和平。不过对于这样一次远征行动来说,这是一种相当常见,而且可能是不可避免的现象。每个小团体都有自己的兴趣爱好和消遣活动——比如说,外交官们把大部分空闲时间(以及相当一部分工作时间)用在了相互斗嘴上,有时还算温和,有时就挺凶的。只有相当有耐性的德拉托雷从不参与,他的和善很快便赢得了船上每个人的尊重。你可以随便找一本描述潜艇中生活的书,然后把故事背景换成失重环境,就是我们那一年的生活状态。劳尔的音乐帮助我们所有人保持了理智,他成了飞船上另外一位得到一致尊重的人。

我们六个再也没能继续集体讨论“新物种”这个话题,但是我记得诺蕾和我有几次隔着头盔交换了想法,琳达和我也偶尔谈及此事。当然了,我们也从未在“西格弗里德号”内的任何地方提起哪怕一个字——全舱都布满了窃听器。我们六个舞者不知何故地认为自己是非人类生物的想法可能连德拉托雷都不会喜欢——而且他大概是唯一一个不拿我们当仆人使唤的外交官了。有人放话说“(他们)不过是翻译罢了”(来自西尔弗曼)。我相信季米洛夫和成濑达司更明事理,但是他们也有些瞧不起我们;作为经验老到的外交官,他们从思想上就无法接受与翻译平起平坐。西尔弗曼认为舞蹈不过是综艺节目中的表演罢了,还质疑我们为什么没法把“昭昭天命”①这个概念翻译成一支舞蹈。

这一年相当枯燥,如果是当初头一次进太空的我,肯定早就

①“昭昭天命”是十九世纪美国民主党人持有的美国向西部扩张,势力范围横跨北美大陆是天意的思想。

死了。要么饮弹自尽，要么把自己喝死。

而那时的我只是选择频繁地外出散步，并且和诺蕾疯狂地做爱。当然了，为了保证隐私，我们会同时播放音乐。

除此之外，唯一一件值得一提的事情便是在离土星还有两个月路程的时候，琳达宣布了怀孕的消息。我们开始做各种准备工作，解决在无重力环境下生产的问题。而在当时，飞船上没有产科医生，连普通医生都没有。

在我们接近土星时，飞船上的氛围开始愈发躁动起来。

第二章

　　我们未能说服外交官与我们一起出舱活动。其中三位拒绝的原因在我们的预料之中——舱外活动比舱内危险得多（当初我来太空的第一天也被强制灌输了这样的思想），而他们的职责禁止他们在前往史上最大规模、最重要的会议的路上冒任何风险。哪怕我们这些舞者被认为是可以牺牲的成员，他们还是给我们施加压力，要求我们避免四位舞者同时在舱外活动。好在我坚持住了自己的立场，坚称我们必须编排群舞，因为星辰舞者集团是——我是说，曾经是——一个集体创意公社。另外，同处舱外的人越多才越安全。

　　第四位外交官，西尔弗曼先生，则被上级特别要求过绝不可以出舱。其实早些时候，他曾经要求我们带他到舱外行走，纯粹是为了宣示"我这种无所畏惧的牛人不可能不去冒险"的意思：上头的命令可真是泯灭了他的男子气概。不过，在我们给他讲解了压力服内排泄的原理之后，他就改了主意，再也没有提过这码事。

　　就在飞船减速前的几个星期，琳达来到了我的房间说："成濑达司想要和我们出舱走一走。"

我做了个鬼脸，然后来上了一段西尔弗曼的模仿秀："难道先让我坐下来，再跟我说'我有一条坏消息给你'会死吗？真的是坏消息吗？"

"我觉得是坏消息。"

德拉托雷会怎么想？比尔呢？老沃特海默呢？沃特海默看着我时眼神里充满了信任，他相信我绝不会乱来。更重要的是，成濑为什么想去太空走一圈呢？肯定不是为了观光——外交官的舱室内有地球上最先进的视频设备，舱外的风光一览无余。当然，也肯定不是西尔弗曼提出的那些混账原因。

"他有什么目的，琳达？想看我们的排演现场，还是单纯想要体验太空飘浮和冥想？他到底想干什么呢？"

"去问问他吧。"

我从没进过成濑达司的舱室。进去时他正与电脑下3D国际象棋。我几乎跟不上他们对弈的节奏，但是很明显他面临着一场惨败——这让我颇为惊讶。

"成濑博士，我听说您想和我们一道出舱？"

他身着奢华却很有格调的睡衣。成濑很有预见性，他带到太空的衣物都事先加装了维克罗搭扣（季米洛夫和德拉托雷只能求劳尔帮忙加装，而西尔弗曼的衣物被他自己缝得歪歪扭扭）。他微倾着剃得铮亮的光头，严肃地答道："越快越好。"成濑的声音听起来像来自一把旧短号，只不过更柔和些。

"您的要求让我很为难。"我严肃道，"毕竟您身负重任，不可妄自冒险。德拉托雷和其他人都知道这一点。如果我把您带出舱，一旦压力服出现故障，或者您出现了眩晕反应，日本可是会拿我是问。然后要来审问我的是加拿大和联合国的其他成员国，更别提您年迈的老母亲了。"

他露出一个礼貌的微笑,面部皱纹突显,"你说的情况真的可能发生吗?"

"成濑博士,您知道墨菲定理①吗? 还有它的推论?"

他笑得更灿烂了,"我想试试运气。你在训练新手方面毕竟经验丰富。"

"我一共只有十七个学生,却死了两个!"

"阿姆斯泰德先生,你在他们出舱的头三个小时中又损失了几位呢? 我难道不能既待在'骰子'里,又身穿压力服,做到双保险吗?"

"骰子"并非铸件,而是点焊而成。它实质上就是合金架嵌上透明塑料板,在太空中可以提供最低级别的生命支持、急救设备以及自助运动装备。除了成濑之外的所有飞船船员和外交官都将其称之为"外部支持单元"。设计和制造这个东西的哈利每次都被那个名字恶心到。"骰子"有多种用途:如果哪个星辰舞者在排练中弄破了一个垫圈,它可以用来救急;如果谁想在其他人练舞时候休息一会儿,或者想节约点空气,它可以拿来顶用;再比如说,如果有人因为什么原因需要待在内部加压了的立方体空间里,同时还需要360度环视的话,它就再完美不过了。那会儿它被固定在了一部被我们称为"豪车"的接驳飞行器的船体上,以供指挥中心人员的日常工作使用,不过想取下来也是轻而易举。而且,成濑的压力服是太空指挥中心的标准装备,加有护甲,质量肯定比我们从日本特别定制的好,材质更强韧,空气供给设备的级别也更高。

"博士,我必须得知道您想出舱的原因。"

他的笑容如慢镜头般开始褪去。当他发现我在笑容褪至一

①墨菲定理指有可能发生的坏事一定会发生。

半时仍未被吓住,也未退缩,他就把表情定格在了那里———外带四分之一的紧锁眉关。"我承认你有权过问这个问题。但是我并不确定我的答案能让你满意。"他思考了一会儿,我则在一旁静候。"我并不习惯通过翻译交流。我还是有语言天赋的。但是至少有一种语言我永远都学不会。有人说无论谁,只要不是在纳瓦霍部落①中长大,就永远没法用纳瓦霍语思考。因此我付出了极大的努力想要学会它,但没成功。我能磕磕巴巴地讲纳瓦霍语,纳瓦霍人也能勉强听懂,但是我永远也不可能学会用纳瓦霍语思考——它建立在我的大脑无法理解的、对现实完全不同的基本假设之上。

"我也研究了你们的舞蹈,也就是你们替我们人类简短地讲了一段时间的'语言'。我和帕森斯女士讨论了良久,参阅了飞船上计算机所能提供的所有信息。但还是没能学会这门语言。

"我想再试一次。我的想法是,亲自直面不加掩饰的宇宙可能会对我有帮助。"他停顿了一下,重新露出了笑容:"吃佩奥特掌②的花骨朵多少帮助我掌握了一些纳瓦霍语——就像我的老师跟我保证的一样。我也必须接触你们对现实的假设。我希望和那个花骨朵相比,它们的口味清淡些。"

自从见面那天起,这是我从这位言语简练的外交官口中听到的最长的一段话。我感觉到了一股刮目相看的敬意和惊愕,甚至还有些许快意——这简直就是正在结果的友谊。我的天啊,要是他也是'新人'该多好!

"成濑博士,"我在终于能控制住自己的呼吸时说道,"咱们

① 纳瓦霍族为美国原住民的一支,保留地位于美国西南部。
② 佩奥特掌是一种仙人掌,它含有致幻剂,很早就被北美原住民用于医药和宗教用途。

去见考克斯舰长吧。"

成濑全神贯注地听了时长十八个小时的舱外活动教学讲解——尽管他已经了解了绝大部分内容——而且偶尔会提出相当深刻的问题。在讲解开始之前,我敢打赌他能在黑暗中把压力服的每一个次级系统拆解开来。而在讲解结束时,我敢赌他已经能够在黑暗环境中从自由飘浮装置开始,完好地将它们依次组装起来了。我见过不少聪慧绝顶的人,但他还是让我大开眼界。

不过,我仍然不确定他是否值得我信任。

基于少犯错的理论,我们最后确定了只有三人出舱——在太空中,麻烦很少单独出现。很显然,我扮演的是"童子军团长"的角色。除了哈利以外,我是有着"最长出舱活动时间"记录的人。琳达则是在过去一年中给成濑达司教授各种外星人基本知识的讲师,她的加入是为了保证"课堂"内容的延续性。当然,在我全程都得当"鸡妈妈"的时候,就得靠琳达来为成濑表演舞蹈了。我的另外一个想法是,毕竟她是他的朋友。

我们安然度过了第一个小时。我们三个都待在"骰子"里,由我来负责飞行控制。我们从"西格弗里德号"出发,沿着一条安全悬索往外走了几公里的路程,然后就和往常一样,在茫茫宇宙的正中心停了下来。成濑似乎并没有感到与世绝缘,而更多是保持着敬畏和沉默。我相信他消化得了目前见到的所有奇观——他总是给人一种对浩瀚宇宙了如指掌的感觉。可是他还是在很长一段时间内被震撼得说不出一句话来。

琳达和我也一样。哪怕是从现在这个距离看过去,土星也美得难以置信。这个星球毫无疑问是整个太阳系中最壮观的景点。我此生都未见过像它一样摄人心魄的东西。

前几天我们就发现这一点了,当时整艘飞船上的人员都挤在了视频幕墙前,现在我们却是在舱外看得一清二楚。三人平复了心情,琳达对成濑讲了我们的舞蹈方式之后离开了骰子,开始独舞。我们事先约定了要在这段时间内保持安静,比尔也在无线通信中我们的频段上相当配合地一语不发。成濑在琳达舞蹈的头一小时里有四分之三时间都陶醉地观看着,之后便发出一声叹息,奇怪地扫了我一眼,然后从"骰子"的另一边移到了我身处的控制区来。

我几乎就要大声呼救了,但他的目标只是"骰子"的无线通信系统——他关掉了它,然后把头盔摘了下来。他的动作一气呵成,看起来像是练习过。我之前为了节省空气已经摘掉了自己的头盔,赶紧伸手去拿。不过,他把食指竖在了唇前,然后说:"我想让谈话保持机密。"在低气压下,他说起话来音调很高,但是音量很微弱。

我考虑了他的提议:哪怕最糟糕的事情发生,毕竟还有琳达可以自由活动,她也能看到透明方块内发生的任何事情。"好的。"我答复道。

"我能感到你的不安。我非常理解,也尊重你的感受。我现在要把手放到右侧口袋里,取出一样物品。它绝对是无害的。"他说到做到,取出了一件像高级定制的纽扣一样的微型录音机。"我希望我们能相互说实话。"他补充了一句。真的只是低气压让他的声音听起来如此尖利吗?

我仔细思考了该如何回复他。在他身后,琳达正在宇宙中优雅地打着旋子,隆起的小腹相当明显。"好的。"我又一次说道。

他用拇指轻按了录音机的回放键。里面播放的是琳达的声音,但是我听不清说了些什么,只好摇摇头。他倒带之后,把录音机朝我的方向抛了过来。

琳达说的是:"我说的正是那个意思,他们的某些利益和我们的可能不一样。"

那正是我之前提到的那段舞者间的交谈。

我的大脑瞬间开始像计算机一样运转,高效率地思考着,在以微秒为单位的时间内分析了了成千上万种这盘录音带能导致的情况,然后便迅速地宕机了。我们被抓了个正着——这会儿的情况与开车下山,刹车却坏在了半路无异。我发誓我当时锁死了隔在我们之间有形和无形的密闭门,但是……微型录音机碰到了我的脸颊,我本能地抓住了它,在汤姆问琳达"我们难道不是人类吗?"时狠狠关上了它。

"骰子"里还在回响着最后这句话。

"只有笨蛋才会觉得在压力服里安个窃听器是什么难事儿。"成濑的声音里毫无感情。

"是啊。"我的声音有些嘶哑,赶紧清了清嗓子。"确实蠢到家了。还有谁……"我赶紧闭嘴,狠狠地拍打着自己的额头,"不,我不想问任何愚蠢的问题。好吧,你是怎么想的呢,成濑达司?我们是新人,还是只是有天赋的杂耍演员而已呢?我很想知道答案。"

他动作利落地朝我腾跃过来,就像一支在慢镜中飞行的离弦箭。猫就是那样跳跃的。"大概是天人吧?"他平静地说,然后干净地完成了落地动作,"也许也可以叫有翼灵人。"

"叫什么?哦——灵魂上有双翅的人。呵,好吧。我接受这种叫法。那恕我直言,博士,我敢赌一块曲奇你也是个'有翼灵人',或者至少有这个潜质。"

他的反应完全震惊了我。我本来预期他会用一张扑克脸来回应我的话。然而，他的面庞瞬间被赤裸裸的悲痛占据。在土星光芒下，那副表情流露出的是彻底的失落和明知无望的渴求。我从未见过他如此喜怒形于色，之后也再没有。也许只有他年迈的母亲和已经过世的妻子才见过。眼前所见让我震惊不已——而如果他意识到了这一点，他也会为自己的失控惊诧万分。

"不，阿姆斯泰德先生。"他阴郁地说，同时越过我的肩远眺着我身后的土星。他第一次，也是最后一次暴露出了他的日本口音，却让我想起了胖子亨弗莱。"我并不是你们中的一员。即便我有时间，即便我很想，也没办法变成那样。我对此心知肚明，已经完全接受了这个事实。"他的脸上逐渐变回了一贯的淡漠。我惊叹于他对情绪的把控，不过还是打断了他的话。

"现在就下定论还太早了吧。不管你把那个称为什么人，在我看来任何能玩三维国际象棋的人都有优势。"

"因为你不了解三维国际象棋，"他说，"还因为你是有天赋的人，无法理解普通人的感受。人类在地球上也玩三维国际象棋。这个游戏就是为在一个重力加速度下，保持身体直立的棋手设计的。所有经典棋局也都是线性的。我试过在失重环境中下棋，使用一副与我的身体姿态没有固定联系的棋子，我就是下不成。在地球上，我可以连胜世界顶级的马丁-丹尼尔斯系统，但是如果是在失重环境里的三维棋局，布林德尔先生可以轻易地击败我——如果我敢不顾颜面地和他下一盘的话。在'西格弗里德号'舱内，或者在'骰子'这样的线性结构中，我的身体协调性还好。但是如果没有你们所谓的'垂直坐标'的话，我永远也学不会在那样的空间里生存哪怕一秒钟。"

"每个人都是慢慢来的呀。"我说道。

"五个月以前,"他打断了我的劝说,"有一天晚上,我舱室里的灯就是不亮。我醒了之后,光是找开关的位置就花了二十分钟。在那段时间里,我因为恐惧和痛苦哭得不能自已,甚至尿了裤子。每一次回忆起那个夜晚都让我充满了屈辱感,所以我花了好几周的时间进行测试和训练,想要找出适应这个环境的方法。最后我发现自己必须得有垂直坐标才能生活下去。我只是一个普通人而已。"

我沉默许久。琳达注意到了我们的谈话;我示意她继续跳舞,她点点头。在我透彻地思考了所有这些事情之后,我问他:"你认为我们的利益和你们的终究不同吗?"

他重新摆出了外交官的姿态,先是微微一笑,然后咯咯笑起来。"你知道墨菲定律吗,阿姆斯泰德先生?"

我笑着回应他:"当然,但是那真的有可能不同吗?"

"我认为我们的利益是相同的。"他严肃地答道,"但是我相信季米洛夫认为二者不同。艾泽基埃尔、考克斯舰长只是有可能觉得不同,而西尔弗曼则是肯定。"

"看来我们也应该假定他们也有可能在我们的压力服中安装窃听器。"

"告诉我,如果我们与外星生物的会面产生了重大战略价值的信息,你觉得西尔弗曼会试图独吞这些信息吗?"

和成濑谈话就像拉大锯一样。我叹息一声——好吧,我们正在坦诚地交换意见。"当然——如果有机会能这么干的话,他当然会了。但要做成可不是一件简单的事。"

"某个人要是拿到了此类信息的录像,就会让西格弗里德号返回地球,到了足够近的距离再把信息传回去。"他说。我注意到他说的是"某个人",并没有明确说是谁。

"为什么不说清楚是谁?"

"以防这辆车上被人安装了窃听器。我看西尔弗曼会是'某个人'。这只是我的个人观点。如果他真这么做的话,我会立马杀了他。你和你的朋友们在失重环境中反应相当迅速;我希望到时候你们能理解我的动机。"

"什么动机?"

"延续地球上人类文明的火种。维持人类种族的繁衍。"

我决定问他一个烫手问题:"如果有人这么做,你会用那把自动手枪射杀他吗?"

他流露出了些许不悦。"在启程两周后我就把它扔出密闭门了,"他答道,"在失重环境中拿枪做武器真是太荒唐了。我早就应该意识到这一点的。所以我的答案是'不会',但我应该会拧断他的脖子。"

千万别把这个家伙逼急了,他会用谋杀作为回应。

"如果这真的发生的话,你会是什么立场呢,阿姆斯泰德先生?"

"哦?"

"西尔弗曼和你一样是白人,都来自北美。你们的文化圈基本一致。这样的纽带比你和你的天人同伴之间的关系更强大吗?"

"哦?"我又一次问道。

"如果养育我们的蓝色星球有任何不测,你们这个新物种也没法延续下去。"成濑尖锐地指出,"而西尔弗曼那个疯子就试着这么干。我并不清楚你怎么看待这件事,阿姆斯泰德先生,你会怎么办?"

"我尊重你问这个问题的权利,"我缓慢地答道,"我会做彼时对我来说正确的事情。除此之外我无可奉告。"

他仔细观察了我的脸，然后点了点头："现在我想外出走走。"

"老天啊！"我刚大叫一声，他就打断了我。

"没错，我知道——我刚才说了无法在太空中正常行动，但是现在我想试一试。"他挥着他的头盔说道。"阿姆斯泰德先生，我知道自己可能不久之后就会在这次任务中死去。在我长眠之前，我一定得在永恒的浩瀚太空中独自游荡一遭，没有加速度，也没有人为设计的直角坐标。我一生中大部分的时间都梦想着来到太空，但却恐惧真正进入其中。所以现在我必须迈出这一步。如果用最接近你的表达方式来说的话，我必须直面我的神明。"

我很想说可以，但却不得不劝阻。"你知道所有感官通通失灵有多可怕吗？"我争论道，"你真的愿意在压力服中失去自我意识吗？就算只在里面把你的午饭呕出来也够你受的了。"

"我曾经失去过自我。将来的某一天我会永远地失去它。我不会呕吐的。"他开始戴上头盔。

"别！该死，你小心点戴！算了，让我来。"

五分钟之后，他重启了无线通信，颤抖地说："不行，我现在就得进去。"之后他就一直沉默，等我们下了'西格弗里德号'的接驳飞行器，在泊位上解安全带时，他轻声开口道："我才是'弃人'，还有其他那些人。"自那之后，一直到我们和外星人的"第二次接触"的那一天，他再也没和我说过一句话了。

而我当时的回应是："博士，如果你想成为我们中的一员，我们非常愿意帮助你训练。"他只是沉默不语。

　　加速过程中常常伴随着各种小灾难。如果你搬进了一个小型公寓（而且足不出户），在不到一年的时间里，你的物品就会摆放得乱七八糟。而失重则加剧了这种状况。在加速时，哪怕我们只需要忍受二十五小时的百分之一重力加速度，也没法把所有物品整理齐全并且收纳起来。

　　另外，即使是激光标尺测出的最直的管道也会有些许弯曲，更何况我们的任务堪比人类有史以来遇到的最长"管道"（有几十亿公里那么长！）。在管道的远端，泰坦星巨大的重力场只相当于一个袖珍的目标，我们必须毫无偏差地抵达那里。好在"空之扉"那时候已经有能力生产用于制造迷你微芯片电脑的晶体管；如果没有这个前提，一切都不可能实现。当然了，我们在旅途中也对路径进行了几次微调。不过这颗巨大的土星卫星旋转的速度实在太快，有好几次飞船不得不用一个重力加速度调整。尽管时间很短——感谢老天慈悲——但我很是怀疑剩下的燃料是否充足，能不能让我们活着走完两年的回程。整艘飞船上的东西也日渐老旧到要废弃的程度，幸好大部分都微不足道，比如"菲伯·麦基的衣柜"以及舱内墙体以及设施。最糟糕的是一根排水管破裂了，就在船体中部的淋浴舱里——我们让通风管道勉强担负起了排水任务。

　　这种事情无法避免，就好像你在地震前收到警报，却依然什么也做不了一样。

　　另一方面，整理舱内乱糟糟的物品还算简单——这也得感谢失重。我们往往只需要耐心等待，所有废物迟早都会堆积到中央空调的花格通风口。失重环境下的家务活基本上只有两件：更换老旧的维克罗搭扣和那些通风口。

　　（尽管舱室内的每一处都包上了软垫，我们在睡觉时还是会使用睡网或者睡茧。这束手束脚的,当然让我们多少无法安眠——但是如果不被限制住的话,我们的身体难免会撞到通风口,进而把我们弄醒。我曾经有一个白痴学生,他想在"市政厅"打会儿盹,但碍于没有睡眠辅助装置,便把空调关掉了。好在他被自己呼出的二氧化碳形成的包围圈憋死之前,有人发现了他干的蠢事,救了他的小命。二十个小时之后,我自掏腰包安排了一架非定期飞船送他回到了地球。)

所以,大家的事情不是很多,所有人都能找到时间悬在视频显示屏前,欣赏泰坦。

我们曾学习过大量关于泰坦的资料,简单介绍一下:

泰坦是土星的第六个行星,也是体积最大的那个。我想象中的它和月球差不多大,不过那个该死的家伙直径有将近5,800公里——和水星差不多大,是地球体积的十分之四左右。不过,尽管是大个头,它的质量却只有地球的0.002倍。泰坦的轨道倾角不到1度,可以忽略不计——也就是说,它基本上围绕着土星的赤道公转(和土星环一样)。泰坦绕土星公转的半径大概有10个土星的直径那么长,它被土星潮汐锁定[①](也就是自转与公转同步),导致它永远都以同一面面对土星,就像月球对地球一样。它的公转周期只有短短的16天——对于它的庞大体积来说,的确算是身手矫捷了(当然了,土星上的一天也只有10.25个小时)。

从我们离它近到可以肉眼观测的时候起,它就泛着偏红的光。而现在,它看起来就像是烈焰中的火星,四周缭绕着大片似

①潮汐锁定,又名同步自转、受俘自转,指重力梯度使某一天体永远以同一个半球对着另一个天体的情况。潮汐锁定要求天体绕自身旋转一周和绕对应天体旋转一周的时间相同,即后文解释的"自转与公转同步"。

乎含着血而非水蒸气的积雨云。透过云层，像月球表面一样的山脉和峡谷依稀可见，闪着色调冷一些的红光，就像隔着红色遮光罩。总之，泰坦给人的视觉感受就像被地狱之火焚烧着的天谴之地。

泰坦上出现这个不自然的红色调，是考克斯和孙突然进行这次行动的主要原因之一。当时军政界以外交任务为名强行紧急征用了科学界斥巨资筹备的土星考察行动，导致科学界极度愤怒；在得知前往土星的考察团中，科学界成员只有一名来自太空指挥中心的物理学家和一名工程师后，他们更是怒不可遏。所以，当我们还在地球轨道上时，比尔和孙上校就像起潮时的渔夫一样，在短短二十四小时中争分夺秒，为"西格弗里德号"的航行进行了最起码的测量和记录措施。

由苏珊·法·孙领头，他俩要么遵循着科学家们之前录制的视频教程，要么听着科学家们没气地从"现场"发来的指令（信号的延迟长达一小时十五分钟，对解决大家的情绪问题可谓帮助颇大）完成了科研活动。两人的活儿干得非常漂亮。要说探测土星的第六行星和与来自外太阳系的电离子团生命对话相比哪个更有趣，大概没人会选择前者，但这群科学家就是会选前者的那些人——而且让人惊讶的是，他们还不是疯子。

这片红色太诡异了。泰坦应该是蓝绿色的，但即便是从地球那么远的地方观测，也能清楚地看见是红色。为什么呢？科学家们也不太清楚。他们选择考察泰坦，是因为从大气（主要成分是甲烷）和温度等特征来看，它是太阳系内除地球之外，唯一在理论上存在我们所知的生命形态的天体——有人曾在实验中发现，在仿泰坦大气环境中发生了米勒提出的"原始闪电"化学反应①。这对于地外生命研究者来说自然是好消息。而现在,科学家们认为这片红色的云层可能是某种有机物,虽然这个说法更让他们欢喜,但没有被公布出来——毕竟只是猜想而已。更有甚者把它想象为某种呼吸甲烷的生命体代谢之后产生的污染。我对此没什么兴趣,连劳尔悄悄跟我们分享的某些更浅显的理论都懒得去理解。不过有一点我还是清楚的,就算经过二十四小时不间断的争论,悲观主义者仍然会否定地外生命存在的可能性,而乐观主义者则会说"可能"。劳尔说目前我们得到的很多数据都含糊不清、相互矛盾——对此我一点儿也不惊讶;要知道,"西格弗里德号"可是匆匆忙忙提前上阵。

我在观看泰坦的同时,也在观看着土星。科学家们对土星不感兴趣,除非能近距离观察到它,然后开会讨论那些数据。从我们所在处看过去,它大概占据了六七度的天空(举个例子,站在地球上看,月球大概占了半个角度的天空;站在月球上看,地球则占了两度左右;当你顺着自己伸直的胳膊看拳头,大概是十度左右)②。算上土星环的话,它的直径就会翻两番,多占据将近十四度。

想象一下,那个庞然大物的观测角有二十度——两个拳头那么宽。当然了,观测角最大的不是它:在太空工作室时,我在近地点见到的地球母亲占据了差不多半个天空。但是,当地球

①米勒实验,也称为米勒-尤里实验,是由斯坦利·米勒和哈罗德·尤里在1953年进行的关于原始生命起源的实验。他们使水、甲烷、氨气和氢气在一系列仿造原始地球的环境(最典型的是闪电)中进行反应,在生成物中发现了糖类、脂质和氨基酸等有机物。

②这里的角度计算很简单:假设观测者处在一个点,将此点连接到被观测物左右两端,所组成的角即为观测角。整个天空为一百八十度。

的观测角为二十度时，我们之间的距离是两万两千公里；而此时我们距离土星却有一百二十万公里！

土星可真是一颗超巨大的行星——如果你不把木星算成行星的话，它就是太阳系众行星的老大（我从不认为木星是一颗行星，也并不在意它究竟是不是）。土星的直径为116000公里，大概是地球的9倍；质量则相当于95个地球。这使得土星1.15倍于地球的重力听起来低得可笑。不过，我们必须记住土星的密度只有同体积的水球的69%（而地球的密度则是水的5倍还多）。哪怕那么低的重力也足够杀死天人或者弃人了——如果我们傻到敢冒险着陆的话。就逃逸速度而言，土星比地球快上三倍（土星的引力场固然相对微弱，但是它的辐射范围更加宽广）。

但是，就我的理解而言，土星并没有一个真正的地表。哦，可能有岩石分布在土星内部深处，但是还没等到下潜到那里，你就一命呜呼，飘在液态甲烷中了——它是土星（以及土星"大气"）的主要成分。

壮观的土星环看起来像是没能拼装起来的卫星。它由数万亿的岩石组成，尺寸从沙粒到巨型圆石不等，外表覆盖着冰层。

这些石块共同组成了一道无法言喻的靓丽风景线。土星本身是梦幻般的赭黄色，上面分布着巧克力色的暗纹。作为一颗行星，土星很是明亮。土星环（实质上是一圈混合了土石的冰块）上则可以找到色谱中存在的、肉眼可见的所有色彩，随着岩石的运动，这些色彩都在不断变化。土星给人的总体印象是一枚巨大的玛瑙，或者是一颗巨大的虎眼石，上面缠绕着一圈揉碎了的彩虹。更加细碎的彩虹光芒则随机地出现在土星环里的岩石之间，宛如透过棱镜的阳光。

我真是永远也看不腻,那景象我毕生难忘。光是能亲眼见到就值得我从地球远道而来,放弃作为人类的身份。我无法确定从哪个角度看起来更壮观:无论是当我们处在飞船轨道的最高点,位于环带之上,还是在轨道的另一端,与环带平齐,眼前所见都各有特色。在空闲时间的每分每秒里,劳尔都把自己黏在视频显示屏对面的墙上,大腿上放着"音乐大师",耳朵里塞着耳机,十指则在键盘上试验各个音符。他坚决不允许我们打开音响,不过他给了哈利另一副耳机。后来他给我们听了他当时谱写的交响曲,我同样愿意为了它永远地离开地球。

毫不意外,外星生物吸引了比尔·考克斯的所有注意力。尽管仍然远到看不见,它们的高能辐射还是几乎让监测仪爆表。那群生物就静候在泰坦绕土轨道的前特洛伊点上[①],大概一百万公里以外。因为存在其他八颗土星卫星的引力场,想要确定那个点的准确位置极为困难;也有人说土星所有的特洛伊点从长期来看都是不稳定的——即便是像奥尼尔空间站[②]那种理论上能在地球的L-5点稳定运行的飞行器,在土星的特洛伊点上也不行。

---

① 指在天体力学中限制性三体问题的五个特解(这五个点合称拉格朗日点)的其中两个,表示一个小物体在两个大物体的引力作用下基本保持静止的点,分别为L-4和L-5。在此两点,小物体同两大物体所在的点构成等边三角形,此时小物体即使受外界引力的干扰,仍能保持在原来的位置。L-4一般位于轨道前方六十度处,L-5一般位于轨道的后方六十度处,所以L-4被称为前特洛伊点,L-5为后特洛伊点。

② 奥尼尔空间站,20世纪70年代由美国物理学家杰拉德·奥尼尔设计的一种圆柱形空间站模型,人类可以在里面长期生存、培育作物,依靠圆柱体自身的旋转制造出向心力,模拟地球上的重力环境。

不论如何，外星人确实做到了在泰坦轨道前方六十度角的地方等着我们，它们可真是选了一个稳定的好地点——这不得不让我们再次怀疑它们是故意还是巧合。

下一步就是过去跟它们打声招呼了。"西格弗里德号"上的所有成员都知道，飞船离特洛伊点还有四光秒①的距离，每个人都要做好准备，不能贻误时机。

在比尔和孙上校费尽心力操纵飞船前往目的地时，舞者也没有闲着。我们可不会只傻站着看风景。

"豪车"已准备完毕：物资储备齐全，器材装备到位，实际运行测试和仪表测试都细致到了每一条电路。从飞船起飞时起它一直被妥善地保管照看着。不过已经过了很久，所以第一件事就是检查上面的物资和设备，再重新测试一次仪器。要是这些东西出了什么差错，我们再重来这里一次和它们会面，至少需要花费两到三年。而那个时候，它们所在的特洛伊点是否还稳定就不好说了，那样的话，也许在我们赶来之前它们就已经打道回府。

除此之外，我还要做的事就是和他们好好谈谈。

这是在面见外星人的最后关头，最为关键的一件事情——编舞。我们已经和外交官们争吵了一年都没有定下来。这不，刚才过去的几个小时里，我们又因此大吵了一架。

终于，我越过他们翻腾而去，准备直接回到自己的房间，让他们尽情胡乱手舞足蹈。我并没有发脾气，只是实在没有吵下去的耐心了。德拉托雷礼貌地给了我一段独处的时间之后，按响了我的门铃。

"请进。"

---

① 天文学长度单位，四光秒约为一百二十万公里。

太空仪容限制严重影响了他的形象；他本应该有着马克·吐温那样的发型，却不得不把大胡子也剃得干干净净——头盔里并没有给他的面部毛发预留什么空间——而且他显然很讨厌刮胡子，看那参差不齐的胡茬就知道。不过，剃掉胡子之后的德拉托雷反倒是精神很多，几乎可以抵消那颗硕大头颅上顶着的难看发型。他那温暖的棕色眼眸中充满了不可言说的疲惫，眼皮堪比褶皱的葡萄干。德拉托雷把自己粘到了墙上，缓慢地移动着精疲力竭的身体，好适应内舱的垂直坐标（这是地球上的设计师设计出来的，后来哈利开始建造他第一艘价值数十亿美元的宇宙飞船时，对于内舱坐标系的设计可比这些设计师高明多了）。

就他的高龄而言，德拉托雷永远也没有机会成为一名宇航员了。出于尊敬，我把自己的身体调整到了和他同样的方向。我原本就微不足道的怒气已经彻底消散，但是我的决心并未改变。

"查尔斯，我们必须找到一个相互妥协的方案。"

"艾泽基埃尔，别告诉我你和他们一样目光短浅。"

"他们只是认为第一幕更应该展现我们的敬意，而不是强硬立场。在这一阶段应该更注重表达庄重的礼节，而非某些强烈的情感。一旦我们和那群生物取得了联系并且建立相互尊重的关系，我们再表示抗议、提出问题。你们要放在第一幕的内容，应该放在第三四幕左右。"

"真该死，但那样做并不合理。"

"查尔斯，请原谅我这么说，但你的判断力在这件事上确实受到了内在感情的影响吧？"

我叹了口气，说："艾泽基埃尔，请你直视我的双眼。我可以告诉你，从莎拉·特拉蒙德去世的那一刻起，我对她的爱恋就已经终结了。我审视了自己的灵魂，才能跳出这些舞蹈来。我并没有报私仇、泄私愤的冲动和欲望。"

"确实，你的舞蹈绝无复仇的意味。"他同意地说。

"但是我的确有些感情要传达出去——不过不是单独一个人的痛失所爱，而是代表整个人类表达失去同胞的悲切心情。我想要那些外星生物明白，它们逼迫莎拉·特拉蒙德自尽时，给我们的种族带来多么巨大的损失。是它们在她还没准备好适应太空之前，逼得她变成了天人……"我突然意识到自己说漏了嘴，赶紧打住，但是德拉托雷眼睛都没眨一下。

"难道她不是在它们逼近以前就已经蜕变成了天人，或者说，灵人，查尔斯？"他淡定追问道，仿佛他本就应该知道这些术语，"在那时，就算她回到地球，不也是死路一条吗？"

尽管那些术语让我有些分心，不过我还是能理解并接受他提出的这些问题，这使我俩之间的信任度陡然上升。"也许吧，艾泽基埃尔。她的身体可能永远也无法回去地球了。好多个晚上，我都无法入睡，要么自己在心里琢磨着，要么和我老婆探讨这个问题。我总是在想：如果莎拉能预见到《星辰舞》的巨大资金回报，她可能就应该在'空之扉'再多等一段时间，活下去，并且成为我们工作室更有价值的领导者。我总是想：如果她透彻地思考了所有事情的话，她就不会自取灭亡。我总是想：如果她能预知这一切的话，她就不会死。"

我从一只灯泡状的杯子中喝了一口咖啡，然后做了一个鬼脸。"但当时她所有的斗志都已耗尽，挥洒在了《星辰舞》上。她用尽最后一丝气力，与那些红色萤火虫战斗到底。她生命中的所有事物，包括卡灵顿，都在缓慢地消磨着她的求生意志，然后逼她把仅存的那些斗争精神倾倒在了舞蹈上,正是因为她的无私牺牲把那些外星人逼退了。它们如此畏惧她,以至于它们下一次接近地球时不得不等候在几十亿公里之外。在那之后,她生存的欲望所剩无几,她已经不想活下去了。

"我想明确地告诉那些生物,因为它们无所顾忌的接近而折损的那个人的价值有多高昂——那恰恰是她的人类同胞们莫大的损失。如果它们的'舞蹈'中有表示悲痛和后悔的姿态的话,我想看到它们摆出这些动作。还有,最重要的一点是,我想原谅它们。想要得到这些,我必须先传达不满和牢骚。我相信如果要预测我们能否与外星生物有效沟通或者和平共处,它们对此作出的反应会比任何其他指标都更有用。

"艾泽基埃尔,它们尊重舞蹈艺术,同时也杀死了我们这个时代最伟大的艺术家。这么大一件事如果不能作为开场白,那意味着人类这个种族不值得我来代表。那无疑是重演蒙特祖玛二世的错误①。诺蕾和其他舞者同意我的意见,你们的提议是与外星生物沟通的大忌。"

他沉默了很长时间。一位外交官最不愿意承认的就是无法达成妥协。但是最后他坦承道:"查尔斯,我明白你的想法和逻辑,也承认这样的想法更符合实际。"他叹了口气,继续说,"你说得没错。我会劝其他人接受你的观点。"他把自己从墙上反推出去,朝我飘移过来,用布满皱纹和老年斑的双手握住了我的双肩。"谢谢你为我解释这些。来吧,咱们继续做好各项准备,好向它们提出抗议。"

---

① 蒙特祖玛二世(约1475–1520)是古墨西哥阿兹特克帝国的第九任也是末代君主。他在西班牙殖民者袭击墨西哥城时劝说墨西哥人不要迎敌,最终导致自己被刺身亡,阿兹特克帝国也最终被灭国。

德拉托雷与其他三位外交官进行了二十分钟的闭门磋商。等他们再次集体露面时，看得出他们已经勉强地达成了一致。沃特海默真没选错人。半个小时以后，我们便踏上了最后一段旅程。

第三章

驾驶"西格弗里德号"顺着泰坦的轨道运行到特洛伊点花了大半天的时间。好在考克斯他们并没有再来几次要命的加速。泰坦是一颗强势的卫星，想要脱离它的引力场远比离开月球难得多。好在我们的目的并不是摆脱它的引力——至少不是彻底分离。从本质上说，飞船增大了绕土轨道的半径，在新的轨道上接近特洛伊点时再疯狂减速，以便追上外星人时和它们保持相对静止。这一系列操作至少有一部分是尽人事听天命，因为任凭你怎样在土星系统内改变位置，都牵涉"周围"十余个天体的引力作用（还有土星环，它也是有引力的）。而在完成这件任务的时候，比尔和他的计算机简直是一对最佳拍档。他的操作技术绝对是世界一流——我一直都知道他很厉害——他没浪费一丁点儿燃料，更重要的是，没牺牲飞船上的任何乘客。我们需要忍受的最糟糕的经历不过是一段只有15秒的0.6个重力加速度。那点儿痛苦不足挂齿。

舱室里每一面合理设计的墙，在加速时都能当成沙发用——因为在一艘真正的宇宙飞船中所有物体都包裹了缓冲软垫（能建造出价值几十亿太空探测器的设计师们早就想到了这一点）。我不知道别人是怎么做的，但是诺蕾、我以及任何有点理智的人都习惯于裸体度过加速期。如果你不得不在重力作用下平躺下去，你肯定不希望在自己的后背和软垫之间有衣服的褶皱或者体积不小的维克罗搭扣，硌得难受。当象征着"加速结束"的号声响起，我和诺蕾飘离墙面，穿上了一年以前"最后一程"时的那身压力服。在我们所有的五种定制压力服里，这一款的视觉效果最接近全裸——看上去就像超短款泳裤配上一顶有领的兜帽式头盔。这款压力服的透明部分是紧身的，肉眼几乎难以察觉到衣服的存在；"裤腿"的存在并非因为尺度上的顾忌，而是考虑到了卫生；至于兜帽式头盔和领口，它们的主要用途是遮盖数量多到足以破坏美感的必备硬件设施。腕部和踝部的助推器被设计成了精致的饰物，它们的控制端则嵌入了一副高尔夫手套中。我们一致同意身着这套压力服进行表演。也许我们下意识想通过开放地展示裸体来宣示人性，摆出足够的证据来证明我们是人类的生命形式。看，这是肚脐；看哪，这是一对乳头；看到了吗？这些则是脚趾。

"亲爱的，这套压力服的缺点在于，"我一边密封自己的服装，一边打趣道，"每看你一眼，我都得冒着把导尿管搞移位的风险。"

她狡黠地笑了笑，完全不必要地调整了一下左侧乳房的位置，"你可稳着点，小伙子。多想想正经事。"

"主要是因为该死的重力在这会儿已经不存在了。你们女人到底是怎样才能忍受得了这种折磨？自从有史以来，那两个大肉块就往下垂着，你们怎么受得了？"

"就当是苦修了呗。"她答道，然后朝电话跃去。她飞快地按下了号码，接通后说道："嗨，琳达，肚子里的宝宝还好吗？"

琳达和汤姆出现在了对讲屏幕上,他们俩正在帮对方穿好压力服。"挺好的,"琳达高兴地回应道,"还从没闹过我呢。"

汤姆对着屏幕笑起来,说:"有什么好担心的? 她还能把自己塞到这套压力服里,虽然刚穿上时还大喊大叫的。"

我对他的淡定赞叹不已,也颇为满意。启程时,我本以为汤姆在登台前的这一刻会因担心有孕的妻子而心绪不定、行为冲动。但是,就像我之前说过的一样,开阔的太空能让人内心平静——更重要的是,他接受了琳达传授给他的一切。这并不只包括舞技或者用来放松心情的呼吸方式或者冥想练习——我们都跟琳达学了这些东西。她教给他的是更加深入的精神指引,给了"弃商从舞"的汤姆莫大的帮助(可想而知,这个过程以刺耳的争吵开始,不过在他想明白她绝无恶意、也绝没有故意不信任他之后便很快冷静了下来)。

最重要的是,她给他的爱和关怀终于安抚了汤姆饱受折磨的灵魂,打开了他的心结。这份爱如此纯净、真挚、发自内心,以至于除了相信和接受以外,汤姆别无选择,因此也更爱自己几分。这份自爱恰恰是可以让所有人放松自己的诀窍。对别人敞开心扉至少可以让你暂时摆脱为了保护自己而披上的厚重盔甲,你的心境也总会改善很多。有时候,你甚至会决定彻底抛弃那套盔甲。

我和诺蕾在一笑一回眸之间分享了因汤姆的改变而带来的喜悦。在关闭视频通话之前,她说道:"棒极了,你们俩。我们在'车库'见。"

诺蕾在空中随意飘移了一段时间,她的双乳在失重条件下更加坚挺傲人。她最后在与我隔空相视时静止下来,说:"汤姆和琳达会成为我们的好搭档。"然后我俩都没有说话。

我们就这样在同一个房间的两端悬浮了几秒,陶醉在对方的眼眸中,然后在同一刻腾跃、起飞,仿佛碰撞一般在房间的正中央相会。这次相拥火热、激烈、四肢并用;我们用尽全力,试图打破肉体、骨骼和塑料压力服的阻隔,让心灵真正地相拥。

"我不害怕,"她对我耳语道,"我应该感到害怕的,但并没有。一点儿也不。天啊,如果没有你和我一道前去的话,我肯定会怕得要命。"

我想说些什么,但就是开不了口,只好把她抱得更紧。

之后我们便离开了客舱,与其他人会合。

在"西格弗里德号"里的生活像极了在豪华邮轮的低等舱中度日。"豪车"这艘接驳飞船则更像是一辆公交巴士,或者是一架普通商业航班。一排排的座椅之间只有刚好够人进出的空隙;船尾其实是一个巨型的密闭门,还有一个小一些的密闭门设置在前舱;每一排座位只有一侧有窗户;引擎则被安放到了船尾处。但是从外面看来,它像是在挤压一个巨大的气泡——"豪车"的船首是一个透明的球体,直径二十米左右;届时,外交官团队将在这个球型观察台观看我们的表演——在那里,他们的视野不会被任何硬件设施挡住。电脑安装在飞船中部,真正的终端体积甚小;五个视频显示器稍微大一些;"豪车"的导航系统则由电脑的另一个处理器控制;至于座位嘛,绝无优劣之分。

在出发前的最后一刻,我们不可避免地收到了大批来自地球的信息,不过连外交官们也没理睬它们。我们在路途上也没有什么交流。每个人的脑子里想的都是即将到来的会面;至于行动计划,早就已经敲定了。

在那一年中,我们利用计算机进行分析,反复研究了《星辰舞》中双方的表现。有理由相信，我们已经获得了足够的信息来编排出包含四幕的"开场白"。这意味着时长约一小时的舞蹈，多少还是有些复杂的。在那之后，我们就能看出自己是否与外星生物建立了心电感应联结。如果成功，我们就会联系外交官们——德拉托雷会给我们传达外交官们达成一致的意见，接下来舞者尽力把那些意见用舞蹈表现出来。如果无法与外星生物建立联结，我们会观察它们的回应，参考计算机分析，把信息翻译过来。在交由外交官们起草回应后，我们参考计算机给出的编舞建议，再次寻求在双方之间建立默契。如果九小时后——那正好是用尽两个空气罐的时长——仍然无果，我们就会收工，乘"豪车"回到西格弗里德号，次日再试。如果得到了积极的或者是看起来有希望的进展，我们就会在那里待上一个星期——舞者们携带了足够的空气；"骰子"里则储备了充裕的食物和水，甚至还有一间可供更衣的洗手间。

大家都做好了随机应变的准备。可以说，我们对前景一无所知，以至于接下来发生的任何事情都可能出人意料——这一点所有人都清楚。

"豪车"的乘客区域只有一台视频显示屏，在短暂的旅途中一直被考克斯的脸占据着。他给我们发来监测到的外星生物的状态，并不断更新，好在它们没什么动静。接下来，"豪车"停止减速，乘客们在它掉头以便把"气泡"朝向外星生物时短暂地陷入了坐垫之中。我们一行终于抵达了那里。外交官们解开了安全带，往"气泡"的小密闭门移动；星辰舞者们则前往位于船尾的大密闭门，门上有醒目的"出口"标识。

舞者们颇有默契地在出口处等待了一阵，环视自己的同伴们。没有人需要说一段感人至深的、《卡萨布兰卡》结尾式的话，也没人开玩笑,或者在最后时分互诉衷肠。过去的那一年我们已经成为一家人,彼此之间已经开始有了独特的心电感应,不需要言语的表达。所有人都已经准备就绪。

我们只是挂上傻透了的夸张笑容,然后在密闭门旁手拉手组成了那个熟悉的雪花队形。

然后,哈利和劳尔脱离队伍、吻别,在戴上了头盔之后前往封闭门外的过渡区搭建布景。过渡区可以容得下四个人,汤姆和琳达也跟着他们走了进去。他们俩会准备好"骰子"并且等我和诺蕾出舱。

密闭门在他们身后紧闭,诺蕾和我也相互吻别。

"我没什么话要说了。"我说道。诺蕾轻轻地点头。

突然,我身后传来了人声。"阿姆斯泰德先生?"

"嗯?成濑博士?"

他独自一人半只脚越过了他那边的密闭门,面无表情、语气平淡地说了一句"祝你们好运"。

我微微一笑,回复道:"非常感谢您,先生。"

说完我俩便走出了密闭门。

这一刻有一种似曾相识的熟悉感,让我突然回忆起来很多事。当这种感觉涌上心头时,眼前似乎出现了浮光掠影。打个比方,就好像你已经很久都没有嗑过迷幻药,却真切地记得磕嗨了是什么体验。有一天你突然想起来那种感觉并沉溺其中,分不清是回忆还是现实,但等你恍然大悟之后,你会笑着面对自己的愚蠢。再比如(如果你从没磕过药的话),你和你的男/女朋友做爱的过程中,在灵魂脱离身体的那一瞬间,你顿悟了爱的真谛,意识到自己追求的真爱不过是一场单一、连续的性爱。虽然以后会有让你觉得似曾相识的事情出现,但你却再也没法重新回到那时了——不过在某一个时刻,你会突然发现自己从来没有真正忘却过那些感觉。

而现在,当那些外星生物再次出现在眼前时,我就是这种感觉。

红色的萤火虫。宛如烧得发红的炭火——当然里面并没有炭火;它们所在的容器像一个气泡,比"西格弗里德号"更大。萤火虫在里面不知疲倦地飞舞着,组成无时无刻不在变化的图像,就像响尾蛇之舞一样使人迷醉。

一瞬间,我突然感觉自己这一辈子所有的记忆只剩下当初见到它们时的那一幕——这段时间里,没完没了地研究那些外星人的录像带,试图理解它们,仿佛都是虚假的回忆,只留下一些不断消逝的残影。我本该认识它们。我一直都认识它们,它们也认识我,我们仿佛已经认识了几十亿年。就像小时候放学回家见到父母时的影像,一直存在我的记忆里从来没有变过。嘿,我想告诉它们,我不再笃信自己是一个瘸子了——就像一个孩子骄傲地告诉父母,自己通过了一场高难度的化学考试一样……

我狠狠地摇了摇头,打断了思绪,朝别处看去。周围的一切清楚地说明,自从上次和外星人碰面以来,我们再一次遇上了那如梦似幻的场景。就在那些外星生物的后面,明亮的土星发出黄色和褐色的光,被一条火焰般明亮闪烁的环带围绕着。身后的太阳光抵达这里的只有照耀在地球上的百分之一——但这区别几乎无法辨识:对人眼来说,地球上接收到的太阳光里百分之九十九都是不可见光。(想到这里我突然意识到另一个巧合,那就是这群外星生物选择的会面地点恰好是太阳系内人眼还能正常工作的最远点。)

我们处于土星环之上。它可真壮观。

在我的"右侧",泰坦看起来比月球还小（大概占据了三分之一度角的天空），但是仍然清晰可见。从我们的视角看去，它有将近四分之三满。在泰坦面对土星的那一侧，原本暗红色的表面由于反射土星的光芒变成了浅浅的血橙色。这颗巨大的卫星看起来仍然烟雾缭绕，就像一只不怀好意地盯着星辰舞者们的眼睛。

在我周围，我的伙伴们也都飘浮着，双目瞪得溜圆，已然处于催眠状态。

只有汤姆看起来仍然有一些自控力。跟我一样，他也是在与故"人"重逢：从大脑中调取深刻的回忆比制造全新的深刻记忆所需的时间少得多。

虽然是第一次亲眼见到，但我的伙伴们可不像之前的我们一样对它们一无所知。上一次面对面交锋时，莎拉似乎能够在一定层面上理解它们——而那时我不论怎么用力观看、琢磨它们的运动，也总是摸不着头脑。现在，我的内心已没有恐惧，双眼因为任务在身而更有洞察力，心情也趋于平和；我终于能感莎拉之所感，见莎拉之所见，也终于能和她一样对那群生物做一些的初步评估了。

"它们有那么点儿傲慢，而且坚信它们更为优越。它们的舞蹈是一种挑战，一种勇气的挑战。"

"……就像是一个生物学家在研究一个新物种在进行某种古怪滑稽的运动……"

"它们想要的是地球。"

"……它们的运动轨迹就像原子外层的电子一样精准复杂……"

"相信我，它们能躲避或者承受来自地球的任何形式的攻击。我知道的。"

考克斯的声音打破了我们的目眩神迷。"'西格弗里德号'呼叫星辰舞者。它们还是原来那一批，是吗？因为它们的运动轨迹也是三个'9'。"

因为不知道土星出现的这群外星生物，和之前出现在地球周围的是不是同一批，我们特意做了两手准备——谁知道呢，没准它们是"警察"，在搜索原来那批的外星人，或者是被星际观光、移民宣传册之类的东西所吸引，前来游览太阳系的第二批倒霉蛋们。我们还考虑了其他各种状况，并做好了相应的准备。就在比尔说话时，他和外交官们已经着手从计算机存储中调取并比较了好几打数据，确定我们继续按A计划进行。

而我们舞者并不需要对比数据，刚一打照面，我们就对此心知肚明了。

"收到，'西格弗里德号'。"我肯定道，"我记不住名字，但是我从不会忘记长相。长官，就是它们。"

"请开展行动。"

"很好，咱们开始准备。哈利、劳尔，请摆放布景和监控器。汤姆、琳达，请准备好'骰子'——大概往那个方向二十公里的地方，好吗？诺蕾，请帮我放置摄像机。我们二十分钟以后在'骰子'那里会合。开始行动吧。"

布景是极简风，主要由标记位置的网格点组成。劳尔很早就知道，在土星环附近尝试炫目的视觉效果毫无用处。他的激光照明灯能派上的用场，就是在舞者出现在镜头前时，给他们的身上打上彩光——也许还可以用来试探外星生物对激光照射的反应如何。好吧，其实后者才是它们的真正用途。不过我认为这个主意真他妈的蠢透了——就和教皇利奥一世在和阿提拉谈判时敢用短剑剔牙一样傻到不可理喻①——舞蹈公司的所有成员，包括劳尔在内，都同意我的想法。我们都想坚持使用传统照明法。

但是如果你想要跟那些重量级的外交官们讨价还价，就必须在某些地方作出让步。

那些网格点其实是劳尔的"音乐大师"控制下的色彩"键盘"，控制系统则出自哈利之手。如果外星生物对颜色信号有明显的反应，劳尔会试着用他的乐器来制作视觉"音乐"，让变换的色谱与我们一同舞蹈，以便增强我们和外星人之间的沟通效果。"音乐大师"能播放出频率远超人耳能接收到的最低和最高极限的音乐；同理，网格点所能显示的色谱也超越了人眼的可视范围。如果外星生物的语言囊括了这些微妙的细节，我们可就有的聊了。到时候哪怕是飞船上的电脑，都得最大限度地发掘自己的分析能力。

音乐大师的音频信号也会在公用的无线通信网内播放，音量会远小于人们的交谈。这样也许可以增强舞者之间的心灵感应，而且我们已经习惯了把劳尔的音乐作为背景播放。

诺蕾和我架起了五台摄像机。它们组成了有一个缺口的圆锥，镜头则全部指向外星生物的据点。这样的安排打造了拱形舞台的效果，而非我们在工作室惯用的、六台环绕式摄像机360度全视角效果。没有一个人觉得有必要绕到外星生物背后去架

---

① 教皇利奥一世（约400-461）是罗马教廷历任教皇中最重要的之一。他于公元452年说服屡次率兵攻打罗马帝国、后来将匈人帝国带至极盛的匈人领袖阿提拉撤军。当然，他肯定没有在善用刀具的阿提拉面前用短剑剔牙。

设那第六台摄像机。这将是我们头一遭从除了正面以外的所有其他角度来录制舞蹈——就好比只在后台录制演出一样。

说实话,这其实并没有什么不妥。从艺术性上讲,我们的表演连一支像样的舞蹈都算不上,我也不会对它进行商业发行。原因很明显——这支"舞"并不是给人类欣赏的。

这恰恰是在过去的一年中舞者与外交官关系紧张的根源。他们认定了我们只有严格按照计算机生成的动作表演才能让外星生物最大程度的理解人类的信息。我们星辰舞者则一致认为当初莎拉用来激起它们的反应的并非一系列舞蹈动作,而是**艺术**。引起它们共鸣的是创造了那些动作的艺术头脑,是为了表演而付出的心血——而过于机械化的舞蹈编排会将其无情扼杀。如果我们全盘接受外交官团队的想法,舞者将被矮化为计算机程序的展示模特;如果他们全盘接受我们的想法,季米洛夫和西尔弗曼将不得不承认自己对外星生物语言一窍不通——成濑则会被他的上司怀疑和我们舞者沆瀣一气。

当然,所有人相互妥协之后得到的最终的结果没能让任何一个人满意,其中有一个条款,就是大家一致认为哪种编排没效果的话,就应将之弃用。我赌上舞者的性命和人类的未来带上激光照明,其中一个原因就是为了达成这个条款,另一个则是为了取得对第一幕内容的控制权。舞者和外交官的博弈中,我们占了上风:毕竟作为开场白的"牢骚"是数学和弹道学无法表达的。

不过,即使舞者能完全按照自己的意愿来表演,我们的舞蹈也肯定会让地球的观众困惑不已。

但是我想,如果莎拉能看到这场舞蹈的话,她一定会非常喜欢。

至少现在一切已经就绪——舞台已经搭建完毕,舞者们则在'骰子'周围再次组成了雪花阵型。

"注意你的呼吸节奏,查理。"诺蕾提醒我道。

"你说得没错。遵命,亲爱的。"我的肺此刻正在听从来自后脑的指令;而后者似乎想让我烦躁起来。但是我并没有。我开始有意地控制自己的呼吸。很快大家便达成了呼吸上的同步——吸气,屏息,呼气,屏息——尽全力让一个循环持续超过五秒钟。很快我的躁郁情绪开始像夏日里打零工挣的小钱一样迅速消失,球面状的视野在不断往四周扩展。我感应到了我的家人们,就像有电流从隔着压力服牵起的手之间流过,把我们的心思和灵魂也调节到同步状态一样。我们好比吸附在单一磁极上的磁铁,整齐对称地面对着"雪花"正中央的一个假想点。这其实是一个相当振奋人心的比喻——在失重状态下,无论你怎样强行分散开这些单个的磁铁,它们最终都会回到那个单一磁极周围。我们是一个家庭,我们同心同德。这并非基于我们同属于同一个新物种的假设,而是因为我们在舞台背后彼此了解熟悉,因为我们之间的关系纽带在地球之上和之外都无可比拟。

"阿姆斯泰德先生!"西尔弗曼大吼道,"我知道你很高兴终于到了全世界都对你们的表演翘首以待的时刻。我们可以赶紧开始行动了吗?"

我只是笑而不语。舞者们都只是笑而不语。比尔开始说了些什么,我赶紧打断了他:"当然,大使先生。我们马上就开始。"雪花随即解体,我则快速移动到了设置在"骰子"外侧的控制面板,说道:"程序已锁定……开始运行!灯光亮起,摄像机进行拍摄。舞者们进入准备姿势,五、四、三、二,表演拉开帷幕!"

就像融为一体一样,我们的表演开场了。

脚在前,头在后,双手高高举起并启动助推器———我们就这样冲向了那群萤火虫。

劳尔的网格标记点轻柔地闪烁着,用变换的色彩表现着由他创作的、美得让人难以置信的《莎拉的蓝调》。开头的几个小节完全是由深沉的低音贝斯演奏的;色彩的表现则是所有存在的蓝色色调———这其实是一种视觉上的双关。我们周围存在的色彩———土星、环带、外星生物、泰坦、激光、摄像机的灯光、"骰子",以及发出柔和红光的"豪车",还有我不认识的土星的另外两颗卫星———似乎都只是突出背景中那漆黑如墨的无垠深空,而不管人类还是星球,它无所不包。它敞开怀抱,提供给我们无边的视野,安抚着我们的心灵。对深空来说,人也好,萤火虫也罢,又有什么差别呢?

这种感觉并非是厌世超脱。恰恰相反:我从未感觉像现在这样充满生命的活力。多年以来的第一次,我留意到了压力服正紧贴在我的皮肤之上,留意到了耳机里传来的呼吸声,留意到了自己身体的气息和瓶装空气的气味,留意到了导尿管和有遥测功能的隐形眼镜的存在,还有我的头发摩擦着头盔的声音。我能够洞察一切,我的身体发掘出了它的全部潜力。我既兴奋不已,又有些害怕。我很确定这一点:我全身心处于愉悦之感当中。

音乐突然丰富起来。闪烁着的各色光芒就像是跃动在网格之间的脉搏。

四位舞者把助推器开到最大,排成了紧密的阵型,以营造从高空朝外星生物全速坠落的效果。外星人的"气球"就在我们脚下,它们的尺寸因迅速拉近的距离而急速增大,我则在相距还有三公里多的时候下达了停止前进的指令。我们挺直身体,调整姿态,在我的又一指令下同时启动了踝部的助推器,忽地远离彼此——宛如"蓝天使"牛舌草花盛开一般——各自进入了单独的大圆旋转轨道。我们逐渐缩小着旋转半径:每一位舞者负责螺旋式地接近容纳外星生物的那个大"气球"上的一个"方位点"。旋转了整整三周之后,我们又一齐远离"气球",在刚刚解散的地点重新会合;在行将碰头时,我们提前减速,四个人像杂技演员一样在高空拉手成环。大量的喷射式运动让我们不得不停下休整一段时间;我们先是面对着外星生物在空间中牵着手盘旋;然后各自向后翻腾,形成了一个边长五十米的方块,静静地等候着。

萤火虫们,我又到这里来了。我想,在很长一段时间内我都对你们充满怨恨。不管以什么方式,我都决意忘记仇恨。

激光照明打在我们身上,在红、蓝、黄和哀怨的绿之间变换着。劳尔把我熟知的那段音乐换成了全新的曲子:他的手指就像蜘蛛的长肢一样,编织着在一个小时前还不曾梦及的图案,为空间织入色彩,为我们的双耳嵌入音符。他的曲调甚为忧郁,两行由和声组成的小调相互缠斗着;与此同时,低音贝斯动感、跳跃地弹奏出与主旋律不甚和谐的暗流,给人一场头痛即将发作之感。此刻的音乐听起来就好像劳尔在往一个容器内倾注它所不能承载的痛苦。

有旋律给表演定下基调,有整个宇宙作为帷幕,我们的舞蹈开始了。这支舞蹈的"机械结构"——也就是它所有的步骤和每个步骤之间的关联——你永远都不可能理解,我在这就不费力解释了。不过,它的开头缓慢而有试探性,就像莎拉当初做的一样,我们以给事物下定义作为开场。这一段还算简单,因此我们在准备过程中只分了不到一半的精力给编舞环节。

也许只有三分之一。我们花费了很大一部分精力将计算机程式化的主题用艺术表现出来，也花费了相同分量的精力去注意辨别并解读外星生物给出的回馈信号：舞者必须让自己的眼、耳、皮肤和大脑主动搜寻任何可能是回应的动静，也必须训练出对任何想象得到的微妙信号的敏感度。另外，我们还需要时刻保持对同伴的感应，力求做到即使肉身在黑暗的真空中相隔数米，意识也能彼此相连。我们希望能像我们的对手一样，以统一的眼睛和心灵看得更远、更宽、更深入。

突然，对面有了动静……

外星生命的回应是缓慢而微妙的，而且常人难以察觉。在研究了一年多之后，我发现不知怎的，就有了理解它们的能力——而且也淡定从容地接受了这份蓬勃萌发的悟性。最开始我注意到它们的运动略有减速——很快我又注意到了我的脉搏和舞者们的呼吸也都降低了相同的速度。是我的意识在加速。现在的我，似乎能从每一秒的时间里获取到最大的信息量，连同我自己本人，也属于意识的探索范围。为了确定这一点，我再次尝试了一下，将意识再一次加速，然后发现外星生物原本狂野、剧烈的运动减慢到了肉眼可看清的程度。我清楚地认识到自己应该可以让时间暂停，但是暂时还不想这么做。我怀着巨大的兴趣游刃有余地研究着那些外星人，对它们的理解也逐渐增多。现在我能清楚地知道，在这些萤火虫的运动轨迹之中，蕴含着一股看不见但却能感应到的能量。能量决定了运动轨迹，就像电磁力决定电子的运动轨迹一样。但是，这股能量处于高峰还是低谷由它们的意志控制，它们只需要顺着电磁场中的势差疾速飞行，仿佛顺着激流而下但又奇迹般地毫不相撞的碎木块。它们为自己打造了一条没有终点的过山车轨道。慢慢地——慢慢地我开始意识到它们之间的能量并不单单与维系舞者之间的心电感应的那种能量类似——不只是彼此间的相互感知，还有对周围时空的洞察和了然。

我自身对舞者家人们的感知飞涨到了量子层级。我能听见诺蕾的呼吸，可以通过她的双眼观察宇宙；我能切身体验到汤姆略微扭伤的小腿内的撕扯感，也能感到琳达腹中的胎儿在子宫内翻滚；我可以看到所有四位舞者的身影，能够与哈利一道在大呼一口气之后骂上一两句，也能潜入劳尔的体内，顺着他的胳膊游移到指尖一同创作美妙的旋律，然后倏然返回自己的耳朵里享受我们灵感的结晶。我是一片有着六个大脑的雪花，同时存在于时间、空间、思绪、音乐、舞蹈、色彩以及一些甚至无法命名的事物之中——这所有的种种都在尽力和谐化一。

在这个过程中，我没有一刻感觉到自己离开了本体或失去了自我。我独一无二的个体意识仍然存在。当我离开自己的身体时，仍然有一部分自我意识存在于身体和头脑之中———它不会离开，就和以往一样真实地存在。那就好像是有一部分自我意识自始至终都独立地存在于头脑和身体之外，就好像我的大脑一直都知道心灵相通之感的存在，但却未能把此信息转化成记忆。难道说，我们六个一直都如这般亲近，只是不曾发觉，就像同处一室但对他人的存在毫无察觉的六位盲人？从某种意义上来说，尽管自己从不知晓，但我在潜意识中一直都渴望进入亲密无间的合一状态——我轻抚着六个自己，以此诉说着对他们的热爱。

我们完全清楚是外星生物把我们带入了这样的状态，是它们引领着我们沿着一条无形的心理台阶拾级而上，最终上升到这个新高度。如果在此期间存在任何我们人类可以测量到的能量传递的话,比尔·考克斯这会儿应该已经在预热他的激光炮,并且扯着嗓子要求我们汇报情况了。但是他的无线通信仍然处在外交官们的频道,以保证舞蹈表演不受干扰。

但是舞者和外星生命之间的确正在进行着沟通,明显得连人眼都能察觉。它们最初只能回应我们的舞蹈的几个部分,以表示对那些舞姿所传达的情感或信息的理解;而且当它们作出回应时,毫无疑问我们可以知晓,它们已经了解了我们试图表达的任何微妙含义。它们会不时地通过变化集体运动的图案来给出更复杂的答复,而这些图案意味着多种多样的话题、相反的观点或者备选的建议。每一次它们这样做,我们就更了解它们,进而习得它们的"语言"的基本成分,再以此为基础理解它们的天性。

它们也有"球状空间"这个概念,礼貌地提出了关于"道德"这个概念的异议,而且强烈同意了诸如"痛苦"和"喜悦"之类的说法。在积累了足够的"词汇"之后,舞者们马不停蹄地开始了"造句"工程。

我们穿越了几十亿英里的空间来羞辱你们,但如今却深感羞愧。

那边传来的回应谦逊而仁慈。胡说,它们在说,你们怎么会觉得自己被羞辱了呢?

当然了,很明显你们比我们更有智慧。

不,我们只是知道得更多。事实上,我们太鲁莽了,而且过分急切。

过于急切?我们疑惑地反问道。

我们有大量的需求。所有五十四个外星生命突然间以不同的速率朝"气球"正中心坠去,又一次难以置信地避免了相互碰撞。它们传达出的消息如白日般明确：只是因为走了大运才没有全军覆灭。

我们并没能理解"全军覆灭"具体指的是什么，不过我们无意深究。

我们死去的姐妹说，你们需要在一个我们那样的星球上繁殖后代。你们是希望来地球与人类共同居住吗？

它们的回答等同于哄堂大笑。终于，这个回答稳定在了一个简单、不容误解的句子上：

恰恰相反。

我们的舞蹈先是步入了一阵混乱与困惑，然后恢复了原有的条理。

我们不明白。

外星生物开始犹豫。它们传达出了一串似乎表达着关怀和同情心的信号。

我们能——我们必须——解释。但在理解的过程中伴随着巨大的压力。请保持镇定。

星辰舞者共同体中，琳达散发出了母性温暖，是我们当中的一股令人镇定的力量；她一向善于安慰人心。劳尔演奏的旋律锁定在了降 A 这个单一的音符之上，听起来就像不断重复着的梵语"唵"①音；与此同时，网格点闪耀着温暖的金色光芒。汤姆一往无前的意志力，哈利势冲云霄的力量，诺蕾平易温柔的包容心，我与生俱来的幽默感，琳达每时每刻的体贴入微和劳尔坚定不移的恒心在此刻叠加，合并成了一种我从不知晓的平和心态，一种基于满足感的、安详冷静的心态。所有的畏惧和怀疑都已

---

① "唵"(om)是印度教和藏传佛教中最神圣的一个音，被视为"一切真言之母"。

不在。

这一切都是命运的安排，而我们——我——欣然面对。

这对我们来说很重要。我们会保持镇定的，请解释吧。

它们瞬间便给出了回应。回应里带着一丝满意，就像是来自父亲的赞许。

解释现在开始！

外星生物给出了一段相对较短、也相对简单的舞蹈。尽管非常新奇，但我们还是马上便看懂了——因为意识加速的缘故，在恍若被冻结住的一秒钟之内我们就理解了它的全部含义。这段舞把二十亿年中每一纳秒发生的事情都浓缩为了一个概念，一个单一的、必须靠心灵感应才能接收的画面。

而那个概念事实上只是外星生物的名字而已。

突然，我感到一阵恐惧。这恐惧让我的意识从雪花阵型中分离出来，六名舞者又回到了不能建立心电感应的独立状态。在整个太空之中，我仿佛一丝不挂，只单独存在于自己的头颅之中，和死亡只隔着一层塑料薄膜，并因此而陷入了令人绝望的恐惧之中。我向四周疯狂地伸出手去，想要抓住任何可能的救命稻草，但它们并不存在。萤火虫们在我面前非常非常近的地方，像蜂群一样熙熙攘攘地飞舞着。我看着它们在"气球"正中央集合，先是组成了针孔状的图像，然后针孔逐渐变为树洞大小，最后则扩张成了一面开在地狱之墙上的舷窗。它们就像一块烧得通红的炭块，狂野地投射出巨大的能量。那红光甚至比太阳更加耀眼；我的面罩自动开启了偏振模式，过滤那些射入的光束。

在那炽热内核发出的强光下，原本几不可见的"气球"开始冒出大量红烟。烟雾优雅地以螺旋状向四周飘散，形成了一个圆环。我马上就明白了这东西是什么、能用来做什么。我尖叫一声转过头去,在盲目的逃逸本能下启动了所有的助推器。

伴随着我的尖叫还有另外五个凄厉的叫声。

我晕了过去。

第四章

我平躺着，双膝曲起，身躯沉得要命——大概有二十公斤。这是在人造重力环境中吗？我大口喘息着，肋骨仿佛挣扎着想要扎破胸膛。刚才做了个噩梦……

从我上方传来人的声音，像是从一台老式真空管扩音器中传出来的。最开始断断续续，还有些走音，不过最终变得明晰起来。人们就在近处，但是音量听起来只有正常的三分之一大小，这是低气压下说话才有的特征。当然也有部分原因是人造重力。

"我最后说一次，同志，请开口说话。为什么你的同伴们也都一动不动，一语不发？你们这样还怎么继续工作呢？看在列宁同志的份上，在那里到底发生了什么？"

"让他静静吧，柳德米拉。他听不见你说的话。"

"我必须得到一个答案！"

"如果他不开口，你难道还要处决他吗？如果是这样，谁能处置他？这个男人是个英雄。如果你继续骚扰他的话，我会把你的行为完整地记录下来，在我们的团队报告和我个人的报告中都会提及。先让他静静吧。"直到下达最后那个坚决的命令之前,成濑达司的声音听起来都相当轻松,而且有一种置身事外的感觉。不过,那一声命令喝下,我倒是吓得把眼睛睁得大大的。要知道,刚才我一察觉到人声,便一直在尽力假装还未清醒。

我们正处在"豪车"里。所有十位乘客都在场,有四位穿着太空指挥中心的制服,六位穿着色彩明艳的表演压力服。六名舞者就像保龄球一样,两两一组绑定在一起,摆放在球道上:诺蕾和我在最后那一排。很显然我们正全速返回西格弗里德号,所以舱内有四分之一个重力加速度。我立刻扭头去看身旁的诺蕾——她正安详地躺着,看样子只是睡着了;从窗外土星的位置来看,"豪车"已经过了速度转换点,正开始减速。

这就是说,我昏迷的时间不短。

不管怎样,在我昏迷的这段时间里,一切似乎都回到了正轨。我的猜想是,我的潜意识在无法处理当前的状况时以睡眠的方式保护了我。我的一部分思绪仍然混乱得翻江倒海,但是还能控制,我也能理智地审视情势了。我的头脑的绝大部分都很镇定——几乎所有的问题都得到了解答,先前的恐惧也衰减到了可以承受的程度。我清楚地知道诺蕾不会有事,也知道不久后我们都将恢复常态。当然,这回我没法潜入他们的体内一探究竟;那种心电感应式的纽带已经被打破。但是我了解我的家人们。我们的生命已经被不可逆转地改变了,变成什么尚不清楚——但是我们会一道找出答案。

我已经预感到接下来有两场危机即将发生,不管是什么样的命运,我们都必须共同面对。

先关注一下我们需要关心的。

"哈利,"我用力喊出声来,"干得漂亮! 现在你可以休息一下了。"

隔着两排的距离,我看到哈利转动了那颗剃了平头的大脑袋朝我望了过来。他冲我开心地微笑着。"我差点弄丢了他的'音乐大师',"他说着只有我们才知道的代称,"重力上来的时候它从我手里溜了出去。"说完他便扭回头去,再次进入了梦乡,鼾声震天响。

我自顾自地笑了起来。我本应该想到这一点的:那可是哈利呀——是双肩宽厚、心胸开阔的哈利,我们之中最强壮的哈利,身为建筑工程师的哈利,事实证明拥有无限的承受能力的哈利。他的仁心有多大,胸襟就有多宽,承受能力就有多强。一个小时以后,哈利就会醒来,宛如一位活力焕发的巨人。

从我开口对哈利说话那一刻开始,外交官们就七嘴八舌地对我展开了攻势。好吧,是时候搭理他们了。"请你们……一个一个来。"

天杀的,他们没一个愿意谦让。尽管他们也知道这蠢透了,但没有一位外交官愿意闭嘴,所以问题还是从四张嘴中一齐朝我涌来。他们似乎都有些失控。

"闭——嘴——!"比尔洪亮的声音从电话的对讲机中传来,盖过了周围嘈杂的言语。他们识相地闭上了嘴,转过头去看视频电话屏幕。"查理,"比尔一边寻找着我的身影,一边急切地问道,"你们还是人类吗?"

我知道他问这话是什么意思。外星生物是否以心电感应的方式把我转化为了它们的一员?我是否仍然掌控着自己的身心,还是说一个具有侵略性的集成大脑已经入侵了我的大脑,像支使机器人一样支配着我?在来土星的路上,我们坦诚地谈到过这种可能性;我知道如果我没法给出一个令他满意的答案的话,他会毫不犹豫地把我们在太空中毁尸灭迹。他手中杀伤力最低的武器也能不费吹灰之力地让"豪车"瞬间灰飞烟灭。

我嘿嘿地笑了出来。"我只做了两三年人,比尔。在那以前我是只能算半个杂种。"

听到这熟悉的语气,他现在还来不及松口气。他还有事情要做。"我应该一炮轰了它们吗?"

"**不要**。先别动手!比尔,好好听我说:如果你开火攻打它们,或者被发现有这样的意图的话,那些外星人只会感觉受到了冒犯。我知道'西格弗里德号'的火力甚至能击碎一颗行星,但是你还是消消气吧。**萤火虫们能从这里把太阳翻个底朝天。**"

他的脸"唰"地一下就白了。外交官们惊恐得说不出话来,费劲地转过头来盯着我。"我们已经快到了,还有几个小时就会回到'西格弗里德号'。"我继续坚定地说道,"我建议大家稍做休息后再前往健身房开会。飞船上的所有人员都要参加。届时我们会回答你们的所有问题——但是在那之前你们必须耐心等候。每一个舞者都受到了相当大的惊吓,因此需要时间来恢复精神状态。"我身旁的诺蕾这时总算有了些动静;琳达看起来似乎神志清醒;汤姆睁大了眼睛四处张望,望向琳达的眼中尽是关怀。"现在我需要照顾自己的妻子,舞者中还有一位怀有身孕的女士需要照顾。请让我们先静静,两个小时后再见面。"

比尔一点儿也不喜欢我的提议,但是还是结束了通话,等待我们回到飞船。外交官们全程保持着沉默——包括季米洛夫和西尔弗曼——他们对我们多少有了些敬畏。

所有舞者都在"豪车"回到"西格弗里德号"前恢复了常态,除了哈利和劳尔——他们仍在呼呼大睡。我们把他俩拖到了房间里,轻轻地为他们擦洗。在把他们俩放入吊床并且扎好安全带之后——这是为了防止他们逐渐飘浮到通风口处并被自己呼出的二氧化碳球憋死——我们熄灭了灯光。哈利和劳尔哪怕在睡梦中也仍旧自然地拥抱着对方,呼吸的节奏也保持一致。考虑到劳尔醒来就要记录下创作灵感的可能性,我们还把劳尔的"音乐大师"放在了门口,便悄然离开了。

　　接下来的两个小时里,我们四个也回到了各自的房间,在沐浴之后享受了缠绵的床笫之欢。

　　健身房是"西格弗里德号"里唯一一间大到能装下飞船上全体人员的地方。大家当然也能都挤进餐厅,就像我们常常在就餐时间做的那样。但是餐厅里总是过于拥挤,而我不想让所有人摩肩接踵。健身房是一个长宽高都为三十米的立方体,其中的一面墙上挂满了各种各样的健身器械和安全带,以供船员进行全身运动。另一面上的固定架上则摆放了鸭瓶保龄球①、飞盘、呼啦圈和手球。还有两面相对的墙被改装成了蹦床。作为全体大会的地点,健身房不仅给了我们伸开手肘的空间,还保证了每个人都有足够开阔的视野和灵活度。

　　同时,这也是整艘飞船上唯一一个没有特别设置垂直坐标的地方。

　　当然了,外交官们独断地前往用于打手球的那面墙,用维克罗搭扣把自己粘在了空空如也的墙面上,以便把两面蹦床视为"天花板"和"地面"。我们星辰舞者则顺着较远的那面墙排好,混在健身器械之间;我们也没有用搭扣固定身体,只是用手拉住它们。比尔和孙上校则靠在了我们左侧的那面墙上。

　　等到大家准备就绪,我开口说道:"咱们开始吧。"

_____

　　① 鸭瓶保龄球是流行于北美,尤其是美国东海岸的一种保龄球变种,用球比常规保龄球更小,球瓶也更粗、更短。

"首先,阿姆斯特朗先生①,"西尔弗曼忿忿不平地说,"我想抗议你为了自己方便,蓄意对全体成员隐瞒信息的霸道行径。"

"谢尔顿……"德拉托雷满是倦容地干预道。

"不,先生,"西尔弗曼打断了他,继续道,"我必须严正抗议。难道我们是孩子吗? 就那样被晾在一旁自顾自地玩两个小时的手指? 难道地球上的所有人都毫不重要吗? 就那样让他们提心吊胆地等上三个小时十五分钟,好让这些——艺术家们风流一回?"

"就好像你真的花了两个小时玩手指似的。"汤姆语调轻快地说道,"西尔弗曼,我知道你一直都在偷听。我不介意。我知道你听墙脚有多不爽。"

他的脸变得又红又亮,这在失重环境下可不常见。他的双脚这时候一定也一样红。

"不,"琳达睿智地插了一句,"我宁可想象他窃听劳尔和哈利的房间时的样子。"

他的脸色又变得刷白,瞳孔瞬间缩小,眼神里满是怨恨。说得好,正中其要害。

"够了,别逞口舌之快了,"比尔喝道,"您也一样,大使先生。请注意现在不是您自己的空闲时间——您刚才也说了,整个地球都在等着我们。"

"没错,谢尔顿,"德拉托雷严厉地说道,"请让阿姆斯泰德先生说话。"

他点点头,嘴唇毫无血色。"那就赶快说吧。"

我松开了手中抓着的一辆动感单车,然后张开了双臂。"首

---

① 此处西尔弗曼把阿姆斯泰德戏称为登月第一人阿姆斯特朗,是在讽刺后者自视甚高。

先,请告诉我们从你们的视角看来,都发生了什么。你们看到了或者听到了什么呢?"

成濑回答了这个问题——他那张面无表情的脸颊似面具,整个人就像一尊蜡像。"你们开始跳舞,音乐变得越来越古怪。你们的舞蹈开始严重偏离计算机指定的动作,而且你们收到的回复很显然连计算机都不知道意味着什么。后来,你们的舞动开始猛然加速,如果不是我亲眼看到的话,我根本就不会相信能有那么快。相对应地,音乐的节奏也越来越快。我们听到了一些咕噜声、惊叹声,但是什么也听不懂。最后,外星生命在'气球'正中央集合成了一个整体,'气球'则开始发散出某种疑似有机物的物质。你们都尖叫了起来。

"我们试图唤醒你们,但是没有效果。好在哈利·斯泰恩先生虽然没有回答我们的电话,但是他效率极高地搜寻到了你们五个人,把你们捆在了一起,然后只走了一趟就把你们拖回了接驳飞船上。"

我想包括身上那些助推器,我们五个人加起来一定得有三百多公斤重,也因此对哈利的臂膀更多了几分敬重。野兽般发达的肌肉在太空中通常是个累赘——换作其他任何人,肌肉很可能都已经在过劳状态下撕裂了。

"封闭门一打开,他立刻就把你们带进了舱内,固定好,然后只说了'走'。接着他非常小心地把布林德尔先生的乐器放好,然后只是坐了下来,对着空气发呆。在你醒来前,他一直没有回答任何问题。"

"好的,"我说道,"我来解释这些问题。首先,你们一定也猜到了,我们和外星生物建立了某种程度上的联系。"

"它们的存在威胁到人类了吗?"季米洛夫插嘴问道,"它们伤害你们了吗?"

"不,没有。"

"但是你们尖叫得就好像死前的哀号。莎拉·特拉蒙德在她离世之前也明确指出——"

"她说了外星生命有侵略性且傲慢,也说了它们想要地球来作为繁殖后代的据点。这我都清楚,"我接过了她的话茬,"但那只是翻译失误而已。这很微妙,回想起来也几乎不可避免。莎拉只在太空中生活了几个月而已;她自己也说了每三个概念中她也只能理解一个左右。"

"那么正确的翻译是什么呢?"成濑问道。

"地球就是他们繁殖后代的据点,"我答道,"泰坦也是。还有很多其他地方,但是在太阳系以外。"

"你这是什么意思?"西尔弗曼吼道。

"外星生物的最后一条信息正是让我们发狂的原因。它简单得惊人。真的,那条信息解释的事情实在太少了。你可以用一个词来概括它,只是告诉了我们它们的名字而已。"

季米洛夫愤怒地皱起了眉头,"什么名字?"

"星辰播种者。"

一阵震惊中的沉默。我想成濑是第一个理解了这条信息的人。也许比尔也很快就理解了。

"那是它们的名字,"我继续说道,"也是它们的职业,它们为了取得满足感而做的事情。它们耕种的是星辰。这些外星生物的生命周期有几十亿年之久,而且和我们一样,也在试图繁殖后代。它们在星辰之上种的是有机体生命。在很久以前,就已经在太阳系播了种。"

"它们是我们这个种族的创造者,也是我们最遥远的祖先。"

"荒谬之极。"西尔弗曼破口而出,"它们和我们毫不相像,没有一个地方是一样的。"

"你和一只阿米巴原虫之间又有多少相似之处呢?"我反问道,"或者一只草履虫、一株植物、一条鱼、一只两栖动物或者任何一种你在进化学意义上的前身呢?那群外星生命至少比我们先进一个或者两个进化阶段,还可能是三个。我相信任何比它们更先进的生命形式,不论在时间还是在空间上都不以实体存在。"

西尔弗曼闭上了嘴。德拉托雷和孙在胸前划了十字。成濑惊奇得瞪大了双眼。

"把地球想象成一个巨大的子宫,"我安静地继续说,"她多子多孙,并且时刻都在孕育生命。她被理想化地设计成一颗能够尽可能多地承载有机体生命的母亲行星,而一种超级DNA在掌控着这些生命,通过逐渐扩张和重组的方式,创造出更复杂的生命形式,最终形成了数十亿种不同的基因组合。而这整个过程只是为了筛选出一种足够复杂的基因组合——能使子宫孕育一种生物,这种生物瓜熟蒂落之后具有在子宫之外生存的能力,或者至少有足够的好奇心来进行这种尝试。

"我本来应该有一个弟弟的。他出生时是个死胎,已经超过预产期三周。他在子宫里度过了理论上的出生时间,天知道是什么微妙的生物学差错。他所产生的代谢废物超过了胎盘能够吸收和处理的最大阈值,胎盘因此坏死,在他周围逐渐萎缩。在生命支持系统消耗殆尽之后,他也活不成了,还差点杀死了我母亲。

"把人类想象成一种有机生命形式,每一个单独的个体在基因中都有一个微小的缺陷。那个缺陷就是细胞壁过厚,导致在生命已经进化到一个复杂的阶段,应该像'萤火虫'一样产生统一、全球一致的意识时,每个细胞大多时候却仍然只是单独过活。那层厚厚的细胞壁阻碍了信息交换,让有机体只能形成类似中枢神经系统的联结。这片'神经网络'只能传递痛苦和共同的噩梦,就是我们的新闻和娱乐媒体。

"这个有机体从子宫分娩出来的希望非常渺茫。已经要到预产期了,它却感觉到死亡的降临,挣扎着渴望活下来。然而,它是有可能成功存活的。在关键时刻,人类开始探索星际。如今,在人类史上第一次乘坐人造航天器离开地球表面不到一个世纪之后,我们聚在了土星的轨道上,决定人类的命运是在此刻得到延续,还是行将终了。

"地球这个子宫已经快被我们产生的有毒副产品填满了。摆在我们面前的问题是,人类是要因对行星的依赖而死,还是早点斩断这种神经质的依赖而活?"

"你说的这是什么狗屁,"西尔弗曼嘶吼道:"你要人类中产生更多的空人一样的臭狗屎吗?那就是你们'进化'的下一步吗?麦克吉利库迪说得没错,那可是一条遭天谴的进化死路!就凭你们招人的速度,五十年内都招不到足够的人。如果地球和月亮明天就爆炸——但愿这事儿不要发生——你们这些漂泊在太空中的人类两三年内就会死绝。你们自诩进化到了更先进的阶段,但却需要依赖比你们更低等的人类,你们不过是些寄生虫罢了,阿姆斯泰德——如今则是漂泊太空的寄生虫。如果生存的新环境里没有那些钢铁和防划塑料制成的细胞壁,你们就活不成,而它们是**只能在子宫里才能生产出来的东西**。"

"我当时的说法并不正确,"汤姆温和地说道,"我们并不是进化学上的死路一条。我当时遗漏了一些东西。"

"你倒是说说你遗漏了什么啊?"西尔弗曼尖叫道。

"我们现在得换个比方了,"琳达开口了,"做一个从整体到个体的转换。"她温暖的女低音和缓而亲切;我注意到西尔弗曼在她的魔力之下开始放松起来。"别把我们想象成同卵六胞胎,更别把我们看成六胎连体婴。也别把地球想象成一个子宫——把她看成是一颗卵巢,而我们六人则是其中的卵子。我们携带着一个新物种一半的基因。

"所有繁殖行为中最棒、最神奇的一刻是两个生殖细胞融合的那一瞬间。在那一刻,两个生命结合成了一种比简单的二者之和,甚至比其中任何一方的毕生杰作都更有意义的新生命。那正是受孕的时刻。它是一个路口,身后是物种的繁育,前方则是个体的发育。我们现在就正巧停留在这个路口。"

"你们这颗卵子所需的精子是什么?"成濑问道,"我猜是那群外星生命?"

"哦,不是,"诺蕾答道,"它们更像是一种类似于包括了受孕所必需的阴和阳、雌和雄在内的集体,能够自我繁殖。再次更换比喻:把他们想象成本来就形似的蜂群,为我们称为太阳系的一株巨大的雌雄同体花授粉。没错——太阳系的确是雌雄同体的,内部既有雌蕊也有雄蕊。如果你们不介意的话,地球可以被称为雌蕊,而我们星辰舞者就是她的胚珠和柱头①。"

"那雄蕊是?"成濑不懈地追问,"花粉呢?"

"雄蕊是泰坦星,"诺蕾简单地答,"外星生物的'气球'散发出的红色有机物就是泰坦星的花粉。"

————————————

① 胚珠是种子植物雌蕊的一部分,被子房包裹,是植物雌性生殖细胞(雌配子)发生的地方,受精后就会发育成种子;柱头通过花柱与子房连接,花粉在落到柱头上之后完成授粉过程。

又一阵惊奇中的沉默。

"你能给我们解释那种有机物到底是什么吗?"德拉托雷最后问道,"我必须承认我并不理解这一切。"

现在说话的是劳尔。他边说边把眼镜从鼻梁上往外拉,然后任由箍在脑袋上的皮绳把它们拉回原位。"它本质上就是一种超级植物。外星人已经在泰坦的上层大气中种上了几千年,因此才有泰坦上空氤氲着的一片红。当它与人类身体接触时,一种用言语无法形容的相互作用就会发生。来自另一个……另一个层次的能量会同时流入双方。受孕就在此时发生,之后完美的新陈代谢就会开始。"

"完美的新陈代谢?"德拉托雷不确定地重复了那句话。

"泰坦上的这种物质能与人体完美地共生互补。"

"但是——但是……到底是怎么回事呢?"

"它就像是你的第二层皮肤一样,让你可以在太空中裸身生存,"他淡然地说道,"它从口鼻处进入人体,在整个人体系统内延伸出成百万条微型蔓须;它们最后在肛门处重新会合。它在你的体内和体外都会形成密实的保护层,并成为你的身体的一部分,而你的新陈代谢仍然完全保持平衡。"

成濑达司看起来完全怔住了,"一对完美的共生体……"他大喘了口气。

"深入匹配到微量元素层面,"劳尔替他说完了整个句子,"在十亿年以前就被设计成这种形式。它是我们的另一半。"

"具体应该怎么操作呢?"他几乎是梦呓般地说道。

"很简单,驶入一片红色云层,然后摘下你的头盔。不断流失的空气意味着化学反应正在发生:它们在你体内安家,逆着血流来到身体各处,滋生、繁殖。从它们接触到你的血肉的那一刻算起,完全吸收并且形成表面薄膜需要大概三秒钟的时间。在一秒半处,你就不再是一个人了——永远都不再是人了。"他打了个冷战,继续说道,"现在你明白我们当时为什么尖叫了吗?"

"不,"西尔弗曼喊叫道,"不,我不明白!一句话都不明白。所以说,那层红色的狗屎是有生命的太空服?按照你的说法,它还是根据人体生理特制的——你给它二氧化碳,它给你氧气;你拉泡屎给它,它反过来给你草莓酱。这帮你解决了除了燃料和休闲之外的所有需求,真是可爱极了。这群外星生命可真是一群好朋友啊。不过你怎么就不再是人了呢?那狗屁东西是把你的魂儿吃了吗?"

"它并没有自己的'意念',"劳尔告诉他说,"哦,不过它作为一种植物还是相当有智慧的,有着比植物人还高的意识。它的向性机制相当先进,但这并不意味着它有感知能力。它能和人体器官建立起一种类似于合作行为的关系,但是极少做出哪怕是潜意识的反射。那种物质只是在行使与它的生物学设计一致的功能而已。"

"那是什么让你成为非人类的物种呢?"

我的语气听起来有些吊儿郎当,即使在我自己听起来也如此。"你不懂,"我说,"你不知道。我们永远都不会死,西尔弗曼。我们永远都不会再有饥渴感,永远都不再需要一个排泄机体废物的场所。我们永远都不会再害怕冷热无常,永远都不会再害怕真空,西尔弗曼。我们永远都不会再害怕任何事物。我们将会立即获得对自身自主神经系统的全部控制权,也就是说,我们的意识可以进入其他同伴的下丘脑指挥整个感觉中枢的运转。我们将能够达成'合体',心电感应将会联结其中每一个人。我们将会以六具不死之躯承载一个灵魂,永远无须进入梦乡就可以无尽地体验梦境。无论是单独一个人,还是六个人一起,我们与人类的区别都不会比人与大猩猩的区别小。我可以毫不避讳地告诉你,我们六个在那边吓得不得不启用尿不湿。说实话,我仍然有些害怕。"

"但是你已经准备好了⋯⋯"成濑轻声说。

"还没有,"琳达替我们所有人发了言,"但是我们很快就会。我们只知道这么多。"

"心电感应这码事儿,"西尔弗曼试探性地问道,"还有'灵魂合一'什么的——你们真的确定吗?"

"哦,这些事情不取决于外星生物,"琳达向他保证,"它们向我们展示了如何到达这个境界——但是我们一直都有这个能力,每个活人都有。每个下山言称得到了神启圣人都会说'我们所有人都是同一个人',而人们每次都认为这只是一个比喻而已。这种'寄生生物'自然会对我们有一定帮助,可是——"

"它会怎么起作用呢?"西尔弗曼打断了她的话。

"好吧,它主要是抑制让我们分心的因素。我的意思是,大部分人都多少有心电感应的能力,但是世界上存在太多的让我们分心的因素。当然了,对于行星表面上的人来说情况更糟糕一些,但是哪怕在地球轨道上的工作室时,我们仍然会感到饥饿、口渴、性饥渴、厌倦、疲惫、酸痛、生气以及恐惧。我们称之为'被神经左右'。也就是说,我们动物性的那部分阻碍着朝前进化。'寄生生物'让你不再受到所有动物性需求的束缚——你可以主动体验它们,但是永远不会再有束手无策地被它们主宰的情况发生。'寄生生物'的确起到了一种能够拓宽心电感应波段的增大器的作用,但更主要的是,它在信号源上就已经提高了信号对噪音的比率。"

"我的意思是,"西尔弗曼说,"如果我让这种真菌在我身上滋生的话,我就会至少获得一些心电感应能力?并且能永生不死,也不用再去洗手间了?"

"没错,先生,"她礼貌而坚定地答道,"如果你在建立共生关系之前已经有了一定的心电感应能力,这种能力就会大幅提高。如果你在建立共生关系时,碰巧旁边有一个天赋极高的心灵感应者也在建立共生关系,你的能力则会成指数级提高。"

"但是,比如说,我只是从大街上找来一个资质平平的普通人,然后把他装进充满'寄生生物'的容器中——"

"——那你就会得到一个永远都不用再上厕所、比以往更能产生共情心理、资质平平的普通不死人。"我抢在他陈述完问题之前做出了回答。

"共情心理算是心电感应的小弟弟。"琳达说。

"更像是它的幼崽阶段。"我更正道。

"但是两个普通人即使与'寄生生物'进入了共生关系,也未必会看透对方的想法和心思?"

"对,除非他俩一道努力,刻苦练习如何达到这个目标。"我告诉他说,"当然了,他们俩肯定是会这么做的。太空是个寂寞的地方。"

他沉默不语——在其他人终于理顺头绪、形成自己的想法之前,我们的交流停顿了许久。

我也有需要理清的事情。自从我在"豪车"中醒来那刻起,我的内心就被一种确信感占据着。我确信一件事情将会不可避免地发生,而且它正在迅速接近。如果就在这时死去,在这万年不遇的时刻死去,那该多让人唏嘘!我脑中一个野兽般的声音耳语道。

然而，就像我面对外星生命的那一刻一样，我感觉自己不能更生龙活虎。

"阿姆斯泰德先生。"德拉托雷一边用力地皱眉、摇头，一边说道，"在我看来，你是在说所有的人类需求都将终结？"

"哦，不是这样，"我赶紧解释说，"如果我们意外地暗示了这一点的话，我非常抱歉。那种'寄生生物'无法在地表生存。地球上的重力和大气都会把它杀死。所以，它并不能把天堂带到人间。**没有一样东西能**。穆罕默德必须走进山中才能悟到真理——何况很多人会拒绝与它共生。"

"也许，"成濑小心翼翼地问道，"地球科学家能找到一种方法，改造这件外星生物送来的礼物？"

"不，"哈利直白地答道，"没有一种方法能让一个赖在母亲子宫里不肯出世的婴儿欣赏到交响乐或者日落美景。泰坦之上的那层'寄生生物'是每个人出生时就应该得到的权利——但前提是他们必须自己去争取，也就是说，他们必须先出生才行。"

"为了做到那一点，"劳尔附和道，"他们必须永远离开地球。"

"你在解释这件事的时候引用的比喻，非常有趣。"成濑若有所思地说道。

"当然了，"劳尔说，"我们本应该预料到这种事的。仔细想想，对失重环境的适应可以达成，但却不可逆……你看看，在你出生的那一刻，几乎是在一瞬间就发生了一桩天大的奇迹。前一分钟，你在本质上还是一条鱼——你只有像鱼那样的双心瓣膜循环系统，就像寄生虫似的，依靠母体子宫才能生存。突然之间，就跟一下子打开了开关一样，'砰'的一声，你就蜕变成了一只哺乳动物。你的心脏有四个瓣膜，能自给自足——从生理学上说,你实现了一次极大的、不可逆转的跨越,来到了生物进化的新高度。与之相伴的是苦痛、惊吓和大量涌入的连你也不知道的新鲜感觉。几乎就是在一瞬间里,你来到这个世界上最先见到的那一大帮远比你高级的人开始教你如何与他人沟通。'非常有趣'? 要我说,那简直是可怕! 现在你明白我们为什么尖叫了吧? 我们都处在同样的过程之中——所有的新生儿都会尖叫哭闹。"

"我不明白,"季米洛夫抱怨道,"你们将能够在宇宙中裸体生活——但是你们怎么前往各处呢?"

"靠光压?"

"'寄生生物'本身可以作为轻便的旅行器使用,"我同意地说道,"但是也有其他可供我们使用的交通工具,想去哪儿都行。"

"靠重力加速度的梯度变化?"

"不行。就我们目前所知,六个人都没有感觉到任何可以探测或者测量的重力变化。"

季米洛夫哼了一声,然后说道:"荒谬之极。"

"想想看,那些外星生物怎么来到这里的?"我温和地问她。她的脸"唰"地一下变得通红。

"让我极难相信你的故事的一个因素,"成濑说道,"是极低的可能性。我们来到这个地方绝大部分是因为随机因素。"

"成濑博士,"我打断了他,"您熟悉这句谚语吗?'结局自有天定,天遂人愿转圜。'"

"但是我们历尽万千,如果其中任何一件事稍有偏差,我们都不会在这里,眼下之事也必不会发生。"

"如今的局面是之前五十四件事的合谋。每一件都是超级事件。或者说,难道你认为外星生命只是碰巧在莎拉·特拉蒙德开始在'空之扉'工作时在太阳系边缘现身? 难道你认为它们只是碰巧在她回到'空之扉'开启零重力舞蹈表演事业时来到了火星? 他们只是碰巧在莎拉即将以失败者的身份永远地返回地球时出现在了'空之扉'附近? 或者我们的整个旅程都只是碰巧? 我倒是很感兴趣——它们第一次现身时在海王星那里都做了些什么呢?"我真的考虑了一下这个问题,继续说道,"我很想去那里一探究竟。"

"你并不知情,"成濑急迫地说道,不过很快便重新控制了自己的情绪,"这件事大部分人并不知道,但是六年前地球几乎毁灭于一场核屠杀。我们能够幸存完全是因为机缘巧合以及好运气——那时候还没有外星生命在我们的天空中游荡。"

这时哈利开了口:"你知道一只怀孕的母兔在环境不利于生产时会做些什么吗? 把胎儿通过子宫吸收回体内。它只需要逆转这个过程,回收投入给胎儿的养分,等到环境好转时尝试再次生育。"

"我不明白你的意思。"

"你听说过亚特兰蒂斯吗?"

成濑的脸色变得像海泡石一样灰白,其他人要么惊吓得张大了嘴巴,要么倒吸了一口凉气。

"这一切都是呈周期性演化的,"我解释道,"就好像孕妇生产前的阵痛在达到最高点之前的循环往复一样。它们集体光临地球的最小时间间隔是四千到五千年——金字塔就是在这么久之前建造的——最大间隔则是两万年。"

"它们有时候异常暴戾,"哈利添上了一句,"在火星和木星之间曾经有一个行星存在。"

"我的天啊，"季米洛夫深吸了一口气："那条小行星带①
……"

我赞同地说道："如果我们把这个任务搞砸的话，它们在金星上另外栽培生命并不是什么难事儿。只需要改造一下大气成分，再投放一些藻类，就可以静候人类诞生了。天啊，它们一定有耐心极了。"

又一段漫长的、震惊的沉默。他们终于相信我们了，或者至少开始相信我们了。因此，他们不得不重新理清之前所有的认知，以全新的角度看待所有事物，并且试图在这一片混沌之中搞明白自己到底是谁。这些新认知颠覆了他们整个人生中坚信不疑的信仰和观念，使他们瞬间成长。而且，这些人能够接受我们传递的新信息并加以思考，说明他们具有强大而灵活的头脑。沃特海默选对了人——没有一位成员情绪崩溃或者拒绝接受现实，或者像我们先前一样因惊吓过度而产生了运动或语言障碍。当然了，他们并没有亲眼在太空中见证事件的全程，也没有认真地思考过摘下压力服的可能性。但是，相比起我们星辰舞者，外交官们也面临着巨大的压力：他们代表着整个星球。

"那么，你们的意愿是继续行动咯？"西尔弗曼缓缓问道。

六张嘴异口同声地答道："是。"

"即刻行动。"我补充道。

"你们每个人都确定自己所说的是事实，确定外星生命并未说谎，也确定没有隐瞒任何信息？"他总是能在不经意之间暴露自己和其他外交官间的不同之处。

"我们确定。"我说着，收紧了大腿上的肌肉。

"但是你们会变成什么样呢？"德拉托雷大喊道，"你们要做

---

① 在火星和木星轨道之间有一条小行星带，是小行星大量聚集的区域。

些什么呢?"

"当然是去做所有新生儿都会做的事情。我们会好奇地查探我们的育婴室——整个太阳系。"

西尔弗曼突然腾空,朝空旷的第四面墙飞去。"我非常抱歉。"他有些遗憾地说,"那些事情你们一件都做不了。"

他的手中拿着一把贝雷塔手枪。

第五章

他的另一只手则拿着一台计算器,或者至少是一件像计算器的物品。突然间,我明白了过来——它比枪更让我恐惧。

西尔弗曼的话肯定了我的猜测。他说:"这是一个短程发射器。谁敢贸然接近我,我轻轻一按,就能发射无线电信号引爆我之前藏在飞船里的炸药。它们足以让飞船上的主计算机瘫痪。"

"谢尔顿,"德拉托雷大喊道,"你疯了吗?计算机可是在运转着生命支持系统啊!"

"我宁可不用生命支持系统,"西尔弗曼冷静地说道,"但是我决心确保我们刚刚听闻的消息完全专属于美利坚合众国——否则谁都别想得到它。"

我小心翼翼地瞟了一眼外交官们和士兵们,想看看是否有人沉不住气,看完后我松了口气。他们之中没有人蠢到想要去惊动那个持枪的男人。所有人脸上都带着相同的厌恶。他们厌恶西尔弗曼的阴险,也厌恶自己的天真,没预料到他的背叛。我端详得最仔细的是成濑达司——他之前已经预料到了这一点,还发誓会手刃西尔弗曼——他看起来非常放松,唇角浮现出一丝若有若无的嘲笑。有点意思。

"西尔弗曼先生，"苏珊·法·孙说，"你没有想明白这件事。"

"上校，"他轻蔑地说，"在大半年的时间里，我除了思考以外根本没用别的事可做。"

"然而，你还是忽略了一些事情。"她坚持劝说道。

"我洗耳恭听。"

"如果我们合力制服你，"她平静地解释说："在那之前你大概能击中两三个人。如果我们不试图反抗的话，你当然会杀死我们所有人。或者说，难道你准备就在接下来的两年就这么端着枪威胁我们？"

"如果你们敢轻举妄动，"西尔弗曼信誓旦旦地说道，"我就会摧毁计算机，你们反正都是死路一条。"

"所以说，要么我们死光，你带着秘密回到地球，要么我们死光，你也回不到地球去。"她一边说，一边将两只手按到了身体两侧的墙面上。

"错！"西尔弗曼匆忙争辩道，"我并不准备杀光所有人。我没有必要这么做。我会把你们所有人都关在这个房间里。我的压力服就在隔壁房间里——我会穿上它，然后命令计算机排空这间房间周围的所有房间中的空气。当然了，我也会废掉你们各自的电脑终端。气压和安全锁会防止你们在外界是真空的情况下打开门逃出：这里将成为一间傻子都能牢牢看守的监狱。而且，只要我从视频通话中看到你们越狱的企图，我就会断了你们的食物、空气和水。我手中有让飞船把我们送回地球的必需程序。在我们抵达之后，我们会按照国际公约以战犯身份安置你们。"

"什么战争？"

"就是刚刚开始并且结束的那场。你们听说了吗？美国赢了。"

"谢尔顿,谢尔顿,"德拉托雷坚持说,"你要出这样丧心病狂的花招,是想得到些什么呢?"

"你在开玩笑吗?"西尔弗曼不屑地哼了一声,继续说,"宇宙探索中资本投入的最大一部分就来自于生命支持系统。这一整个泰坦星的真菌意味着游遍整个太阳系的免费门票——还有不死之身的额外奖励! 而且我向你保证,美国将会独占它。"他转向成濑和季米洛夫,极为真诚地说出了我整个人生中听到的最不可思议的一句话:"我坚决不允许你们向全宇宙输出你们那种无视神明、不敬神明的生活方式。"

成濑大声笑了出来,我也一样。

"呃,阿姆斯泰德,原来你也是相信空想的加拿大佬呀?"西尔弗曼没好气地说。

"那才是最让你介意的事情,西尔弗曼,是不是?"我说着说着便笑了出来,"一位处在共生关系中的空人无欲无求:**你根本没法收买他**。而且他自然地将自己融入集体,毫无自私自利之心的人让你吓到不能自理,是吧?"

"少扯那些伪哲学式的废话!"西尔弗曼吼道,"我手中独占的可是21世纪最珍贵的军事情报。"

"我的天啊,"被西尔弗曼恶心到的劳尔说:"嘿——哟——西尔弗曼,宇宙航道的约翰·韦恩。原来你真的在想象建立一支用'寄生生物'武装的军队,是不是? 一支宇宙步兵团? [1]"

"这主意可不错,"西尔弗曼承认道,"只有被'寄生生物'包裹的全裸人看起来可以轻易躲过大部分探测设备。没有金属,零反照率——而且如果共生关系真的完美无瑕的话,甚至不会

---

[1] 约翰·韦恩(John Wayne, 1907-1979),美国著名演员,多出演西部片和战争片等类型片中的英雄人物,曾获奥斯卡最佳男主角奖。

有热辐射。真是妙极了！你也不需要为其提供物资或者其他支持——天啊，我们可以派一支步兵团来封禁泰坦星！"

"西尔弗曼，"我温和地驳斥他说，"你真是蠢到家了。我们暂且假设你可以在一位特种大兵面前舞枪弄棍，逼他生生地把你称为真菌的东西吸进鼻孔然后吞入体内——很好，你现在有了一个机动性极强的步兵。他没有任何欲望或者需求，也知道只要他可以避免被杀死，他就可以永生与此同时，他的同理心达到了最高点。**有什么东西能够阻止他叛逃呢？**对一个他永远都不能再见的祖国的忠诚，还是仍然住在新泽西州霍博肯市的亲人们——要知道，他们可是居住在能够立即杀死他的重力场中啊。"

"如果需要的话，我们可以用激光炮。"他答道。

"还记得我们在舞蹈结束前舞动的速度有多快吗？你可以去咨询一下计算机我们能不能绕过激光炮的攻击——哪怕是一架电脑控制的激光炮。想跟上我们的舞姿难如登天——这可是你自己说的。"

"你的军事机密毫无价值，西尔弗曼。"汤姆说。

"有的是比我更聪明的头脑来解决这些实用中的细节问题。"他坚持说道，"当一种军事前沿技术摆在我面前时，我能辨认出它来。考克斯船长，"他突然问起，"你是美国公民。你和我在同一战线上吗？"

"飞船上还有其他三位美国公民。"他闪烁其词。他的答案让汤姆、哈利和劳尔瞬间僵住。

"没错。但是其中一个有个怀着孕的加拿大妻子，另外两个是变态，何况他们三个都在那些外星生物的操纵之下。我能依靠你的支持吗？"

比尔看起来正处在费力思考的状态中，"嗯，你说得没错。我很讨厌自己这么说，但是只有美国是能被信赖拥有这么强大武器的唯一国家。"

西尔弗曼仔细地端详着他。"不，"他话锋一转，"不，船长，我恐怕难以相信你。你的忠诚宣言对象是联合国。如果你刚才说的是'不'，或者先闪烁其词地回答我的问题，然后在几天后再同意我的提议，我可能还会相信你。但是你在赤裸裸地说谎。"他遗憾地摇着头，继续说道："好了，女士们，先生们，我们接下来这么办，除非我给你们下达指令，谁都不许动弹。然后，你们得在我的指挥下，一个接一个地弹到舞者们靠着的那面墙上，也就是离前门最远的地方。之后我会从这扇门离开，而且——"

"西尔弗曼先生，"成濑不紧不慢地打断了他的话，"有件事情，我想这屋里的每一个人都应该先了解一下。"

"请讲。"

"你在364-B号和1117-A号布线管以及在计算机核心集成电路放置的炸药在安装完成二十多分钟之后就被拆除并且清理出舱了。你是一个傻瓜，西尔弗曼，而且你的行动完全是一猜一个准。你的信号发射器毫无用处。"

"你在撒谎！"西尔弗曼咆哮道，而成濑根本没搭理他——嘴角上不屑的微笑已经足够作为他的回应了。

就在那时，西尔弗曼又一次证明了自己蠢极了。如果他能随机应变，吹嘘自己在成濑不知道的其他地方也安装了炸药，他或许还能为自己争取点时间。不过我确定他想都没想到这一点。

比尔和孙上校在同一时间作出决定，腾跃起身。

西尔弗曼按下了发射器上的一个按钮，而灯光和空气供给都安然无恙。愤怒的他大喊出声,然后用那把傻里傻气的枪对着二位军官,扣动了扳机。

和伊恩·弗莱明[1]所述的截然相反,那把小型贝雷塔是把堪称可怜的武器,你得隔着一张桌子朝目标射击才行。然而,混乱法则站在了西尔弗曼一边:他射向比尔的那颗子弹划开了孙上校的颈静脉,在她身后的墙上反弹之后——西尔弗曼正对的那一面——从比尔的身后射入了他的身体,把他送入了不断加速的翻滚状态。

西尔弗曼并不是一个彻头彻尾的傻瓜——他预计到了手枪射击会给他带来更大的后冲力,并且利用了这一点。但是他没有预料到他自己的子弹会使比尔更快地接近他——在他来得及重新瞄准以前,比尔狠狠地撞到了他的身上。他仍然紧握着手枪,屋内所有人都腾身寻找掩护。

然而,我在移动到房间的另一侧之后按下了一排开关——这回,灯光**的确**熄灭了,空气供给也**的确**停止了运转。

这样一来事情就简单得多了。我们只需要等待。

最先开始尖叫的是西尔弗曼,然后是季米洛夫和德拉托雷。大多数人都会在完全黑暗的环境中失常,失重则让整个状况更加糟糕。就像成濑达司在他房间的电灯出现故障时体验到的那样,垂直坐标的缺失会让人彻头彻尾地**失去方向**。随之而来的是一种最为原始的焦虑感,极难压制。

西尔弗曼对失重环境的了解还不够深——抑或是他没听到换气系统也停止了工作。他是整个屋子里唯一一个还把自己粘

---

[1] 伊恩·弗莱明(Ian Fleming, 1908-1964)是英国作家、记者,代表作为詹姆斯·邦德系列间谍小说。贝雷塔M418式手枪是邦德最喜欢的手枪。

在墙上的人,而且他也吓得根本无法动弹。过了一会儿,他的尖叫声渐小,变成了大喘气的声音,直到最后一声大喊之后彻底沉寂。我稍等了片刻以便确定他已经不省人事——孙上校肯定已经被杀死,但是比尔的状态还是未知——然后起身跃回到了开关处,重新开启了照明和空气系统。西尔弗曼看起来就像是一只黏在了墙上的苍蝇,在一个空气充足的房间里因缺氧而晕厥——因为他自己呼出的二氧化碳在脑袋周围形成了一个不可见的气泡。那把枪则飘到距离他伸展开的手半米远的地方。

我指了指那把枪,哈利便前去抓住了它。"在他醒来之前把他在原地固定好。"我一边说,一边朝比尔的方向腾去。琳达和劳尔已经抵达了他的身边,并且开始检查伤口。在房间的另一侧,苏珊·法·孙瘫软地飘浮着,她的喉咙处已经不再向外喷血。我已经与这位女士共同生活了一年多,而我却并不了解她,尽管有一半原因是因为她也在保持距离,但是我仍旧深感惭愧。我就那么看着八个或者十个红色的软球飘到通风口处,然后随着一下濡湿的吸入声响消失不见。

"他情况如何?"

"我觉得他伤得不重,"琳达汇报道,"子弹在进入时擦伤了一根肋骨,然后从胸前射出。那根肋骨可能是断了。"

"我接受过医疗训练,"这么多人里,偏偏是季米洛夫开了口,"我从没在失重条件下给人看过病,但是我以前治疗过枪伤。"

琳达把比尔带到了急救间。比尔在身后留下了一串红色血珠,它们慵懒地朝排风口飘去,划出一道弧线。季米洛夫跟随着琳达,她的身体则在愤怒或者惊吓或者两者共同的作用下不断颤抖着。

　　哈利和汤姆已经高效地用加重的跳绳把西尔弗曼的身体绑了起来。他们这么干看起来多余——缺氧症对他这个年龄的人来说可不是什么小事儿,他仍然处在昏迷之中。成濑正在计算机终端旁悬浮着,编写着某种程序;诺蕾和德拉托雷正在准备把孙上校的遗体拖到药房——我们早已做好了前程凶险的准备,并在那里放置了防腐药剂。

　　但是,当他们到达门口时,却无论如何也打不开门。诺蕾查看了一下指示计———屏幕上显示的是另一侧的气压——她皱了皱眉,按下了手动制动,但是门仍然一动不动。她又一次皱起了眉头。

　　"我非常非常抱歉,阿姆斯泰德先生,"成濑的语气中流露着真诚的歉意,"我已经给计算机下达了封锁这间屋子的指令。谁都不能离开。"他待在计算机终端之后,手中持有一把激光枪。"这是把无后坐力武器,可以在一次扫射中把你们全部杀掉。如果任何人敢威胁我,我就立刻开火。"

　　"为什么会有人想要威胁你,达司?"我柔和地问道。

　　"我一路走来,就是为了和外星生命谈判并且签订协议。我还没有达成我的目标。"他说着,双眼直视着我的双眼。

　　德拉托雷看起来惊恐万分。"我的妈呀[①],外星生物——在我们内讧的时候,他们在干吗?"

　　"艾泽基埃尔,我不是那个意思,"成濑说道,"我相信阿姆斯泰德先生在考克斯船长问他是否还是人类一员的时候撒了谎。我们还没有代表我们人类与他们构成的新物种谈判。要知道,我们双方都声称对同一片领土拥有主权。"

　　"怎么会呢?"劳尔问道,"我们的利益完全不重合。"

_____

　　① 原文为西班牙语。

"我们都计划着最终能延续我们称为人类的种族。"

"但是，如果有任何东西对于人类来说有利用价值的话，我们非常欢迎你们来开发利用，"汤姆坚持说道，"行星本身对我们来说毫无用处，小行星也一样——我们所需的不过是宇宙空间和阳光。你不会是连空间都不想给我们吧？哪怕我们的身体占据空间并不大？"

"如果克罗马农人和尼安德特人曾经在同一条山谷里和平共处的话，一定有一种非凡的社会契约来保证它成为可能，"成濑坚持说，"正因为你不需要我们需要的任何事物，与你们共存将会是件棘手的事情。就在我讲话的同时，我意识到与你们共存将是件不可能的事。你们将会自命不凡地俯视我们发狂一般的庸碌行为，嘲笑我们的糟糕得可笑的紧迫感——你不知道我现在已经有多恨你们了！光是你们的存在就已经可以让每一个活着的地球人都成为失败者，只有那些在空间中仍然能正常行动的、具有特殊杂耍天赋的人——而且他们还得有把自己送到泰坦星的资本——才有希望成为成功者。如果你们不是进化学上的死胡同的话，那么人类族群中的绝大多数成员就是错误的。所以，不，星辰舞者们，我不相信我们能够和你们共享同一片空间。"

他边说边在计算机上编写程序。他完全可以驾驭盲打，因此他把几乎所有的注意力都放在了我们身上。

他继续说："我们抛在脑后的世界正在刀尖上求生存。有一个说法已经是老生常谈了——如果我们在2010年以前没有因为内讧把地球母亲炸毁，世界就会挺过危机，迎来一段物资丰饶期。但是从我们离开地球的时候来看，人类能够幸存这么长时间的希望十分渺茫——我想你们都同意这一点。

"地球因为人类日益膨胀的需求而受到了积年累月的伤害，到了几近毁灭的关头。"他的语气中满是哀伤，"没有什么东西能够比你们的存在——能比知道宇宙之中确有神明——给整个星球的士气带来更沉重的打击，并且让全人类更快地走向灭亡。更过分的是，这些神明对人类的关怀还不及人类对数十亿乃至数万亿的没能结合成胚胎的精子和卵子的关切。得知救赎和永生只属于少数人将使得全人类心如死灰。"

艾泽基埃尔若有所思地怒视着他，刚刚包扎完比尔的季米洛夫也一样。我开口想要回应，但是成濑抢在我把话说出口之前继续讲了起来。

"拜托了，查尔斯。我理解你必须为你的种群的延续而有所行动，你一定会理解我也必须保护我自己的同类，对吗？"

那一刻，他是我毕生所知的最危险的人，但也是最高尚的那一个。我斜着头，带着爱心和深深的敬意说道："达司，我承认这一点，也敬佩你的逻辑。但是你正在犯错。"

"也许吧，"他同意道，"但是我心意已决。"

"你的用意又是如何呢？"我已经知道他的答案，但是我想听他亲自说出口。

他指了指身旁的计算机终端。"这艘飞船装备着人类能制造的最尖端的计算机，东京产的。我授意设计师们在我们动身之前为我专门准备一套程序，类似于蠕虫病毒软件。只要我轻触'执行'键，它就会开始清空计算机内存储的信息。完全清空核心内存只需要十五分钟。"

"你想像西尔弗曼一样杀死我们所有人？"德拉托雷厉声喝道。

"我和他不一样！"成濑突然爆发，他的脸因怒气而变得通红。转瞬之间，他又重新控制了情绪，甚至露出了一丝若有若无的微笑。"至少比他更有效率。而且**目的也完全不同**。他希望这条情报由他的国家独占，而我希望没人获知它。我打算毁掉这艘飞船的深空激光通信设备，清空计算机的记忆存储，然后把飞船遗弃在这里。至于你们，我会发善心给你们一个痛快的死法。你们称为'星球毁灭者'的炸弹有独立的导航系统，我可以手动开启炸弹的闸门。我也不会穿压力服，我将会和你们一起在这里等死。"他的声音冷静得可怖，"也许下一趟从地球来到这里的飞船会在四五年之后发现外星生物仍然在这里。但那时候土星将会有八颗卫星和两条环带。"

琳达疯狂地摇起头来。"你真是大错特错，达司，大错特错。你在以错误的观点看待这件——"

"我是子宫内惊吓过度的一分子，"成濑坚决地说道，"我的判断是，你们所说的'诞生'将会杀死母体。我已经决定子宫在此时必须将空人的胚胎重新吸收回体内。也许在下一个周期的最高点，人类将会成熟到足以从'分娩'中幸存——但绝不是现在。我必须对子宫负责——因为它是我唯一了解的世界。"

而我们舞者在我询问他的动机时就已开始行动。就像我刚才说的一样，我早已对成员们的心思了如指掌。

同样的事情在不久前西尔弗曼闹事时也短暂发生过，不过不够及时，也只维持了很短一段时间便终止了——全程无人察觉。说真的，这种心灵感应能力也没有什么可视的标志：我们唯一的动作是关掉了屋内的灯光。那时我们正被恐惧笼罩着，何况还有一个人刚刚丧生。

但是，我们此时面临的新威胁并非针对我们的自由，而是针对我们作为一个新物种的生存。

短短的十五分钟内,舞者大家庭第二次进入了合体感应状态。

时间如发条坏掉的老式留声机一样螺旋式地慢了下来。六个视角融为一体。合并后的视角远胜于六部环绕式摄像机提供的视效:此时的我们远不止360度的融合视角。合并意味着六位舞者各自人生中所有感知、见解、技巧和智慧都像一滴滴水银球一样彼此吸引、扩散,最终聚合成一个整体。在我们之中,琳达最了解成濑,因此我们利用她的眼和耳实时监控着他的语言和情绪。与此同时,其他五人则在思考着如何能让这位人类表兄冷静下来。在他喘息之际,我们利用琳达的话语试图安慰他以分散他的注意力。这条计策未能成功,但也在预料之中——他的内心被痛苦缠绕着,根本听不进劝。当来自琳达的那部分感知向集体意识汇报成濑的手指肌肉正在收紧,即将朝"执行"键伸去时,我们也已经准备好执行我们的行动计划了。

六位舞者在脑海中进行了这支救援"舞蹈"的编排,经过各自的润色修改,直到每一个人都满意为止。当务之急是要处理掉那个蠕虫程序,其次就是那把激光枪。我们的武术专家汤姆知道攻击哪里才会让成濑的肌肉不自觉地痉挛;特效专家罗尔知道哪里是成濑的"视觉盲点",还知道接下来的关键时刻要交给诺蕾;诺蕾知道怎么躲开身后的飞盘,因为哈利和我会在远处朝她的方向扔过去。而就在这时候,我会吸引成濑的注意力,只要他盯着我,诺蕾就能有机可乘。

"那你的孙子孙女怎么办,成濑达司?"

成濑扭曲的眼睛转过来盯着我,然后突然瞪大了双眼。诺蕾绕到了他的身后,抓住了他的双手,并将其扭过来,控制住他。哈利,我们当中扔飞盘最准的一个,用他的右臂掷出了一只飞盘,正中成濑的右手;由此产生的不可控制的痛苦反射使成濑的手离开了计算机终端。劳尔是个左撇子,他的左臂投出的飞盘砸坏了激光枪,并使它从成濑的左臂臂弯中飞了出去。两只"导弹"一样的飞盘都在成濑毫无察觉时攻击到了目标。不过,在它们的飞行过程中,汤姆把孙的尸体踢到了琳达和成濑之间——一旦成濑仍有开火还击的能力,尸体可以充当掩体。诺蕾则抓起了另两只飞盘,以防需要连续进攻。而我已经在接近成濑的半路上:直觉告诉我他至少知道一种在手无寸铁的情况下自尽的方式。按照真实的时间计算,这一系列行动都在不到一秒钟内完成。对于德拉托雷和季米洛夫的肉眼来说,我们看起来一定就好像……受惊的鱼群一样,"唰"地一下便完成了幻影移形。成濑因痛苦、愤怒和羞耻而放声大叫,我则用四肢牢牢地控制住他,同时示意自己无意伤害他。在房间中的其他地方,哈利正在懒洋洋地等着回收撞墙后弹回的飞盘;而劳尔忙碌地敲着计算机键盘,清除成濑的蠕虫程序。

"舞蹈"结束。而且,这一次完成得非常完美:没有人流血或者受伤。这让我们充满歉意和负罪感:如果我们能在第一时间就果断地进入合体感应状态,孙上校就不会死,比尔也不会受伤。那时的我们充满畏惧,只能尝试性地合体——还带着自我怀疑———已经来不及了。现在,最后一丝恐慌已经消失,我们的心中怀有的只是坚定的信念,此时的我们已经准备好肩负起责任。

"成濑博士,"我严肃地问道,"你能保证不逃脱、不抵抗吗?"

他的身体先是在我的控制下僵直了一会儿,然后完全放松下来。"我保证。"他心如死灰地说道。我松开了他;在那一瞬间,他老迈的面容震惊了我。资料明明显示他只有五十六岁。

"先生，"我急迫地说道，试图用眼神让他冷静下来，"你的恐惧毫无根据，你的痛苦也毫无必要。听我说：你并不是空人进化过程中毫无用处的副产品，也不是失败的那一类人。你是一个伟人，即便两手空无一物也仍然为了星球的团结而鞠躬尽瘁。正是因为你的奉献，地球才能有给下一阶段的新人种分娩的可能。那怎么会抹杀你的生命的意义，又怎么会剥夺你的尊严呢？你是为数不多的能够帮助全人类在过渡阶段中保持情绪稳定的政治家之一——难道你缺乏这样的自信或者勇气吗？你帮助人类开辟了宇宙疆土，你自己也有孙辈后代，难道你不希望他们能够拥有无限星辰吗？难道你想摧毁他们的未来吗？你是否愿意听我们一席话？我们会告诉你们就我们所知将要发生、将会发生以及一定会发生的所有事情。"

成濑像一只抽搐中的猫一样疯狂地摇起头来，左手下意识地按摩着刚才被击中的右臂。"我不想毁掉他们的未来。我愿意听你们说。"他最后说。

"首先，别再让类比和比喻扰乱你的头脑。你们不是失败的那一类人，或者任何没用的废物，除非你选择做那样的人。只要他们愿意，整个人类都可以进化成为空人。很多人不会这样做，但是那将是他们的选择。当然，选择权也在你手中。"

"但是我们之中的绝大多数没有感知方位的能力！"成濑大喊道。

我微微一笑，"博士，我有一名适应太空失败的学生。他在返回地球之前对我说：'哪怕花上一百年的时间，我也没法学会像你一样观察、感受事物。'"

"一点儿也没错！这正是我在失重环境中生活的感受。"

"但是，假如你有两百年的时间呢？"

"哦?"

"假设你现在进入共生状态。最开始,你将会在有直角坐标的定制环境中生活,以保证你不会失去理智。但是你将会永生不死。当你绝无他事可做时,难道你不能随着时间一点点地摆脱对重力的依赖,并且摒弃由此产生的偏见吗?"

"还有,"琳达说,"在失重环境中诞生的孩子将会天生就有全方位思考意识。他们不需要费力消除一生中积累的、关于现实如何运转的狭隘理念。达司,在失重环境中,你永远都不会因为太老而失去生育能力。你可以与所有人一道,以心电感应的方式学会在新环境中生存,并且一道传承星辰间的人生!"

"所有的人类成员,"我继续说道,"所有有意愿的人类成员,都可以立刻开始着手准备。他们可以移居到位于特洛伊点的奥尼尔殖民地,然后进入共生状态。宇宙殖民可以从这一代开始。"

"但是我们怎么才能保证这种大规模的移民的财政支持呢?"他流着泪问道。

"达司——达司——"琳达像为孩童讲解问题一样耐心地回答,"至少从目前来看,人类是个富有的种族。而且全太阳系的资源都可免费获取,用之不竭。为什么不在L-5点建立殖民据点,并且在小行星带开采矿产资源来支持移民的生存呢?西尔弗曼在十分钟以前说了,最大的那笔支出一直都是生命支持系统,以及精心设计建造的类地重力场,以防太空人员的身体不可逆地适应失重环境。如果你需要的只是一系列能持续几个世纪的直角坐标,你尽可以用铝箔建造城市,以便从泰坦星向地球方向大量运输'寄生生物'。"

"想象一支可以心电感应的施工队,"哈利说道,"他们可以永不停歇地工作,也无须食物补给。"

"想象艺术和音乐像爆炸一样从太空倾泻到地球上,"劳尔说,"它们将吸引万千渴望星辰的心。"

"想象一下那时的地球,"汤姆补充道,"只有想居住在那里的人才会选择留下。"

"再想象一下你将来的子孙,"诺蕾说,"他们将会是历史上第一代,成长之中不会经历痛苦的隔代恩怨,孩子们不会怨恨自己的父母。在太空中,儿女和父母从任何一个角度来说都将拥有平等的关系。也许两代人不必成为彼此的天敌。"

"但是你们将不再是人了呀,"成濑达司带着哭腔说道,"你们怎么还会为我们付出这么多时间和精力呢?是哪点让你们心甘情愿为人类付出呢?"

"达司,"琳达同情地说道,"我们难道不是由普通的男人和女人进化而来的吗?难道一个孩子会忘却母体,一生中不再渴望她的怀抱?难道你只因为永远不再是母亲的一部分,就不愿为她带来荣耀?我们会保护地球母亲,珍视她;她将永远有生命力,永远多子多孙,并且发挥她的全部生产能力。"

"在空旷的宇宙中的空人生活将伴随着莫大的寂寞感,"我低声说道,"维护地球将是我们抵抗孤独的唯一方式。六个头脑远远不够——当我们把六十亿个头脑联合起来,并且能够保证思绪中没有冲突时,我们也许才能知道更多信息。人类的所有成员都是我们基因宝库的一部分。"

"另外,"劳尔兴奋地补充道,"几个世纪对我们来说算什么呢?**我们有的是时间。**"

"达司,"我继续说,"人是处在猿猴和天使之间的存在。而天使,就像我和我的家人一样,是处在人与神之间的存在,同时具有二者的特征。如果没有重力或者垂直坐标系，也就没有诸如'高'和'下'这种荒谬的区别：我们怎么可能做出不合乎道德的举动？长生不死、无欲无求的我们怎么可能心生邪念？"

"作为一个物种，"汤姆接上我的话继续说道，"我们自然只会通过联合国与人类打交道。成濑博士，相信我，我们已经研究过这个问题了，思考的载体本身比计算机运算更快。没有一种方法能够让我们的计划破产，也没有一种方法能够劫持'寄生生物'。地球上所有恶人加起来都无法阻止我们，而且邪恶本身也将不复存在。"

"但是，"我说出了这段话的最后一部分，"我们需要你和所有像你一样的人的帮助——无论他们在地球上还是地球之外。成濑达司，你愿意与我们携手合作吗？"

他自由地飘浮着，处于完全放松状态下的身体半伏着，松弛的面容和向上凝视的双眼背后是思绪重重的大脑。过了许久，我们才重新见到他的双瞳焕发光彩，他的脸庞也终于有了生命的气息。在我们的目光交汇时，他嘴角温和、微妙的笑容映入了我的眼帘。

"你像极了我曾经认识的一个人，"他说，"他的名字是查理·阿姆斯泰德。"

原有的紧张气氛正在慢慢消退。"成濑博士，"我回答道，"我正是那个人啊，达司，我的朋友。当然，我也有别的属性，而且你的推测也属实——我的确是看在你的面子上才让我的六个人格仍然保持着言行上各自独立的状态，就像我在和你交谈时会确保身体姿态与你的垂直坐标一致。这说明心电感应并不会导致个体丧失自我。"与此同时，六个人格也在轮转着，依次从六张嘴中说出单个词组，连成了一句完整的话。我/我们说的是：

"我比"

"人类"

"更强大"

"也仍有"

"自我的"

"独立性。"

"非常好。"达司一边摇头，一边说道："我们将一道给我们那疲惫不堪的星球带来又一个黄金时代。"

"我愿意和你们合作。"德拉托雷简单地说。

"我也是。"季米洛夫表态道。

"咱们把孙上校的遗体和比尔运到病房区吧。"六个声音一齐说道。

大约一个小时以后，我们一行六人再次出发前往星辰播种者的所在地。这一次我们没有再费力乘坐接驳飞船——压力服自带的助推器足够提供单程所需的燃料……

第四部分　生命之融合

第一章

土星发散着灼烧般的赭石色和褐色光芒。它背后的黑暗深邃得让人心碎，远处那一百万兆颗恒星发出的黯淡冷光丝毫不能挑战它的威仪。

我们轻车熟路地在宇宙中疾驰，一边前行，一边舞蹈，几乎没有把那无边无际的黑暗放在心上。被我们甩在身后的是凡人的生活，而这舞蹈是最后时分的告别仪式。事实上，每位舞者都创作了属于自己的《星辰舞》，广袤空阔的太空则成了回响着劳尔最后一部交响曲的演奏厅。每支舞蹈都独具个人特色，自成一体；与此同时，每一支也与其他几支一同在背景音乐中交织在一起，拥有了第二层意义。当然，尽管欣赏其中任何一支舞蹈都不会受到可感知的时间和空间概念的限制，哈利的全局意识还是催促他确保所有五项艺术创作同时结束，而且是在我们遇见外星生命之前。保证我们及时完成任务的那个人总是哈利。

这些舞蹈并没有录像记录。与莎拉的《星辰舞》不同的是，它们本就不是为任何观众创作的。我们创作的目的是纯粹的分享——舞动本身即是目的。

然而，目击者仍然存在。当我们气喘吁吁地靠近萤火虫们的驻地，体验最后一次流汗的感觉时，星辰播种者们（称呼它们为"外星人"已经不正确了）纷纷翻腾起来，摆出了含义类似于鼓掌的图案。

我们再也不惧怕它们了。

你们做出决定了吗？

是的。

那么，新物种将迎来一段美妙的诞生之旅。

劳尔把他的"音乐大师"狠狠地掷到了身后无边的深空之中。咱们开始行动吧。

立刻开始。

此时，它们的舞蹈表达的是兴奋之感，是一种最基本的、蕴含着幽默元素和喜悦之情的舞蹈。然后，我们以前从未见过的舞姿出现了，但是我们似乎从骨子里就能够理解它。它表达的是在简单和繁杂之间的反复游移，但却找不到出路。我们共同的大脑中叫"哈利"的那一部分将这段舞蹈称为《π的命名》，而所有舞者都全神贯注地观看眼前变换的形态。这支舞蹈讲述的是创造，是我们所能想到的最具催眠力的视觉表达。它是对"道"的含义的最基本的阐释，就连漫天星辰似乎都在注目。

就在我们目瞪口呆之时，星辰播种者周围那半透明的"气球"开始第二次泣出血色的"泪珠"。

一滴滴泪珠在巨大的"气球"旁组成了一个红色细环，紧接着向内收缩，变换成了六个绕着"气球"旋转的"气泡"。

没有一丝犹豫，每一位舞者都奔往了一个"气泡"并投身其中。一旦身在其内，我们便脱下了压力服——劳尔还取下了他的眼镜——朝"气泡壁"扔去，它们直接被传递至外部的太空之中。接下来，"气泡"向内坍缩，包裹起我们的肉身，"寄生生物"潜入体内，穿肠入腑，蔓延开来。

对于六个"我"来说，整个过程在千万个不同的层面同时发生了变化，但是现在为你讲述这段经历的是其中一个层面，查理·阿姆斯泰德。当时，一种凉爽的东西滑下了我的喉咙，也顺着鼻腔向上推进，以至于我必须利用失重训练的内容来压制身体本能的呕吐反应，我的脑海中短暂地闪回了对成濑达司的回忆，以及来自日本的、能使人长生不老之金石的古老传说。突然间——也是永远地——我感觉自己拥有了对大脑和身体完全明晰的意识、完全透彻的认知和完全自主的掌控。时间仿佛被冻结在这一瞬间，我回首了在一生中所积累的记忆，陶醉其中，把它们一次性地传输给我的家人们，然后品味起他们的回赠来。与此同时，我透过双眼中大幅拓宽的视野，看到了以往不曾见识的宇宙之纵深，亦把玩着体内感觉中枢里的诸多感官之弦：我可以品尝到煎至焦脆的培根、诺蕾的胸脯和有着甜腻口感的勇气；嗅到木柴的烟火气、诺蕾的腰身和散发着甜香的关切之情；听到劳尔的音乐创作、诺蕾的话语和听起来甜甜的沉默。我仿佛是在不经意之间亲手治愈了大腿根部的旧伤——它现在完好得就像我未曾残疾过一样。

至于在群体层面上发生的转变，大部分我讲了你也不会明白。我们做了爱——仍然是在不经意之间——然后一道体验了琳达腹中胎儿对生命的渴望。有趣的是，我们察觉到覆盖在体表的"寄生生物"对此也有同样的感知——它正在准备开始分裂增殖。接着诺蕾和我有意识、有意愿地怀上了我们自己的孩子。这些只是表面上发生的事情，我又该如何对你讲述那些发生在内里、发生在我们生命最基本层面上的转变呢？在一个非常重要的层面上，我们分享着彼此的所有回忆，原谅彼此那些不堪回首的往事，也为那些骄傲时刻而由衷欣喜；而在另一个同样重要的层面上，我们已经展开了热烈的讨论，它会在日后成为一场永恒的、关于"美的含义"的研讨会；与此同时，在第三个层面上，我们则开始规划进行永久性移民太空的最后细节。

在此刻，我们的生命中很大的一部分被纯粹的植物性意识占据，就像一朵无忧自得地沐浴在阳光下的六瓣花。

我们的肉体离星辰播种者们只有一公里不到，而且我们也已经忘记了他们的存在。

在它们又一次地聚集、融合成为一个耀眼得肉眼难以承受的光球，然后迅速地彻底消失——甚至没有告别，也没有最后赠言——的时候，我们才万分惊诧地完全恢复了对周围一切的感知。

他们会在未来的某日回到这里——或许在几个世纪之后——来探寻彼时准备好向"萤火虫"继续进化的人选。

仍旧被惊奇笼罩着的我们在太空中盘旋着。随着注意力由内心转至外界，我们看到了之前错过的景象。

一位有着猩红色翅膀的天使从土星壮观的环带处向我们飞来。她的双翼宛如一对薄薄的赤色太阳帆，推动着她不断靠近——而她的存在明明是不可能事件。

"诺蕾、查理，你们好！"那个熟悉的声音响彻我们的脑海，"嗨，汤姆，哈利。琳达还有劳尔。我还不了解你们，但是我知道你们也爱我所爱之人——所以，我也向你们问好。"

"莎拉！"六颗大脑无声地一同惊叫道。

"有时候萤火虫们也不介意捎上一位搭车客。"

"但是,怎么会——?"

"那时的我更像是在婴儿重症监护室里插着呼吸机养活的婴孩,但是不管怎样,他们把我活着送到了泰坦星。你们看到的烧毁的东西不过是我的压力服和气罐而已。就像他们坦白的一样,它们绝望且过于急切。但是你们难道以为它们能眼看着我死去吗?我一直都在环带处等着你们做出决定——我并不想对你们的决策过程施加影响。"

舞者们——也就是我——组成了雪花图样,这代表着我们此时正处于惊诧之中,还无法做出回应。

"你们的结合很完美。"她说,"我是说你们六个。"

"和我们结合吧!"我们呼唤道。

"我还以为你们永远都不会主动提出这个请求。"她打趣道。

紧接着,我的妹妹拥入了我的存在——我们融为了一体。

这基本上就是全部故事。

我——我是说,我是查理·阿姆斯泰德——在很久以前就开始忙着要写这个了,最开始的想法是以在杂志上出版和通过网络传真进行订阅销售的形式。关于莎拉的无稽之谈太多,我实在是气不过,便决心要写出事实,以正视听。不过在杂志上刊载的版本中,只写到了莎拉之死。

当完成写作之后,我却不再想发表那篇文章了。我发现我写它只是为了给自己捋清头绪。我没有发表它,只将它保留了下来。那时我的想法是,它日后可以作为回忆录的开端(和哈利写他的作品的想法一致:总得有人记录发生的一切,而除了我之外,还有谁经历了那些事呢?)。在那之后的三年里,我一次次地怀着刚刚所说的那个目的,对我所写的东西进行小说化的处理,以避免它流于简单的日记形式,并一次次检查手稿上内容的准确性。在"西格弗里德号"飞赴土星的那一年旅途中,我花了很多时间用于写作和修改,旅途中的记录终结于成濑达司第一次太空行走的那一天——那大概是我们抵达土星的几周之前。

之后的记录都是在半天时间内一次性完成的——我就坐在"骰子"里电脑终端前完成了整份手稿。唯一限制我速度的是电脑键盘上面的热敏感键,它们在每一次敲击之后都需要时间来回复原位。在我写作的同时,我的其他部分则在永恒之中游荡——我们做爱,拜神,歌唱,舞蹈。我们永远都是彼此,也永远都是自己。我知道这听起来让人难以置信——这恰恰是我选择以查理的回忆录来讲述**我**的故事的原因(莎拉这会儿在几百公里之外,正赞许地越过我的肩头审读着这份手稿)。我想要你知道的是,查理·阿姆斯泰德并没有被渗透或者堕落成为某种非人的存在,我也绝非死掉了。更准确的说法是,我现在是查理·阿姆斯泰德的七次方。最后的最后,我终于战胜了电话公司,这给我带来了极大的喜悦。我仍然和莎拉还有诺蕾以及其他舞者一道编舞,仍然和劳尔大玩不正经的"多关"大战(此刻他正在唱一首四十年代的老情歌《我可能再也不回地球了》),仍然可在我的脑海中品尝到醇厚的咖啡,芬芳的烈酒,以及上乘的大麻。我和你之间的距离只存在时间意义之上,而且不停变化着。我曾经是一个痛苦、扭曲的瘫子,只会给周围的环境带来不好的影响;如今我不再胡作非为,因为我无所畏惧。

我只用了自己精力中的极小一部分来书写回忆录,此刻比尔·考克斯正在准备驾驶"西格弗里德号"返回地球(别担心,他还会回到这里来的),回程不能再耽搁了。

而我所带来的新闻将不会由任何一位外交官通过无线电

代为转达。他们纵然是人中豪杰，也无法和我一样有力地传达它。

我是查理·阿姆斯泰德，我给你们带来的消息是：万千星辰，你也可以拥有。